郭绍虞中国诗学批评思想研究

何旺生 著

合肥工業大學出版社

郭绍虞在工作中

1961年，郭绍虞先生(右二)与钱仲联先生(左一)、马茂元先生(左二)、夏承焘先生(右一)在上海合影

郭绍虞和夫人张方行及五个子女在燕京大学期间的合影

序

何旺生的书稿放在我的面前，要我写序。我当然责无旁贷，但写些什么呢？这部书稿是在他的博士论文基础上写成的，当时如琢如磨的共同探讨毕竟已是多年前的事了。但阅读书稿过程中，往昔的记忆鱼贯而到眼前，并引发了一些当年斟酌过的想法。经过多年的打磨，书稿比当年的论文更周密严谨，行文也更加圆融老到，在研究水平上总体来说是近年郭绍虞研究的一个值得重视的成果。除了欣喜之外，我更关注的是书稿中的问题意识。

何旺生当初选郭绍虞研究作为自己博士学位论文的题目，开题指导小组的几位导师都觉得他选得好。郭绍虞是中国古代文学批评史研究大家，是自五四时期以来开创这个学术领域的先驱之一，搞中国古代文论研究和教学的人都绕不开他。尽管研究他的学者和论著也有一些，但和郭绍虞在学术史上的地位和影响相比，好像还不是很相符，因而存在着继续研究的较大空间。这是一方面，另一方面何旺生当时还在担任他们学校的学报编辑工作，对学术界相关研究现状有一定的了解和阅读积累，做这个题目对于至多只能用一半时间来进行研究的他来说，也是很相宜的。

郭绍虞自述一生在“象牙塔里，故书堆中”，尽管也为时代大潮裹挟，成为新文化运动和文学革命的参与者，为社会进步呐喊出力，但主要精力是投入中国古代文学批评史资料的搜集整理和研究，由于众所周知的原因，成就也主要体现在批评史学科的建立上。对于这样一位以古代资料整理和复原为主的学者的研究，最容易陷入的就是对资料整理的资料整理，也就是流于对研究对象的研究情况作一番梳理排列，但离真正的研究却还有很远的距离。为了避免落入这样的境地，何旺生从研究对象的学术经历和学界争议中提炼出几个问题，作为自己研究的逻辑基点和思考方向：“第一，一个老学者，半个多世纪中竭力学习马克思主义，力求用新思想重新认识古代文学理论家，力求建立‘具有民族形式的社会主义内容的文艺’，并以实际行动两次改写，为何始终磕磕绊绊，不能成功？……

第二，'中国特色'的现代文艺学该如何面向中国的社会现实和历史传统？中国文论的民族身份究竟怎样才能建立，又该如何建立？第三，作为西学延伸的马克思主义文学理论，如何与中国的传统文论结合、与中国实践结合?”这些问题是不是郭绍虞研究中的金话题，也许可以商榷。这三个问题实际上是一个问题，或者说，如果我们解开了第一个问题，后面两个问题也就不会很难解答了。正是对这些问题的提出和求解，使何旺生对郭绍虞中国古代文学批评史研究的探讨，有了理论融入的空间和学理分析的思路，对提升论著的学术厚度和思想涵容起了不小的推助作用。问题的提出，有时候甚至比问题本身的解决更有意义。

郭绍虞一生致力于古代文学批评史研究，但他并不是只会钻故书堆的老学究。他自学成才，躬逢新文化运动风起潮涌之盛，与五四先贤过从甚密，是文学研究会的发起人之一。同当时很多文化青年一样，他很早就接触并了解马克思的思想，翻译过《马克思年表》。他努力地将马克思主义的阶级观点和历史观点，运用到自己的文化撰述和学术研究中。但郭绍虞并未实现自己的理论创新预期，对此，何旺生归之于郭绍虞“还来不及消化马克思主义的丰富思想，又没有把它转化为一种研究问题的方法，在实际研究中就不免会出现偏差”。郭绍虞屡经努力未果，一直到上世纪 50 年代他自己也是这样认为的：“尤以自己马克思列宁主义的文艺理论研究不够，旧意见不能廓清，对各家观点不能给以应有的评价，均属意料中事。更因在病中，工作起来，每有力不从心之感，虽然改写的态度自认是严肃的，但结果仍只能是一部资料性的作品。”（《中国文学批评史》1956 年修订后记）

自觉追求，目标未达。个人致力不足，固然是重要原因，但并不是全部原因。马克思主义本质上是一种社会革命的理论，马克思主义经典作家偶尔也涉及和讨论过一些文学作品和文艺现象，但基本上是从认识论角度将其当作意识形态的一种形象表达活动。中国古代诗文创作也有一些表现社会冲突的作品，如白居易为时为事而写的诗，但从总体上说数量不多，艺术质量也不高。中国古代文学大量的是言志作品，指归在抒发胸臆，追求的是语言之美，这是中国传统文学艺术成就最高的体现，也是古典文学批评最为出彩的畛域。用马克思主义的文艺理论，非有机地去分析这些古代的佳作，总不免有方枘圆凿之感。这就是郭绍虞在研究中总是力不从心的内在原因了。

何旺生还用较多笔墨分析了郭绍虞在上世纪 50 年代后所遇到的另一思想困惑，就是将中国文学批评史的研究纳入所谓的现实主义和反现实主义斗争的规律中去。如果说前面的误区是郭绍虞自觉理论思考中碰到的障碍，是自己研究不深的结果，那么后面的困惑则完全是外来错误理论强行介入中国学界产生的苦果了。前面说过，马克思主义经典作家比较高看反映社会矛盾的文艺作品，到了十月革命后的苏联语境下，这种倾向于写实的作品被拔高到远超其他作品的优越地位。在斯大林主义一统天下的上世纪 30 年代，社会主义现实主义更是作为唯一合法的创作方法被写入苏联作家协会章程，一切非现实主义创作全部作为对立面受到打击和排斥，连浪漫主义都不配有容身之地。50 年代中国在外交上采取“一面倒”方针，文化教育全盘接受苏联思想模式。随着苏联教材和教授的引进，苏式现实主义理论也成为中国大学课堂和文艺创作界的不二原则。在这种文艺体制下，整个人类的文学艺术史，被硬生生改造成一部现实主义和反现实主义的斗争史。郭绍虞正是在这种体制下，企图用现实主义和反现实主义的斗争来归纳中国文学理论发展史。不出意料的是，他的这次努力又一次遭到了失败。

在写于 1957 年的《从“文”和“文学”的含义说明现实主义和反现实主义的斗争》一文中，他坦陈在当时风气影响下“也将中国文学批评史的研究纳入现实主义和反现实主义的斗争规律之中，但写到古文运动又觉得不能以此相绳”。这说明他已经面临这种理论对中国文学的不适用性，但还没有认识到这种理论本身的荒谬性。所以他说“问题不在这根贯穿文学史的红线，而在具体运用这根红线时是不是简单化”（《中国古典文学理论批评史》绪论）。是受限于认识水平，还是受制于当时的政治规制，他只能存疑这根红线的简单化运用，而没有否定这根红线本身。政治家炮制这样的红线概念，预设的前提是现实主义是进步的革命的，那么反现实主义作为它的对立面便是落后的反革命的。这也像操弄儒法斗争史一样，法家被认定是进步的革命的，那么反法家的儒家便是落后的反革命的。这种不证自明的预设非常荒谬，且不说非现实主义反现实主义的创作中有许多作家作品在历史上起过良好的作用、在人民中拥有崇高的社会地位，现实主义的创作也并非都是进步的革命的。就以列宁评论过的俄罗斯作家阿威尔岑柯为例，这位作家将自己的十二篇小说集为一本题为《插到革命背上的十二把刀子》的小册子，列宁称其为“一本有才气的书”，并评价小说对当时革命时期的人们困苦生活的描写达到了“惊人的真实”。显然这是一本现实主义的作品，但它却是极度仇视革命的文学作品。茅盾显然也看到了这样的分野，所以在评论中指出，现实主义的创作有进步的，也有反动的。有些政治人物无视文艺创作的这种实际情况，虚造出所谓的现实主义和反现实主义的斗争规律，目的无非是要确立意识形态的绝对统治地位。

由此而言，郭绍虞的理想遭到落败是注定的，而非仅仅是研究不力的缘故。

这也不是郭绍虞一个人的不幸，而是那个时代所有知识分子的共同命运。随着中苏关系的破裂，苏联现实主义理论教条应声落幕，但中国的知识分子并未获得思考和学术的自由。我们痛惜郭绍虞和像郭绍虞一样博学厚重的大师学者，未能在有生之年取得应有的更大成就，但我们又庆幸郭绍虞在不幸中是幸运的，文化浩劫固然使他创立中国民族形式或中国特色的文学理论的目的无法达到，但他投入的工夫毕竟没有白花，至少为后人的研究留下了丰厚的资料大全，他作为这门学科的奠基人地位牢不可破，不至于像某些理论家按照时势需要炮制出来的理论，事过境迁之后一片荒芜颗粒无收。

何旺生对郭绍虞学术活动的研究，与其说是对他成功经验的总结，不如说是对他失败教训的揭示，而后者对厕身于当下语境的我们似乎更有帮助。在建设中国自己的文学理论的过程中，如何面对传统文化遗产，如何对待外来思想文化资源，郭绍虞所经历的曲折道路，对于我们更有警示意义。何旺生对郭绍虞的研究不止这一个方面，他对郭绍虞在中国诗学批评的理论构架、范式建构和思想谱系上的探考，都作了要言不烦的分析评述，对我们了解这位学者的人生和学术活动的全貌，有较大的帮助。但我还是认为，这本书的主要价值，仍然在于对郭绍虞失败教训的研究，这对于一个时代的知识分子来讲具有普遍的意义。就此而言，何旺生如果掌握的材料更丰富一些，对研究对象的了解更深入一些，对时代要求的体会更切近一些，他的研究或许会更加鞭辟入里，更加发人深省。当然，这要算是对他进一步的苛求了。

对这本书的全面分析和学术评价，非这篇短文所能承担。我说了我看了这本书后最想说的话，就此打住。就把以上所说，作为本书的序。

杨文虎

2018 年 7 月 3 日于沪上

目录

Contents

绪　论

郭绍虞（1893—1984），我国现代杰出的古典文学理论家、语言学家、语文教育家，中国文学批评史学科的实际奠基人。自1913年到上海，进入进步书局（原上海文明书局），参与编辑《历代文评注读本》《历代诗评注读本》，郭绍虞便开始了七十余载的学术人生。他的一生，主要致力于中国古典文学、中国文学批评史的理论研究。毫无疑问，对今天的研究者而言，郭绍虞的学术人生已是一个“历史文本”，每个人都可以有各自的解读。尽管客观真实的历史只有一种，但理解者的立场、所运用的分析架构不同，历史总会在一定程度上被重新“书写”。唯其如此，在本书正式写作之前，我们有必要回顾前贤们对郭绍虞的“书写”和评价。

一、关于郭绍虞中国诗学批评的接受

1934年《中国文学批评史》上卷出版后，郭绍虞开始进入学者们的学术评价视域，或浓墨重彩，或简要描画，品人衡文，摩肩接踵。自20世纪30年代至今，纵观学者对郭绍虞的评价和接受，大体表现为三种维度，即：对《中国文学批评史》的评说、对作为学术史的郭绍虞的言说、对作为方法论的“郭绍虞经验”的研究。这样的三个维度，历时性与共时性相汇通，共同构成了郭绍虞中国诗学批评的学术研究史与接受史。

（一）对《中国文学批评史》的评说

1934年5月，郭绍虞《中国文学批评史》上卷由上海商务印书馆出版发行，此后，由于战争和国难，直至1947年，郭绍虞才出版了《中国文学批评史》下卷。

第一个对郭绍虞《中国文学批评史》进行评说的是胡适。1934年2月17日，胡适应郭绍虞之请，为《中国文学批评史》作序，但未收入书中。胡适肯定了郭绍虞“搜集材料最辛勤”，“郭君的论断未必处处都使读者满意，但他确能抓住几个大潮流的意象，使人明了这一千多年的中国文学理论演变的痕迹”。胡适认为，郭著的“最大功用在于辅助文学史，在于使人格外明了文学变迁的理论的背景”①。胡适不满意郭著将中国文学批评史分作演变期、复古期和完成期三个大时期，不满意郭著之论文学观念，将“神”“气”等后起的观念牵入古代文学见解里。胡适以他“历史学家的眼光”，基本把握了郭著的脉搏，有些见解仍有后人不能及的地方。郭著后经胡适审定为教育部颁的大学用书。不过，胡适的评价未必完全准确，文学史毕竟不同于历史，它自有其内在的发展轨迹。这或许也是郭绍虞未能采用胡适序言的原因之一吧。

第二个对郭绍虞《中国文学批评史》作评说的是朱自清。朱自清1934年10月发表在《清华学报》第九卷第四期上的《评郭绍虞〈中国文学批评史〉上卷》一文指出，郭著“虽不是同类中的第一部，可还算得是开创之作；因为他的材料与方法都是自己的”，从而“让大家相信文学批评是一门独立的学问，并非无根的游谈”；郭绍虞“随时引证思想方面的事件。这已不止于取材而兼是方法了。用这个方法为基本，他建立起全书的系统来”，“郭君还有一个基本的方法，就是分析意义，他的书的成功，至少有一半是在这里”②。朱自清也提出了郭著几处可以商榷的地方，但整体而言，朱自清首次提出了郭著的系统性特征，充分肯定了郭绍虞在学科体例和方法论方面的创造性成就，为后人评判郭绍虞在中国文学批评史领域中的学术地位奠定了价值基调。

几乎与朱自清同时，1934年10月17日，钱锺书在《大公报·文艺副刊》上撰文《论复古》，通过对郭绍虞《中国文学批评史》中“文学复古”和“文学进化”两个概念的辩难，直指郭著文学观念、历史观念的失当以及对中国文学发展进行价值判断时的前后矛盾之处。钱锺书说：“（一）文学革命只是一种作用(function)，跟内容和目的无关；因此（二）复古本身就是一种革新或革命；而（三）一切成功的文学革命都多少带些复古——推倒一个古代而抬出旁一个古代；

---

① 原稿首页，胡适有眉批自注云：“此序写成后，我写信与作者，能不用最好。他回信赞成不用，而将序末二段收入《自序》中。此文作废。适之，廿三，二，廿五。”引自《胡适全集》第12卷，季羡林主编，严云绶整理，安徽教育出版社2003年版，第237页。

② 朱自清：《朱自清古典文学论文集》（下），上海古籍出版社1981年版，第539－542页。

（四）若是不顾民族的保守性、历史的连续性而把一个绝然新异的思想或作风介绍进来，这个革新定不会成功。”钱锺书认为，郭书所主张的“‘纯文学’才是‘正确’的文学观念”，是缺乏心理学、美学等方面的学理依据的；郭绍虞是将“历史事实”与价值判断“搅在一起”了①。钱锺书的辩难，指出了郭著中不易被人发现的矛盾，笔调比较尖锐。郭绍虞针锋相对，于10月24日在《大公报》上以《谈复古》为题，对钱锺书作了回应。以今天的眼光看，钱锺书隐约揭示了郭著中隐蔽的具有本质主义色彩的文学观和历史观，有助于我们多角度地理解郭著本身，更有助于我们辩证地认识和理解中国古代文学批评的发展与演变。

20世纪50年代，中国文学艺术界进入了“思想改造”的特殊历史时期，郭绍虞感受着时代的风雨，以“自认是严肃”的态度，于1955年第一次改写了《中国文学批评史》。1956年5月31日，《光明日报》发表署名海风的近6000字长文——《评“中国文学批评史”》，从“胡适派的唯心主义观点”“关于理论上的现实主义与反现实主义的斗争问题”“关于文学批评史的分期问题与所谓‘正统’问题”三个方面，对郭绍虞的这次改写提出了所谓的“商榷”，认为郭绍虞受到了胡适派的“反动”的唯心主义思想的影响，“没有科学地阐明文学批评理论历史发展的客观规律。没有正确地根据文献的记载，分析和解释这种规律”，因而“发生了许多错误，歪曲了中国文学批评理论发展的历史”，“违反了起码的马克思主义的文学观点，当然无法阐明文学批评史的发展规律”。这样的评价，当然是时势使然，但以浓烈的政治批评话语替代冷静的学术批评话语，以政治的合法性遮蔽了学术的合理性，缺乏基本的客观公正，不仅消解了批评的有效性，而且有碍学术的正常发展。兢耕虽然没有超越当时特殊的思维模式和话语规范，比如他也认为“在同一时期里，总有一个比较是主流的文学思想和文学批评理论可以作为中心来叙述”，而郭书“在叙述各种文学思想时，往往放在一个平面上来叙述，分不出主次，因而也就看不出思想和理论批评之间的历史继承关系，以及发展的总的趋向”②，但总体而言，兢耕比之于海风，其批评话语的意识形态色彩大为削减，而增强了难能可贵的学理性，心态也更为平和。如对于郭书的“对戏曲和小说的理论和批评重视不够”，兢耕认为是由于“作者仅仅抱着诗文评的传统看法”，这样的评价，就比较符合郭绍虞的思想实际。其实，对于郭绍虞

---

① 钱锺书：《论复古》，原载《大公报·文艺副刊》，1934年10月17日。钱锺书：《写在人生边上·人生边上的边上·石语》，北京三联书店2002年版，第327—334页。

② 兢耕：《“中国文学批评史”》，《文学研究》，1957年第3期。

1955年、1959年的两次改写《中国文学批评史》，唐弢的评价是最精辟的。20世纪80年代，唐弢撰文说："就《中国文学批评史》而言，绍虞先生力图运用马克思主义观点，对古代的文论、诗话进行科学的分析。他在解放初期修改了一次。说实话，那次修改是失败的，新旧观点尚难融会贯通，显得有点生硬，扞格。文艺界一位领导甚至对我说，他读着修订本《中国文学批评史》，心里很难过。我倒没有这样的感觉，因为我了解绍虞先生有所不为的狷性性格，并且确信这种狷性必将引导他走上科学道路。第二次修订本就比较熟练，比较融洽了，我庆幸自己没有作出错误估计。"①

1993年，在郭绍虞百年冥诞之际，王元化作《记郭绍虞》的纪念文章。王元化认为郭绍虞的《中国文学批评史》："在章节上并不整齐划一，而是或以家分，或以人分，或以文体分，或以问题分。表面看来，全书很不一致，显得有些琐屑零乱，但实际上却是费过一番经营擘划的功夫。这种编例摆脱了形式上的构囿，更能勾出我国文学批评史的真实面目，触及它的深微之处。但是这一点往往不易为人理解。"②

1999年，天津百花文艺出版社将郭绍虞1934年出版的《中国文学批评史》上卷与1947年出版的《中国文学批评史》下卷合集重印，王运熙有一简练的《前言》。2000年，蒋凡与郭绍虞之女郭信和主编出版了《郭绍虞说文论》，蒋凡作《导言》一篇。王运熙说："著者在论述一些批评现象时，往往在纵向上注意前后的继承发展关系，在横向上注意同时代文论的相互影响关系，在涉及背景时又注意说明文论与文学创作、哲学思想的关系，凡此等等，使读者获得鲜明的历史线索和图景，而不仅仅是按时代先后排列的代表性文论的辑录。"③ 蒋凡提出，"作为一代宗师，郭先生首先是当之无愧的中国古代文论研究学科的拓荒者和奠基人之一"；"郭先生的古文论研究，……具有无法替代的历史地位和启示来者的现代意义"；郭绍虞"在古文论研究中，牢固树立了文学与语言相结合以推动文学演变的理论观念"；"非常重视古文论研究中的形式批评"；"极其重视文学观念的演变，并对古文论中的诸多具有民族性的概念和范畴，从资料搜集，到归纳演

---

① 唐弢：《狂狷人生——纪念郭绍虞先生》，《唐弢文集》（第四卷），社会科学文献出版社1995年版，第391页。

② 王元化：《记郭绍虞》，《思辨录》，上海古籍出版社2004年版，第170页。

③ 郭绍虞：《中国文学批评史·前言》，百花文艺出版社1999年版。

绎，最后在历史的动态发展中，来概括其规律和本质、价值和意义”[1]。王运熙、蒋凡两位学者的评价，简洁而凝练，确实把握了郭绍虞中国诗学批评研究的真谛。

2004年，李咏吟主编的《多维视野中的百部经典·文艺学卷》作为面向大学生进行经典解读的普及性读物，其中的第十二章“《中国文学批评史》：诗学的历史解释”[2]，将郭绍虞的《中国文学批评史》置于建构中国文学批评史的学术与文化背景中，通过细读，较清晰地阐明了郭绍虞《中国文学批评史》的经典性。文章特别提示读者注意郭著中的“文”之观念、西学的影响、整理国故与批评史的历史认知，其所摘选的前人对郭绍虞的多维视野的评说（包括总体评价、体例特点、存在问题），在一定程度上，也有力印证了郭绍虞《中国文学批评史》的经典性。

（二）对作为学术史的郭绍虞的言说

20世纪90年代后，对20世纪中国学术思想史的研究开始勃兴，一批对中国文学批评史学科的发展历程进行回顾、总结和展望的论文应运而生。郭绍虞自然成为学者们散点透视的聚焦点。学者们对郭绍虞《中国文学批评史》的接受和评说，开始向纵深拓展，并逐渐超越作为著作的、纯粹的《中国文学批评史》本身，而转向学术史视角。

王元化第一次指出，郭绍虞的学术成就广泛而深微，要全面评价郭绍虞，就必须拓宽视野，“仅仅把他视为古代文论的学者，忽视了他在语言文字方面所取得的学术成就，就不能对他作出全面的评价。他在这方面的研究具有不少创见，往往发人所未发”[3]。王元化提出的“由中国文学批评史研究拓展到其他学术领域”的观点，随后在一些研究者那里得到了落实和发挥。比如，语言学学者申小龙指出：“郭绍虞以一个古典文学批评史的眼光来审度现代语文分析，其语文批评往往别开生面，新颖宏富，给人深刻的感悟。郭绍虞的语文观处处显示出汉语的人文精神与西方语言的深刻对立，入木三分地针砭了汉语语法研究中照搬西方语言学科科学主义立场和方法的时弊，体现出对中国语文精神的

① 蒋凡、郭信和编：《郭绍虞说文论·导言》，上海古籍出版社2000年版。

② 李咏吟：《多维视野中的百部经典·文艺学卷》，浙江古籍出版社2004年版，第256—279页。

③ 王元化：《记郭绍虞》，《思辨录》，第171页。

深刻的文化反思。"[1] 叶云鹏认为，郭绍虞"在大学语文教育目标、教材编选、教学方法等方面有许多精辟独到的见解，对大学语文学科建设作出了很大的贡献。研究郭绍虞大学语文教育思想，对于改进大学语文教育，对于研究现代语文教育发展史，都有重要意义"[2]。这些富有实效的探索和研究，充分肯定了郭绍虞在语言学和语文教育领域的卓著成就，也在实质上拓展了对郭绍虞的接受领域。

1996 年，汪春泓发表《肇端既邃密　后来加深沉——中国文学批评史学科 70 年回顾与展望》一文，将郭绍虞的《中国文学批评史》置放到中国文学批评史学科 70 年的发展历程中，初步揭示了郭绍虞学术思想的文艺学学科意义和民族特色。汪文认为："郭著抓住文学本体论来结构全书，而这条一以贯之的脉络，源远流长，确实涵盖着中国文学批评史极丰富的内容，并且体现出文学理论的民族特色。"汪文指出郭著的优长在于，第一不是机械简单地从研究对象中搜寻文学理论质素，不用现成理论观念去硬套古人；第二在历史的立体网络中辨析文学理论和现象，"尊重历史本真的面貌"，"努力返归当时语境，其注重历史感的自觉意识，尤应为后学所效法"。不过，汪文认为，"郭著专注于文学本体论，专注于诗文'第一义'，太高自位置于形而上，虽也有对声律问题的仔细考订，但于形而下者，似乎较为惜墨"[3]。这似乎有些拘泥于郭绍虞的《中国文学批评史》本身，没有顾及郭绍虞的学术全貌，因为从 1921 年发表《谚语的研究》到 20 世纪 40 年代，郭绍虞直接研究语言和声律等问题的专门文章就有十余篇，足见郭绍虞对该问题的重视和研究的深广。

1996 年，王瑶主编的学术史研究丛书《中国文学研究现代化进程》出版。该书第八章《郭绍虞中国文学批评史研究的成就与贡献》（作者董乃斌），洋洋三万余言，可以说是第一篇系统地研究郭绍虞的论文。该文细致考察了郭绍虞的学术追求、治学成就、研究方法及其代表的学术思潮，辨章学术，考镜源流，甚为周详。文章指出，郭绍虞的一切学术活动，大体上是围绕着中国文学批评史这个轴心的。"无论他之主张将语言学、修辞学打通，还是他论析中国古代文学的语

---

① 申小龙：《中国语文精神之文化反思——郭绍虞语法哲学研究》，《北方论丛》1994 年第 1 期。

② 叶云鹏：《试论郭绍虞的大学语文教育思想》，《台州师专学报》1997 年第 4 期。

③ 汪春泓：《肇端既邃密　后来加深沉——中国文学批评史学科 70 年回顾与展望》，《北京大学学报》，1996 年第 5 期。

言型、文字型，或者提倡文体分类学，都与他将批评史研究推向的愿望和努力分不开。”① 这明白地揭示了郭绍虞中国诗学批评研究的整体性和学术思想的一致性，但郭绍虞所追求的“更高境界”是什么，该文却是引而未发，这也给后来者留下了进一步阐释的空间。比如，陈思和、周斌主编的《名师名流》（上）首章的《象牙塔内　故纸堆中——郭绍虞教授传论》就是在董文基础上的“接着讲”。该传论直言：“文学史研究、批评史研究、语法修辞研究是郭绍虞整个学术体系中三个不可或缺的组成部分，这三者不仅相互联系，而且相互支撑，缺少了任何一个学术板块，郭绍虞的学术体系都将不再完整——本文即从这一基本认识出发，力图对郭绍虞的学术体系做一整体性的勾勒。”②

1997 年，彭玉平、吴承学发表《中国文学批评史研究的回顾与展望》，认为以郭绍虞的《中国文学批评史》为代表的 20 世纪三四十年代的批评史研究，“其贡献主要是在新的文学观和史学观的指导下，对古典文学批评的原始文献进行了初步而系统的整理，对批评史上出现的一些重要批评家和批评专著以及有关的命题、范畴作了还原性的考核与阐释，并初步构筑了近代性质的中国文学批评史理论体系。但由于受到整个学科研究基础以及研究观念和方法论的制约，还不能运用历史唯物主义和辩证唯物主义的态度与方法，去分析和评述批评史上出现的种种现象，所以在本体阐释和价值评估上缺乏深入的开掘”，“但在此后的研究中，随着学术视野的拓宽和研究观念的渐变，相关的专题研究则显示出许多新的气息”③。该文史论结合，通过考察中国古代文学批评著作在传统目录学中的分化演进，对 20 世纪后 70 年的中国文学批评史研究进行总结和评价，从而凸显出郭绍虞的学术史价值以及对后来者的引领作用。

进入 21 世纪，着眼于中国现代学术研究的变迁和发展，对郭绍虞中国文学批评史研究的学术成就进行研究和评述的著作，虽非“千树万树梨花开”，却也是“忽如一夜春风来”。它们对郭绍虞的接受，态度更辩证，视野更宏观，话语更现代，但未出现专史式著作，而是散见于文艺学学科史论著中。主要有：蒋述

---

① 董乃斌：《郭绍虞中国文学批评史研究的成就与贡献》，王瑶：《中国文学研究现代化进程》，北京大学出版社 1996 年版，第 347 页。董文后简约为董乃斌、陈伯海、刘扬忠编著：《文学史学史》（第三卷）之一节，河北人民出版社 2003 年版，第 404－409 页；后又被全文编入其自著的《近世名家与古典文学研究》第三章，上海大学出版社 2005 年版。

② 刘竞飞：《象牙塔内　故纸堆中——郭绍虞教授传论》，陈思和、周斌：《名师名流》（上册），广西师范大学出版社 2005 年版，第 1 页。

③ 彭玉平、吴承学：《中国文学批评史研究的回顾与展望》，《中国社会科学》，1997 年第 5 期。

卓、刘绍瑾等人的《二十世纪中国古代文论学术研究史》（北京大学出版社，2005年）；王铁仙、王文英主编的《二十世纪中国社会科学·文学学卷》（上海人民出版社，2005年）；韩经太的《中国文学批评史研究》（福建人民出版社，2006年）；周兴陆的《20世纪中国古代文学研究史·总论卷》、黄念然的《20世纪中国古代文学研究史·文论卷》（中国出版集团东方出版中心，2006年）。因篇幅所限，本书不能尽述，遗珠之憾，在所难免。

（三）对作为方法论的“郭绍虞经验”的研究

20世纪末至21世纪初，一些学者在继续总结、研究中国文学批评史建设与发展历程的同时，广泛吸收当代西方的文论话语和批评理论，对郭绍虞的学术评价也显示出某些新的价值取向，即注重郭绍虞在文学观念、学术思想方面的创新以及研究领域的开拓，又重视郭绍虞的治学经验，且呈现出规模化、多维度、跨学科的学术趋向。

2000年，王先霈发表《中国文学批评史研究中的创新和继承——郭绍虞等人治学经验及其现实启示意义》，该文着眼于中国文学批评史的学科建设，从方法论视角阐发郭绍虞的治学路径及其现实的启示意义，认为郭绍虞“是从文化的、学术的、文学的整体出发来研究文学批评的，体现了宏阔的眼光”，郭绍虞的治学路数“更多属于国故文献之学”，郭绍虞“是大学问家而不是理论家，不是思想家”，因为“中国文学批评史学科，目标不能仅限于尽可能切近地描绘曾经存在过的文学思想形态；它应该关注并且影响当今人们的审美观、今天社会的文艺生活，在维系、拓展、丰富民族的‘文学自性’上发挥作用”①，而郭绍虞虽然为我们梳理出了丰富的有系统性的思想资料，但其著作对同时代的文学创作和文学批评的现实的激发力却较弱。这样的评判，对郭绍虞的中国文学批评史研究而言，应该说是比较公允的，但如果将郭绍虞的中国文论研究作为一个系统来考察，尤其是后期，郭绍虞的学术目标已超越“描绘曾经存在过的文学思想形态”，而指向“建立具有中国民族特点的马克思主义文艺理论”②，这说明郭绍虞还是很注重学术研究的当下性的。

2003年，李咏吟从诗学解释学的理论视角指出，郭绍虞的《中国文学批评

① 王先霈：《中国文学批评史研究中的创新和继承——郭绍虞等人治学经验及其现实启示意义》，《华中师范大学学报》（人文社会科学版），2000年第6期。

② 郭绍虞：《建立具有中国民族特点的马克思主义文艺理论》，《人民日报》，1980年11月5日。

史》致力于中国思想与中国文化的构建，致力于古典诗学的重建，将民族意识与现代文化意识融合在一起，在很大程度上“构建”了具有鲜明民族特色的文化诗学。该书认为，郭绍虞的诗学探索，“既坚持了‘本土文化’的诗学立场，又融入了‘西方诗学观念’，并使之具有一种‘现代文化意识’，而且能够‘创造性地解释’中国文学艺术”；郭绍虞的诗学实际上就是民族诗学理念、西方诗学观念和马克思主义诗学原则的会通融合，所以“我们可以将这种既有本土文化价值立场又有西方诗学意识的诗学解释学意向称之为‘文化诗学’”①。这样的解释，可以说是独树一帜。但由于其具体解释又多是只言片语，显得感性有余而逻辑性不足，也容易给人造成过度阐释的印象。类似这样只言片语式的评价，在其他学者那里还很多，如蒋寅的《学术的年轮》（中国文联出版社，2000 年）、周勋初在罗根泽《中国文学批评史》（上海书店出版社，2003 年）中的“序”，多以零星的语言论及郭绍虞。

其后，韩经太将郭绍虞的《中国文学批评史》写作置于传统的知识体系与新兴的思想观念的碰撞中，置于郭绍虞所无法逃避的政治化的、特定学术语境中，不仅视野宏阔，而且论析更显辩证。特别是他将郭绍虞分别于 1955 年、1959 年修订出版的《中国文学批评史》和《中国古典文学理论批评史》作为 20 世纪中叶知识分子“思想改造”的典型个例，许多论析鞭辟入里，发前人所未发。在他看来，考察“郭绍虞现象”的意义在于，可以“发现在那样的学术语境中正常的学术思维是怎样展开的，学术真知是怎样透过显然偏激的理论模式展现着自己的理论韧性，而作为所有学者之信仰对象的唯物史观，又怎样在那样一种思想形势下发挥着其应有的科学性的力量”②。黄念然则直接采取当代西方的话语理论，以郭绍虞式的“问题意识”作为“书写方式之理性基础”，广泛地将意识形态分析、知识社会学的分析、精神分析、权力分析等方法作为揭示问题的切入点或视点。他提出，从话语形态分析，郭绍虞的古代文论研究操持的是历史考辨型话语，1955 年、1959 年的两次修订、改写《中国文学批评史》，则主要运用了意识形态型话语，如现实主义与反现实主义、唯物主义与唯心主义的二元对立模式；从“批评史”话语的实践方式看，郭绍虞的《中国文学批评史》是历史绝对主义表现最为突出的一部著作；从“批评史”的历史叙述和话语活动所显现的解释范

① 李咏吟：《诗学解释学》，上海人民出版社 2003 年版，第 319、353 页。

② 韩经太：《中国文学批评史研究》，福建人民出版社 2006 年版，第 243、249 页。

式看，郭绍虞运用的是还原型解释，1955 年、1958 年的修改本则是机械型解释，即“从某一局部的基本法则（如政治法则、宗教法则、道德法则、经济法则甚至‘阶级斗争’法则等）来确定某种特殊‘条件’对中国文学批评史的影响”[①]。类似这样的话语分析或描述，黄念然在他的另一部论著《中国古代文论研究的现代转型》中再次提及。黄念然的视角是新颖的，其本身的话语言说方式是现代的，甚至是“后现代”的（如多次称引米歇尔·福柯的“话语”理论、海登·怀特的新历史主义等），这无疑有助于我们多维度地考量郭绍虞，但西方话语理论的过度操持，多少遮蔽了郭绍虞诗学探索的民族性立场。

此外，值得一提的还有，陆承曜发表的《学海苦舟——漫谈郭绍虞先生的治学精神》（《苏州杂志》2005 年第 1 期）一文。陆承曜之父乃郭绍虞表兄，陆、郭两家交情深厚，故陆承曜对郭绍虞的了解便有他人不能有的便利处，文章自然也浸润着浓浓的怀念与崇敬之情。由于这种特殊的亲友关系，陆文后来经作者修饰、加工，被《插图本苏州文学史》（范培松、金学智主编，江苏教育出版社，2004 年版）采用为第六章之一节，作为对郭绍虞古代文学研究的评介。

（四）可能的问题

以上三个维度，应该说都是郭绍虞中国诗学批评研究的重要内容：第一层细读《中国文学批评史》，为研究郭绍虞的中国诗学批评思想奠定了坚实基础；第二层专注于推进和完善中国文学批评史的学科建设，具有思想史意义，为研究郭绍虞的中国诗学批评思想提供了必要的宏观视野和思想深度；第三层直接探讨“郭绍虞经验”的一些具体问题，但局限于郭绍虞体系建构的自足性，对“郭绍虞经验”的生成、基本特征、审美诉求以及对中国文学理论建设的实践意义等一系列重要问题都缺乏深入、系统的研究。我们暂不去细究每位学者的具体观点是否存在不完善处，且就总体看，至少有以下几个问题值得进一步追问：

其一，虽然不少学者已经注意到郭绍虞学术体系的整一性，但又认为郭绍虞的体系建构是自足的，自足便意味着封闭，这显然不很妥帖。事实是，郭绍虞的中国诗学批评研究并不在于追求体系的自足，他的体系是开放的——向传统开放、向当下开放、向中西文化开放，其根本目的是推动社会主义新文艺的发展，

---

① 黄念然：《20 世纪中国古代文学研究史·文论卷》，中国出版集团东方出版中心 2006 年版，第 255 页。

建立“具有民族形式的社会主义内容的文艺”①。

其二，很多学者都阐述了20世纪初西方文化的传入、西方文化与中国文化的交流对郭绍虞学术研究的影响及其现代学术意识的生成的助推力，却忽视了郭绍虞的学术研究自始至终的外向性品格和“中西比较”的方法论持守，其现代学术价值因而并未得到全面揭示和深入阐发。在这方面，郭绍虞于1920发表的长篇美学论文《艺术谈》为我们提供了值得深究的理论文本。

其三，就中国文学批评史这门学科而言，郭绍虞的价值取向和价值特性是什么？如果我们承认郭绍虞的中国诗学批评研究是文化诗学批评，那么，这种文化诗学批评对于中国文学批评史学科的建构、对于当代语境中的中国文论话语的建构又有什么指示意义？

而从学术史或“郭绍虞经验”看，更有一些问题需要我们深入考量：第一，一个老学者，半个多世纪中竭力学习马克思主义，力求用新思想重新认识古代文学理论家，力求建立“具有民族形式的社会主义内容的文艺”，并以实际行动两次改写，为何始终磕磕绊绊，不能成功？是郭绍虞的学术范型自身的问题，还是社会思维和时代话语的转换问题？第二，“中国特色”的现代文艺学该如何面向中国的社会现实和历史传统？中国文论的民族身份究竟怎样才能建立，又该如何建立？第三，作为西学的延伸的马克思主义文学理论，如何与中国的传统文论结合、与中国实践结合？这是郭绍虞们个人无法解决的。当马克思主义被庸俗化时，郭绍虞们本能地抗拒，但又不得不使用被曲解的马克思主义。这种个人的困境、学术的尴尬如何不再重现？站在新的社会历史文化维度上，纯正的学术态度与不断变化的时代思维如何保持协调？

上述这些问题，在很大程度上构成了本书写作的逻辑基点与探究方向。

二、本选题的研究对象

本书以郭绍虞的中国诗学批评思想作为文本对象，是“研究”的研究、“批评”的批评。

何以要称“中国诗学批评”，而不采用通常的“中国文学批评史”名称？这

① 郭绍虞：《建立具有中国民族特点的马克思主义文艺理论》，《人民日报》，1980年11月5日。

是本书必须厘清的一个问题。

首先，本书是在比较宽泛的意义上使用“诗学”一词的。众所周知，“诗学”一词源自亚里士多德的《诗学》。在《诗学》这部西方文艺理论史上最早的经典中，亚里士多德就将“诗”放在一般的意义上，不是指狭义的诗歌，而是泛指文学，着力描述了什么是文学及文学的构成，并展示了文学的手段和目的。这样，“诗学”也不是专指诗歌理论，而是泛指一般的文艺理论。由此，亚里士多德奠定了传统诗学的概念，并被西方文艺理论界一直沿用，诸如古罗马古典主义理论家贺拉斯的著作《诗艺》，17 世纪法国新古典主义理论家布瓦洛的著作《论诗艺》等。到了 20 世纪，以“诗学”泛指一般文艺理论渐成定局，“诗学”遂成了文艺理论的代名词。换言之，今天我们以“诗学”来指称“文学理论”“文艺理论”，是与“诗学”在古希腊时代的原初本义存有内在的逻辑关系的，因而是“合法的”挪用。

而在中国文学传统中，由于小说、戏剧等叙事类文学的成熟远较诗歌为晚，所以诗也一直是文学的代名词。有学者认为，“‘诗学’意味着与诗歌有关的所有学问，或者说是一门关于诗的学问”，它应该包含五个方面的内容：“(1) 诗学文献学，(2) 诗歌原理，(3) 诗歌史，(4) 诗学史，(5) 中外诗学比较”[①]。我们认为，这样的界说囿于诗歌文类，明显局限于中国传统的“诗文评”，而将“中外诗学比较”纳入中国诗学，从研究视域讲，虽是必要的，但它又混淆了中外“诗学”概念的学理性差异。曾任国际比较文学学会会长的美国学者厄尔·迈纳在他的《比较诗学》中，就从“文类”这个独特的角度来定义文学的本质和地位，研究不同文化体系中系统性诗学的起源和发展。厄尔·迈纳将戏剧、抒情诗和叙事文学称为“基础文类”（foundation genres），并将建立在基础文类上的诗学称为“原创诗学”。他认为，西方诗学是亚里士多德根据戏剧定义文学而建立起来的，中国诗学则建立在抒情诗的基础上，是“情感—表现的”诗学[②]。虽然中西诗学两者并不相同，但它们试图回答的问题却往往是共通的，诸如文学是什么、文学的功能是什么、文学与自然的关系是什么等等。又如，关于“什么是文学”这个诗学的核心问题，中西诗学探寻的思路也大致相近，不外乎是从文学与世界的关系、文学与作者的关系、文学与读者的关系以及文学语言等几个方面来

① 蒋寅：《学术的年轮》，中国文联出版社 2000 年版，第 91—92 页。

② ［美］厄尔·迈纳：《比较诗学》“绪论”，王宇根、宋伟杰译，中央编译出版社 1998 年版。

认知。现在我们使用“诗学”概念，已具有一定的约定俗成性，既包括本来意义的诗歌理论（诗论），也包括一般的文艺理论乃至美学理论。这是本书所以称谓“中国诗学批评”的一个理由。

其次，从中国文学批评史的学科轨迹看，“文学批评”原本就是西方的舶来品。按照陈钟凡、罗根泽等人的看法，“文学批评”一词实与中国传统的诗文论不尽相同，故以批评史名之，并不符合实际。罗根泽指出，中文的“批评”一词，并不与西文“Criticism”对应，它“既不概括，又不雅训，所以应当改名‘评论’”，“以‘评’字括示文学裁判，以‘论’字括示批评理论及文学理论。但‘约定俗成’，一般人既大体都名为‘文学批评’，现在也就无从‘正名’，只好仍名为‘文学批评’了”[①]。罗根泽认为：“狭义的文学批评就是文学裁判；广义的文学批评，则文学裁判以外，还有批评理论及文学理论。”“我们不能只着眼于狭义的文学批评的文学裁判，而必须着眼于广义的文学批评的文学裁判及批评理论与文学理论。”[②] 这就是说，“中国文学批评史”并不是一个理想的名称，它的被使用，只是因为“约定俗成”。这种中国式的模糊思维已深深地积淀为一种集体无意识。即便是现在，就像学者所说的：“在时下的教学与研究中，用来指称本学科的，除中国文学批评史外，还有中国文学理论史、中国文学思想史、中国文艺美学史、中国诗学等名目，……究竟哪一个名称更切合实际呢？似乎很少有人深究，反正大家彼此心照不宣，只要明白是在古代文论研究内这个领域之内就成。”[③] 即便从“史”的角度看，某种意义上，文学批评史中其实并没有“历史”，任何历史的、过去的事实在文学批评史家的笔下都变成了“现在”[④]——即变成了文学批评史家对“历史”的当下性言说和主体性延伸。郭绍虞 1934 年的《中国文学批评史》“复古运动的高潮时期”一章有这样一段话：

> 读者于此，或将不免怀疑，以为文学与批评颇有关系，何以就文学言则是进化，是革新；由批评言则成退化或复古呢？此二者之交互的影响极为密切，何以会有这样矛盾的现象呢？实则不必疑也。社会上一切文物的进化，大都是循环式的进化，波浪式的进化。作家之受批评界的影响，固也；但是

---

① 罗根泽：《中国文学批评史》，上海书店出版社 2003 年版，第 8 页、第 10 页。

② 罗根泽：《中国文学批评史》，第 5 页、第 8 页。

③ 张海明：《古代文论研究学科性质的思考》，《文学遗产》1997 年第 5 期。

④ 刘象愚：《韦勒克与他的文学理论（代译序）》，［美］勒内·韦勒克、奥斯汀·沃伦：《文学理论》，刘象愚等译，江苏教育出版社 2005 年版，第 14 页。

> 批评界的复古说尽管高唱入云，而历史上的事实，终究是进化的。所以作家虽受复古说的影响，而无论如何终不会恢复古来的面目，维持古来的作风。非惟如此，作家因这种影响，反足以变更当时的作风，反因复古而进化。这是所谓循环式的进化。但是他不是如循环然的周而复始的，后人的复古决不仍是以前的古而是后人的古，所谓后波逐前浪，后波的起伏同于前波的起伏，而后波决不便是前波，这是所谓波浪式的进化。由于这样则何疑于他们文学与批评之矛盾呢？[①]

这段话虽然是以历史的眼光分析中国古代文学史观，但其鲜明的论辩色彩和具有历史哲学意味的阐释，也可以径直看作是一种文学发展论。郭绍虞指出："文学批评有广狭二义，就广义讲，可以包括文艺理论；就狭义讲，只指对文学作品的评论。就中国古典文学中的文学批评来讲，一向是重在广义的。"[②] 中国如此，西方亦然。韦勒克、沃伦说："文学理论不包括文学批评或文学史，文学批评中没有文学理论和文学史，或者文学史里欠缺文学理论和文学批评，这些都是难以想象的。"[③] 这是本书所以称谓"中国诗学批评"的第二个理由。

再次，作为中国文学批评史学科的建设者、奠基者，郭绍虞的学术成就、历史地位已有定论。本书跨越单一的文学批评史学科界域，取一种立体的、全方位的、多维的视角，在中国文学理论的总体发展框架下，重新审视郭绍虞文本及其经验世界，探求中国文学理论的建设之路。朱自清说过："文学批评史不止可以阐明过去，并且可以阐明现在，指引将来的路。"[④] 罗根泽说："我们研究文学批评的目的，就批评而言，固在了解批评者的批评，而尤在获得批评的原理；就文学而言，固在藉批评者的批评，以透视过去文学，而尤在获得批评原理与文学原理，以指导未来文学。"[⑤] 而从郭绍虞研究中国文学批评史的实际路径看，他所切入的诗学范畴批评、诗学语言批评、文体学批评、诗话考论（可视之为古代文学理论资料的整理与阐发）四条路径，思想与方法相互发明，客观上也构成了一

---

① 郭绍虞：《中国文学批评史》，上海商务印书馆 1934 年版，第 216 页。

② 郭绍虞：《中国古典文学理论批评史》，人民文学出版社 1959 年版，第 2 页。

③ ［美］勒内·韦勒克、奥斯汀·沃伦：《文学理论》，刘象愚等译，江苏教育出版社 2005 年版，第 33 页。

④ 朱自清：《诗文评的发展》，《朱自清古典文学论文集》（下），上海古籍出版社 1981 年版，第 544 页。

⑤ 罗根泽：《中国文学批评史》，上海书店出版社 2003 年版，第 7 页。

个自足的诗学研究系统。所以，对本书而言，郭绍虞的中国文学批评史研究只是基础文本，是“圆心”。本书的写作，立足于郭绍虞半个多世纪的学术人生，在全球化背景下，在后殖民文化语境中，从建设中国特色文学理论的维度，深度阐发郭绍虞的中国诗学批评研究，发掘潜藏其中的当代诗学意味，以探寻郭绍虞对于我们今天正在努力开展的中国古典诗学的现代转换工作和“重建中国文论话语”的宏大构想，所可能具有的方法论意义。这是本书所以称谓“中国诗学批评”的第三个理由。

据此，本选题的研究大致有三个方面的意义：第一，整体性研究，具有开拓性的启示意义。郭绍虞经验的基本旨趣应该是以现代文化意识和开放的学术姿态，创造性地诠释本民族的诗学思想，为推动社会主义新文艺的发展、“建立具有中国民族特点的马克思主义文艺理论”寻找可能的路径。但是，学术界目前对所谓“郭绍虞经验”的探究仍显静态，忽视其开放性、当下性，本书则将郭绍虞的学术体系与其“建立具有中国民族特点的马克思主义文艺理论”[①]的学术理想有机结合，深度阐发其学术探索的特点、范式，为中国文学理论的建构找寻必要经验。第二，郭绍虞始终处在古与今、中与西多元文化的互动和冲突中，重视中西文学经验和理论思维的差异性（如其《艺术谈》）。他既未割裂与传统的诗学解释学的联系，也没有拘泥于传统诗学的解释学意向。他对西方诗学思想和马克思主义诗学的某些原则的吸收，更体现出一种现代文化意识和开放的学术姿态。研究郭绍虞的中国诗学批评，有助于在全球化语境中确立中国文论的文化身份，重建中国文论话语体系，促进中国文论现代化。第三，郭绍虞中国诗学批评研究的显著特征之一，就是文学批评与文学理论纠结为一体，批评“以得到有关文学的系统知识和建立文学理论为目的”[②]。这为我们探索中国文学理论的建设之路提供了有益的借鉴，即通过文学批评来进行文学理论的建设，或许是一条走得通的道路研究。先弄清楚文学理论和文学批评之间的关系与联系；再对批评的现状进行分析，搞清楚文学批评的内在要求；然后，寻找文学批评和文学理论之间的契合点，摆脱二元对立思维的局限，推进中国文学理论与文学批评的一体化发展。

---

① 郭绍虞：《建立具有中国民族特点的马克思主义文艺理论》，《人民日报》，1980 年 11 月 5 日。

② 雷内・韦勒克：《批评的概念》，中国美术学院出版社 1999 年版，第 4 页。

三、本选题的研究内容

当代美国著名历史学家海登·怀特曾说道："'历史'不仅是指我们能够研究的对象以及我们对它的研究，而且是，甚至首先是指借助一类特别的写作出来的话语而达到的与'过去'的某种关系。历史话语以其具有文化意义的形式现实化为一类特定的写作，正是这一事实允许我们去思考文学理论和历史编纂（historiography）的理论及实践两方面的关系。"他进一步指出，"历史话语所生产的是对历史学家掌握的任何关于过去的资料和源于过去的知识的种种阐释"①，任何历史叙述必然包含着历史叙述者对历史的解释。对我们而言，郭绍虞的中国诗学批评是对中国古代文学理论及其历史发展的解释，其本身又构成了另一个待解释的"历史"文本。

本书以中国文学理论研究为参照系，以文学阐释学、文化诗学为主要方法，兼采后现代批评理论、后殖民主义批评理论，在全球化和马克思主义中国化的现实语境中，以建设中国本土化文学理论为指归，将郭绍虞的学术体系与其"建立具有中国民族特点的马克思主义文艺理论"的学术理想作为一个有机体，以历史梳理与现象分析相结合，细绎其中国诗学批评的知识形态、理论范式和文学批评观；通过实证研究，剖析其主体人格个性及新文化思潮、近现代西方文艺美学思想的系统性影响，阐发郭绍虞中国诗学批评现代性表征与矛盾，探究其之所以存在矛盾的可能原因，发掘其对中国文学理论建设的建构意义。

本书主要内容分为五个方面：

第一章，通过史实梳理，勾勒郭绍虞七十载学术人生之轨迹，展示其学术研究和学术活动的丰富多彩、恢宏深阔。

第二章，郭绍虞中国诗学批评的理论构架。郭绍虞以诗学范畴批评、诗话研究、诗学语言批评及文体学批评为问题域，以自己的方法和材料构建了独具特色的知识体系，创新了一种研究中国诗学批评的策略与路径。

第三章，郭绍虞中国诗学批评的范式建构。以《中国文学批评史》为基础文

---

① 海登·怀特：《"描述逝去时代的性质"：文学理论与历史写作》，拉尔夫·科恩：《文学理论的未来》，程锡麟等译，中国社会科学出版社1993年版，第43页、第45页。

本，郭绍虞建构了“以问题为纲”的研究范式、历史还原的诠释范式、文化诗学的意义范式，并呈现出丰富而独特的经验内涵。“以问题为纲”是郭绍虞中国诗学批评的核心范式，其历史还原的诠释范式和文化诗学的意义范式都统摄在“解决问题”的纲领性原则之中。

第四章，郭绍虞中国诗学批评的思想谱系。狷而时狂的知识分子人格与性情内在地影响了郭绍虞的学术选择：一方面，他张扬“五四”科学精神，置身于“整理国故”的思潮中，自觉接受、融合马克思主义思想和西方近现代文艺美学思想，呈现出鲜明的思想谱系；另一方面也呈现出无法避免的矛盾和局限，留给我们的启示是极具建构性的。

最后，本书从郭绍虞诗学批评的知识体系和范式出发，从他诗学探索所显示的问题域出发，反思当下的文艺学问题，探究郭绍虞对建设中国文论的建构意义。郭绍虞为我们指明了一种方向，我们也可以返回到郭绍虞，从中获取某些知识资源、思想资源，以帮助我们思考问题、解决问题。

要而言之，为达成本书之研究目的，笔者力图改变以往单向度的、静态的研究模式，注重多重关系中的动态立体研究，注重问题研究的本土化、现代性；通过对郭绍虞中国诗学批评的文化语境、话语生成等的综合考察，将郭绍虞中国诗学批评研究与其“建立具有中国民族特点的马克思主义文艺理论”的学术理想作为一个有机整体，系统阐发其学术范式、精神基质，反思其矛盾与可能原因；同时，以中国文论的现代化为指归，探求郭绍虞对中国文学理论的建构性意义。

第一章　郭绍虞的学术人生

郭绍虞，复旦大学中文系一级教授，我国当代著名的文学批评史家，同时也是著名的教育家、书法家。郭绍虞在中国古代文学、中国古代文学理论批评、中国语言学、训诂学、书法等多个方面都有深入的研究，取得了令人景仰的学术成就。本章通过对郭绍虞一生著述的梳理，勾勒郭绍虞七十载学术人生之轨迹，展示其一生学术活动和学术研究的丰富多彩、恢宏深阔。

一、郭绍虞的生平①

郭绍虞1893年（清光绪十九年）11月21日出生于江苏苏州②，名希汾，字绍虞，后以字行。1910年，郭绍虞在苏州中等工业学校上学时（两年后，因家庭拮据和辛亥革命而辍学），与同学创办了文学刊物《嘤鸣》，写诗作文。1913年，郭绍虞到上海商务印书馆附属尚公小学教书，得以利用商务印书馆的“涵芬楼”藏书，在自学中开始从事学术研究和创作。

1914年，郭绍虞进入进步书局（原上海文明书局）当编辑；该局停办后，到启秀女中当教师并兼职于东亚体育学校；1916年，进入商务印书馆编译所，

① 本段的写作主要以《郭绍虞自传》（《中国当代社会科学家（传记丛书）》，书目文献出版社1987年版，第214－216页）、《我是怎样学习中国文学批评史的》（《怎样学好大学文科：专家学者治学经验谈》，复旦大学出版社1982年版，第1－5页）及郭绍虞《照隅室杂著》（上海古籍出版社1986年版）为依据，并参看了陆承曜《学海苦舟——漫谈郭绍虞先生的治学精神》（《苏州杂志》2005年第1期）等文章。

② 关于郭绍虞的出生日期，此处取《郭绍虞自传》中的记录，见《中国当代社会科学家（传记丛书）》，书目文献出版社1987年版，第214页。另，《百年复旦人物志·自学成才的著名学者郭绍虞教授》记作：“12月21日”，《复旦学报》（社会科学版），2005年第4期，封二。郭绍虞故居在苏州平江路大新桥巷。

与茅盾结识，二人志趣相投，逐渐成为莫逆之交。

1919 年秋，郭绍虞到北京任《晨报》副刊特约撰稿人，结识郑振铎；1920 年在北京大学哲学系旁听，经顾颉刚介绍加入新潮社，被推为新潮社干部部的干事之一[①]。

1921 年元旦，郭绍虞与郑振铎、王统照、茅盾、叶绍钧等 12 人发起成立了“文学研究会”，并从事新诗、散文及学术方面的著作。同年，他先是到济南第一师范学校任教，接着被胡适、顾颉刚两位学者推荐任福建协和大学国文系教授，这是郭绍虞大学教育生涯的开始，时年仅 28 岁。

1923 年，他应聘到河南开封中州大学任教。1927 上半年，经茅盾介绍，他到武汉中山大学任国文系教授兼主任；7 月，被聘为北京燕京大学国文系教授，并曾任系主任及研究院导师。至 1941 年太平洋战争爆发，郭绍虞在燕京大学连续执教 14 年，开始致力于中国文学史特别是中国文学批评史的教学和研究。

太平洋战争爆发后，燕京大学被日军封闭，郭绍虞带着全家暂居于燕京大学旁的成府村[②]。艰难时刻，郭绍虞坚持民族气节，甘于清平生活，断然拒绝日本人接管的北京大学的任教邀请，一度在私立中国大学任教。1943 年，郭绍虞举家南迁，回到苏州大桥新巷的老家，自己则到上海开明书店任编辑谋生（至 1949 年），并先后在复旦大学、之江大学、光华大学、同济大学任教[③]。

1945 年抗战胜利后，郭绍虞积极投入民主运动，写作了多篇论时政和人生哲学的文章。1947 年，郭绍虞参加中共地下党领导的大学教授联谊会，兼任同济大学教授联谊会分会主席[④]。

1949 年上海解放后，郭绍虞任同济大学文法学院院长。时任市长陈毅接见了一批文化界著名进步人士，郭绍虞也在其中。9 月，同济大学文法学院奉命并

---

① 郭绍虞回忆说：“那时顾颉刚在北大也是新潮社的主要人物。叶圣陶和我都为新潮社写稿，颉刚也就介绍我俩入社。”郭绍虞《我是怎样学习中国文学批评史的》，《怎样学好大学文科：专家学者治学经验谈》，第 2 页。

② “1937 年抗战爆发后，由于燕京大学是美国人所办的教会学校，还能不直接受敌伪管制，暂可保持自由教学的特殊环境。”引自郭泽弘致苏州档案馆沈慧瑛女士的信，2005 年 8 月 9 日。郭泽弘，郭绍虞之子。

③ 据郭泽弘记述：“直到抗战胜利后，1946 年同济大学自四川迁回上海，父亲应聘到同济大学中文系任教，同时离开开明书店（但仍主编其‘国文月刊’杂志），全家也自苏州迁往上海。”引自郭泽弘致苏州档案馆沈慧瑛女士的信，2005 年 8 月 9 日。

④ 郭绍虞的《回忆大教联》记之甚详。见郭绍虞：《照隅室杂著》，上海古籍出版社 1986 年版，第 534—536 页。

入复旦大学后，郭绍虞出任复旦大学中文系教授兼系主任；后兼任复旦大学图书馆馆长、复旦大学文学研究室主任、复旦大学文学研究所名誉所长。

自 1950 年起，郭绍虞先后任华东军政委员会监察委员、上海文学艺术界联合会副主席、中国作协上海分会副主席兼书记处书记、上海中国书法篆刻研究会副主席、上海文学研究所所长、《辞海》副主编、《上海文学》编委等职。

1956 年，郭绍虞加入中国共产党，被评为一级教授；9 月，上海语文学会成立，任副会长。

1961 年 4 月，上海书法家协会（初名上海中国书法篆刻研究会）成立，郭绍虞任第一次会员大会副主任委员；第二次会员大会时，任名誉主席。

1979 年 3 月，中国古代文学理论学会在昆明成立，郭绍虞致《中国古代文学理论学术讨论会——开幕词》，被推为第一任会长。

1981 年，他被国务院学位委员会聘为全国首批博士研究生导师之一。

1984 年 6 月 23 日，郭绍虞在上海病逝，享年 91 岁。

二、郭绍虞的著述

郭绍虞的一生没有离开学术界和教育界，著作等身，桃李满园。他以一个初中辍学生的知识基础，刻苦自学，锲而不舍，精益求精，终以“学到老，改造到老，战斗到老”的进取精神，成就了中国文学批评史家、中国古典文学研究家、语言学家的现代学术地位。但和所有初涉学术的年轻人一样，年轻时的郭绍虞也是做了很长时间的“默默奉献”的。1914 年，他进入进步书局（原上海文明书局），做的是注释工作，参与编辑了《历代文评注读本》《历代诗评注读本》。“起初轮不到具名，后来轮到了，只是附在末尾，如《清诗评注读本》之类，后来《战国策详注》则索性由我个人负责注释了。”[①] 由此，郭绍虞七十余载的学术人生揭开了第一页，《清诗评注读本》也就成了他出版的第一部学术著作。

郭绍虞曾言其一生“即用‘象牙塔里，故纸堆中’八字可以了之”[②]。“象牙塔里”，可以理解为他的一生始终没有脱离学术界和教育界，这是实话；“故纸堆

① 郭绍虞：《我是怎样学习中国文学批评史的》，《怎样学好大学文科：专家学者治学经验谈》，复旦大学出版社 1982 年版，第 2 页。

② 郭绍虞：《艺术谈》，《照隅室杂著》，上海古籍出版社 1986 年版，第 1 页。

中”，自然是指其学问，只是谦辞，我们不可以真的认为是钻到故纸堆中，与古人打交道去了。纵观郭绍虞一生的学术探索，可以用“博”和“专”两个字来总括。“博”，言其治学之广；“专”，言其治学之精。郭绍虞说：“欲专必先求博。唯博才能广，唯专才能精。这本是有些矛盾的，但这矛盾又是可以统一的。”[①]郭绍虞曾对陈中凡的因为“博”而忽略了“专”颇为感触，他说：“我的研究中国文学批评史完全是受陈先生的启发。陈先生的学问很博，他在这方面开创了门径之后，又在其他方面建立了许多新的园地，似乎在这方面反而变得不大注意了。”[②] 正因为郭绍虞的著述既博又专，涉猎范围广，内容又相互关联，故要作准确划分，十分不易。本书不敢强自分别，姑且踵武前贤，将郭绍虞一生的著述区分为几个主要丛集，引申之，完善之[③]。

（一）中国文学批评史的建构

中国文学批评史是20世纪初在西方文化影响和中国文化发生剧变的历史背景下产生的一个新学科。郭绍虞一生用功最勤者，就在中国文学批评史之领域。早在大学讲授文学史的时候，郭绍虞就开始注意到文学批评的问题。给予郭绍虞直接启发的，是陈中凡于1927年出版的《中国文学批评史》。郭绍虞曾自述其研究中国文学批评史的两个缘由：“可是在我，饮水思源，始终难忘陈先生的启迪。当时除陈先生的著作外，刘永济先生的《文学论》也给我很多帮助。这是我从事中国文学批评史研究的原因之一。在这之前，我初来上海时，幸运地在旧书铺里，买到几乎全部的《国粹学报》（仅缺第一年）。……我于其中学到很多知识，如刘师培之论文，王国维之论词，以及经史子集各方面的学问，引起了我对古典文学的兴趣。当时人的治学态度，大都受西学的影响，懂得一些科学方法，能把旧学讲得系统化，这对我治学就有很多帮助。这是我从事中国文学批评史研究的原因之二。”[④] 这两方面的原因，其中很多是有关研究方法的。对方法的重视，

---

① 郭绍虞：《我是怎样学习中国文学批评史的》，《怎样学好大学文科：专家学者治学经验谈》，第5页。

② 郭绍虞：《我是怎样研究中国文学批评史的》，《书林》，1980年第1期。

③ 郭绍虞的全部著述，详见本书之《附录：郭绍虞学术年表》。本段参考了蒋凡《学海扬帆七十春——郭绍虞教授和中国文学批评史、汉语语法研究》（见《郭绍虞论语文教育》，河南教育出版社1989年版）、董乃斌的《郭绍虞中国文学批评史研究的成就与贡献》（见王瑶主编：《中国文学研究现代化进程》，北京大学出版社1996年版）、刘竞飞的《象牙塔内故纸堆中——郭绍虞教授传论》（见陈思和、周斌主编：《名师名流》上卷，广西师范大学出版社2005年版），谨此致谢。

④ 郭绍虞：《我是怎样研究中国文学批评史的》，《书林》，1980年第1期。

构成了郭绍虞研究中国文学批评史的核心元素——“愿意详细地照隅隙，而不愿粗鲁地观衢路”[①]，即宁可详细地研究一些具体的个案，而不愿粗率地进行抽象的理论概括。正因为如此，郭绍虞放弃了“原来屡次想尝试编撰一部中国文学史”的宏大计划，撰写《中国文学批评史》，目的还是“从批评史以印证文学史，以解决文学史上的许多问题”[②]。

众所周知，郭绍虞《中国文学批评史》的核心是文学观念的演进。1925年到1929年，郭绍虞连续发表了七篇专题论文，深入阐述中国文学的演化：

《中国文学演化概述》，河南开封中州大学《文艺》第一卷第二期，1925年[③]；

《中国文学演进之趋势》，《小说月报》第十七卷号外：《中国文学研究》（上），1926年；

《试从文体的演变说明中国文学之演变趋势》，河南开封中州大学《文艺》第一卷第二号，1926年；

《文学观念与其含义之变迁》，《东方》第二十五卷第一期，1927年；

《赋在中国文学史上的位置》，《小说月报》第十七卷号外：《中国文学研究》，1927年；

《所谓传统的文学观》，《东方杂志》第二十五卷第二十四期，1928年；

《先秦儒家之文学观》，《睿湖》第一期，1929年。

这几篇论文，不仅构成了郭绍虞文学史观的基调，也是郭绍虞一生学术思想的起点。《试从文体的演变说明中国文学之演变趋势》的“楔子”径直引用刘师培、章炳麟的话说：

刘师培说：“英儒斯宾塞耳有言：‘世界愈进化，则文字愈退化。’夫

① 郭绍虞：《中国文学批评史·自序》，上海商务印书馆1934年版，第1页。郭绍虞《照隅室古典文学论集·自序》（上编）说：“《文心雕龙》在论述各家论文之后，给以一个总评，称谓‘各照隅隙，鲜观衢路’。我以为这个评语，可以用来对照自己的治学方法，因即以照隅名室；而且‘照隅’二字的字音和‘绍虞’有些相近，取以自儆，恰正合适。”

② 郭绍虞：《中国文学批评史·自序》，上海商务印书馆1934年版，第1页。

③ 此据《照隅室语言文字论集》（上海古籍出版社1985年版）记。《郭绍虞自传》（见《中国当代社会科学家（传记丛书）》第10辑，书目文献出版社1987年12月版）、《照隅室古典文学论集》（上编）又称此文1926年发表于《文艺》一卷二号，恐有误。按：《文艺》1926年一卷二号已刊载《试从文体的演变说明中国文学之演变趋势》（系《中国文学演化概述》和《中国文学演进之趋势》二文的合写），同一期杂志不大可能刊载两篇内容重复的文章。

所谓退化者，乃由文趋质，由浅趋深耳。及观之中国文学，则上古之书，印刷未明，竹帛繁重，故力求简质，崇用文言。降及东周，文字渐繁；至于六朝，文与笔分；宋代以下，文词益浅，而儒家语录以兴；元代以来，复盛兴词曲；此皆语言文字合一之渐也。故小说之体，即由是而兴，而《水浒传》、《三国演义》诸书，已开俗语入文之渐。陋儒不察，以此为文字之日下也。然天演之例，莫不由简趋繁，何独于文字而不然？故世之讨论古今文字者，以为有深浅文质之殊，岂知此正进化之公理哉”（《论文杂记》）……本文所论即本于这些意见，而从文体上说明中国文学之演变趋势，同时说明无论何种文体都有几种共同的倾向，即是（一）自由化，（二）语体化。而（三）散文化又是这二化的关键。这样的演化，正是泥古者所慨叹为退化的，实则正如刘师培所说，这是进化的公理。

章炳麟也说："世言希腊文学，韵文完具乃有笔语，史诗功善后有舞诗。韵文先史诗，次乐诗，后舞诗。笔语先历史、哲学后演说……征之吾党，秩序亦同。"（《检论》卷五附录《正名杂义》）所以本文所述又全本马尔顿 Monlton 之近世文学研究中所作表以立论。学术本无国界的区别，不妨引作参证以察知中国文学演进之趋势[①]。

这段"楔子"引用刘师培、章炳麟的话是观点性的，已然标明了郭绍虞中国文学史和批评史的研究的学术起点。所谓"进化"，所谓"学术本无国界的区别，不妨引作参证以察知中国文学演进之趋势"云者，不仅印证了进化论史观对现代中国文学史写作的逻辑建构和历史渗透，昭示中国的文学观念开始被纳入一种世界性范式中，而且彰显出郭绍虞学术思想的时代特征——在中西文化碰撞中起步，现代意识和传统意识交融。

与此同时，郭绍虞又从文学批评的观点对中国诗学中的文与道、儒道二家论"神"、文与气、文笔说、声病说等诸多范畴和问题作了详尽、周密和富有开创性的考察，发表了一系列文章，其中的核心观点和主要文字都被结撰在《中国文学批评史》上卷中。这方面的论文主要有：《再论永明声病谈》，《中华文史论丛》1925 年第 4 期；《中国文学批评史上之"神""气"说》，《小说月报》1927 年第 19 卷第 1 期；《文气的辨析》，《小说月报》1928 年第 20 卷第 1 号；《儒道二家论"神"与文学批评之关系》，《燕京学报》1928 年第 4 期；《中国文学批评史上文

① 郭绍虞：《照隅室古典文学论集》（上编），上海古籍出版社 1983 年版，第 29—30 页。

与道的问题》，1930 年《武汉大学文哲季刊》第 1 卷第 1 期；《文笔与诗笔》，《睿湖》1930 年第 2 期[①]。

纵观郭绍虞 20 世纪 20 年代中后期的这一系列论文，它们以文学观念的演化为中心，已形成了相关的知识序列，初步构建了 1934 年《中国文学批评史》上卷的逻辑框架和主体内容。郭绍虞正是以对个别具体问题的研究为基础，层层递进而又相互勾连，最终水到渠成地完成了中国文学批评史的建构。比如，关于文学观念的演进，《文学观念与其含义之变迁》说："就文学观念与其含义之变迁言，应当区分为两个阶段：从周秦到南北朝，是文学观念逐渐演进，也即是对于文学的认识逐渐明确的时代；从唐到宋，由于复古思想的影响，于是文学观念也成为逆流，依旧变得认识不清了。"[②] 这些观点，在 1934 年 5 月出版的《中国文学批评史》上卷中不仅得到了直接的体现，而且作了进一步的阐述，构成了该著的立论基础。郭绍虞在"总论"中说："大抵由于中国的文学批评而言，详言之，可以分为三个时期：一是文学观念演进期，一是文学观念复古期，一是文学批评完成期。自周、秦以迄南北朝，为文学观念演进期。自隋、唐以迄北宋，为文学观念复古期。南宋、金、元以后直至现代，庶几成为文学批评之完成期，简言之，则文学观念之演进与复古二时期，恰恰成为文学批评分途发展的现象。前一时期的批评风气偏于文，而后一时期则偏于质。前一时期重在形式，而后一时期则重在内容。"[③] 这部批评史，上起先秦，下至北宋，郭绍虞称之为"文学批评之分途发展期"。它的写作和完成，可以说是郭绍虞此前一系列研究成果的集成化、体系化。

1947 年 2 月，郭绍虞出版了《中国文学批评史》下卷。下卷自南宋至清代，不仅秉承了上卷的文学批评史观——郭绍虞称之为"文学批评的完成期"，而且延续了上卷的建构模式——"以问题为纲"。所不同的是，上卷"以批评家的理论纳入问题之中"，下卷"以当时的问题纳入批评家的论理体系之中"。下卷主要对文论、诗论进行分析，对词论以及戏曲、小说批评少有论述。由于战争的原因，上、下卷前后相隔了十三年。十三年间，郭绍虞未曾离开过中国文学批评史的写作园地，其"愿意详细地照隅隙，而不愿粗鲁地观衢路"的研究方法似一根红线，一以贯之。十三年间，郭绍虞发表的诸多论中国古代文学批评的单篇论

---

① 1937 年，郭绍虞又作《文笔再辨》（《文学年报》第三期），分析六朝时代的"文学"观念及演化。

② 郭绍虞：《照隅室古典文学论集》（上编），第 88 页。

③ 郭绍虞：《中国文学批评史》上卷，上海商务印书馆 1934 年版，第 2 页。

文，其中的许多观点都被吸收到了《中国文学批评史》下卷中，乃至成为书中的某个章节。如：《〈沧浪诗话〉以前之诗禅说》，《文艺月报》，1935 年；《元遗山论诗绝句》，《文学年报》1936 年第 2 期；《神韵与格调》，《燕京学报》1937 年第 22 期；《朱子之文学批评》，《文学年报》1938 年第 4 期；《性灵说》，《燕京学报》1938 年第 23 期；《中国语言与文字之分歧在文学史上的演变现象》，《学林》1941 年第 9 辑。由于郭绍虞的批评史观是建立在对文学的理解和对材料的细心考证与整理的基础上的，所以他的观点没有流于空泛。与 20 世纪 40 年代的几部同类著作相比，如方孝岳的《中国文学批评》、罗根泽的《中国文学批评史》、朱东润的《中国文学批评史大纲》，郭绍虞的著作更见系统性，理论探究更为细致。特别是对于文论家的介绍，郭绍虞不仅以历史的、辩证的眼光，“平心静气地说明他的主张，和所以致此的缘故”，更重要的是，凭借他对文学自身的领会，能够发现一些评论家们论述的细微精辟之处。

20 世纪 50 年代初，以批判电影《武训传》为先导，一场对知识分子的思想改造运动在全国迅速展开。1950 年 10 月 23 日，毛泽东在全国政协一届三次会议的开幕词中说：“各种知识分子的思想改造，是我国在各方面彻底实现民主改革和逐步实现工业化的重要条件之一。”中共中央认为，为了实现党的总路线，建设成社会主义，必须在知识分子中和广大人民中宣传辩证唯物主义和历史唯物主义思想，批判资产阶级唯心主义思想，并在思想战线上取得胜利。1955 年 3 月 1 日，中共中央发出《关于宣传唯物主义思想批判资产阶级唯心主义思想的指示》，进一步强调了今后在学术问题上的反对资产阶级唯心主义斗争和各种学术问题的批评、讨论中应该注意的一系列问题。这说明新中国成立之初形成的宣传辩证唯物主义和历史唯物主义思想、批判资产阶级唯心主义思想的学术指导方针，已更加明确和具体。在这样的特殊的政治气候下，1955 年，郭绍虞完成对旧著《中国文学批评史》的修订，由上海新文艺出版社于 1956 年出版。这次修订，将 1934 年、1947 年的两卷合为一册，形式上变化较大，内容的改动则不是很多。如作者对编目作了较大的调整，除保留上古——自上古至东汉、中古——自东汉建安至五代、近古——自北宋至清代中叶三个时期外，不再分章节排列，全书列目也不再以问题为纲，而大部分改为批评家。和其他学科的研究者一样，郭绍虞在书中努力地运用马克思主义的理论和历史唯物主义的观点指导自己的写作，试图用阶级分析的方法重新阐释、评价中国文学批评史上的诸种现象和批评家的理论。郭绍虞在《后记》中说：“改写好像复雕，细细琢磨，理应更加完美一些；可是，改写又好像校书，如扫落叶，总不易收拾干净。尤以自己马克思列宁主义的文艺理论研究不够，旧观点不能廓清，对各家意见不能给以应有的评价，均属意料中事。更因在病中，工作起来，每有力不从心之感，虽然改写的态度自认是严肃的，但结果仍只能是一部资料性的作品。”这次改写并不成功，不仅新观点、新方法运用得生硬，而且失却了自己原有的风格。

1959年，郭绍虞又完成了对新中国成立前旧著的第二次改写，并易名为《中国古典文学理论批评史》，由人民文学出版社出版。这次改写，仍以新中国成立前旧著的史料系统为基础，所论及的批评家也没有超出旧著的范围，但在整个宏观架构上，郭绍虞下了大功夫，因而与旧著面貌完全不同。作者彻底抛弃了旧著中的进化论观念，而是以反映论作为文学批评的哲学基础，以现实主义—反现实主义、唯物主义—唯心主义的二元对立分析和“斗争”模式贯穿全书，所以书中随处可见“现实主义理论批评的萌芽”“现实主义与人民性”“唯心论者的文艺思想”“唯心唯物的分歧”“形式主义”一类的新概念和新术语。郭绍虞说：“古典文学的优良传统，可以说基本上是现实主义的；中国古典文学理论批评史可说是现实主义文学批评发生发展的历史，也就是现实主义文学批评和反现实主义（具体指形式主义和唯心主义——笔者注）文学批评斗争的历史。”“现实主义常和唯物主义相结合的，它所创造的形象是现实中观察到的现象之再现，也就是照世界的本来面目来理解世界的。形式主义则常和唯心主义相结合，把自己的幻想加在世界之上，所以常从空幻的观念来塑造形象。”① 他认为：“文学批评发展的关键，就在批判理论本身中所产生的矛盾。有了矛盾，才有斗争，有了斗争，才有进步，所以说中国古典文学理论批评史是现实主义和反现实主义斗争的历史，也不能说是简单化。”② 与此相联系，作者不再采用旧著中“演进期”和“复古期”的说法，而是“参酌文学史和哲学史的分期再与社会发展的情况相结合”③，以中国社会政治经济的发展阶段为依据，将中国文学批评史分为八个时期：春秋战国、秦汉、魏晋南北朝、隋唐五代、北宋、南宋金元、明代、明清之际与清中叶以前。

对于这次改写，郭绍虞的心中充满了感慨。该书前的《以诗代序》云：

---

① 郭绍虞：《中国古典文学理论批评史·绪论》，人民文学出版社1959年版，第5—6页。

② 郭绍虞：《中国古典文学理论批评史·绪论》，第7页。

③ 郭绍虞：《中国古典文学理论批评史·绪论》，第9页。

我昔治学重隅隙，鼠目寸光矜一得。
坐井窥天天自小，迷方看朱朱成碧。
矮子观场随人云，局促徒知循往迹。
客观依样画葫芦，主观信口无腔笛。

自经批判认鹄的，能从阶级作分析。
如聋者聪瞽者明，如剜肠胃加漱涤。
又如觅路获明灯，红线条条遂历历。
心头旗帜从此变，永得新红易旧白。

这是1958年写的诗，郭绍虞用它来作为自己改写文学批评史的说明，既是对自己以前学术道路的反思，也表达了紧跟时代潮流、除旧布新的真诚愿望。单就此诗来看，似乎郭绍虞已失却了独立思考的学术品格，但实际情形并不全然如此。1957年，郭绍虞曾作《从“文”和“文学”的含义说明现实主义和反现实主义的斗争》，载于《跃进文学丛刊》第一期。1958年该文再次刊载时，郭绍虞有一附注说：“此文作于一九五七年，载《跃进文学丛刊》第一期，乃一时风气使然，也将使中国文学批评史的研究纳入现实主义和反现实主义的斗争规律之中，但写到古文运动又觉得不能以此义相绳。且在同期之中，载蒋孔明同志《关于现实主义的几个问题》，更觉此问题只是某些社会主义国家中提出的一项新课题，这对于中国文学的发展，当然有其共同之点，可以照样搬用；毕竟出于问题本身的简单化，未获文艺界人士一致同意。因此，对于此文也不够满意，本拟删去，现仍如旧录存，不过表示自己在当时思想潮流之下的一些想法而已。”[①] 这段话，既反映了作者尊重事实、不粉饰的坦诚胸襟，也反映了作者独立思考的学术品格。这种坦诚胸襟和学术独立性在《中国古典文学理论批评史》中，得到了难能可贵的坚守。书中，郭绍虞多次强调要具体问题具体分析，“不能简单化”，如说现实主义和反现实主义的对立斗争，“问题不在这根贯穿文学史的红线，而在具体运用这根红线时是不是简单化”[②]。历史地看，郭绍虞的这次改写，毕竟是特殊时代的产物，负载了太多的“对立”“斗争”等意识形态话语，新观念、新术语的运用与对中国固有的理论术语的阐释显得简单和机械，因而总体上仍旧

① 郭绍虞：《照隅室古典文学论集》（下编），上海古籍出版社1983年版，第86页。
② 郭绍虞：《中国古典文学理论批评史·绪论》，第6页。

是不成功之作。

1961 年，中华书局重印 1955 年的《中国文学批评史》。郭绍虞坦言，因为“还没有时间能修改宋以后各部分，所以现在对于这个本子的重印，不预备作较大的修改”。但他明确提出了研究中国文学批评史应当有两个标准：“一是对于这些材料，至少要有一些比较深入的研究，能解决一些问题，决不是讲义式的仅仅组织一下、叙述一下就可以了事的。……又一，是要求深刻掌握马克思列宁主义的文艺理论，看问题看到它的本质，才能运用新的观点得出新的结论。这新的结论必须是历史主义地对各人的理论作适当的评价，而不是简单化教条化下结论。这是另一种标准。而这两种标准又必须很好地结合起来，才成为最高的标准。”① 这“两种标准”，既是郭绍虞个人治学经验的总结，也反映出他对新观点、新方法的自觉追寻。

1979 年，“在比较完整的中国文学批评史还没有诞生之前”，教育部决定把郭绍虞的《中国文学批评史》列入文科教材编选计划，旋即，12 月，郭绍虞的《中国文学批评史》新一版由上海古籍出版社出版。虽是“新一版”，其实是 1955 年旧著的重版，还是未能作大的改动。郭绍虞如是说：“这部《中国文学批评史》，虽是解放以后印行的，但由于学习马列主义、毛泽东思想不够，未能运用历史唯物主义观点和阶级分析方法来提挈全书，因而我只能在《后记》（指 1955 年旧著——笔者注）中认为是‘一部资料性的作品’。当然，所谓‘资料性’，也不仅仅是罗列一些表面现象；在介绍一些较有系统的著作时，我也不是全然没有自己的见解。又，我以前着手研究批评史时，从浩如烟海的古籍中搜罗剔抉，收集这方面的材料，加以融会贯通，也费过一番经营擘划。此后由于学习的逐步加强，对自己的著作的要求也格外严格，所以长期以来，我总想把这部旧著改得差强人意，使它多少有利于具有民族形式的马克思主义文艺理论的建立，有利于社会主义文艺的发展；但是目标愈高，愈觉畏缩，未能如愿，直到今天，还只能把这部资料性的作品贡献在读者面前，这是非常抱歉和惭愧的。”② 这段话，郭绍虞说得很谦逊，却明确地表达了自己治中国文学批评史的最高目标和不懈追求，即从最初的“从批评史以印证文学史，以解决文学史上的许多问题”升华到为建立具有民族形式的马克思主义文艺理论、发展社会主义文艺提供思想资

① 郭绍虞：《中国文学批评史·后记二》，上海古籍出版社 1979 年版，第 699—700 页。

② 郭绍虞：《中国文学批评史·再版前言》，上海古籍出版社 1979 年版，第 1 页。

料和理论源泉，即便“我知道用马克思主义观点来写出一部完整的中国文学批评史是很不容易的”，自己的“耿耿此心，是始终不变的”①。

综合上述，尽管郭绍虞的《中国文学批评史》基本上只是诗文批评理论的研究，戏曲文学批评只提到了李渔，小说批评理论未曾涉及，还不能说是完全意义上的文学批评通史专著，但正如朱自清所说的，“他的材料与方法都是自己”②。郭绍虞的《中国文学批评史》将我国文学理论遗产中浩如烟海的资料“费过一番经营擘划”的功夫，提要钩玄，融会贯通，建构起一个新的体系。它问世至今，已历经半个多世纪，经历了历史的风风雨雨，仍然是高等学校的重要参考教材之一。

（二）批评史学科的史料学建设

郭绍虞一生极其重视资料工作，凡有资料必欲求其全、索其真。王元化曾这样说郭绍虞：“倘使他没有搜集并掌握大量文论资料，并对这些资料下过鉴别和梳理的功夫，他是写不出《中国文学批评史》的，后来他编纂《中国历代文论选》时，能够驾轻就熟得心应手，也正是得益于当年在资料上所下的功力。”③

郭绍虞的史料意识早在1913年初到上海之时就已确立。如前所述，当时他在旧书铺里买到了几乎全部的《国粹学报》，其中有刘师培的论文、王国维的论词，以及经史子集各方面的学问，激发了他对古典文学的兴趣。1919年，郭绍虞完成了我国第一部体育史专著《中国体育史》，上海商务印书馆初版，1993年上海文艺出版社影印再版。该书通过对历史文献资料的搜集分析，评述了中国古代各种传统体育活动的源流、流变以及所依据的理论基础，阐述了道家、佛教对于中国体育的贡献。这些都为郭绍虞今后的资料搜集和整理工作打下了坚实的实践基础。

1922年，郭绍虞于《文学旬刊》第三十八期发表了《邵雍的自由诗》，这是他系统全面地搜罗整理批评史资料的开端之作，拉开了批评史学科史料学建设的序幕。此后，郭绍虞开始广泛涉猎各种诗话、词话、曲论、乐论、论部别集乃至笔记说部等我国古代文学批评理论遗产，至1947年《中国文学批评史》出版，累计发表相关论文30余篇（包括前面已提及的论文）。其间，1927年，他着手

---

① 郭绍虞：《中国文学批评史·再版前言》，第1页。

② 朱自清：《评郭绍虞〈中国文学批评史〉上卷》，《朱自清古典文学论文集》（下），第540页。

③ 王元化：《记郭绍虞》，《思辨录》，第170页。

《宋诗话辑轶》的资料工作；1929 年，《文品汇钞》，北平朴社印行；1936 年，《陶集考》，燕京大学国文系印行；1937 年，《宋诗话辑佚》，燕京大学哈佛燕京社印行。

《宋诗话辑佚》，分上、下两册，40 多万字，是郭绍虞批评史资料建设中的第一部力作。据郭绍虞自述，他当时整理诗话拟从几个方面着手：（1）辑撰《诗话考》，即把昔人论诗之著，凡所知见，或仅见著录或称引者，仿朱彝尊《经义考》之例，考其存佚，录其序跋，间或附加按语，撰为提要。（2）将《诗话考》中不需要的材料拟写为《诗话丛话》，成为一种论诗话的诗，并有单篇论文如《诗话丛话》，发表于《小说月报》1928 年第二十卷。（3）《唐宋诗话辑佚》，将唐、宋已佚的各种诗话，采集编订，使昔人辑佚的范围更为廓充一些。《宋诗话辑佚》即是这项工作的成果，它分补辑、全辑二例，侧重于搜集、汇总材料。（4）辑《诗话新编》，拟把昔人各种笔记中论诗论文之语汇辑成编，而另加以一种诗话的名称，更加推广，为后人治文学批评史提供方便。（5）辑专家诗话，仿《苕溪渔隐丛话》之例，把各种诗话或笔记中论及某人诗文之处，以人为纲，以作品为目，分别排列。这既可以成为文学史的长编，也可以为专家、研究者提供一种方便。这五项工作相互联系，合之则构成一个史料系统，成为郭绍虞撰述《中国文学批评史》的基本史料库。

与整理《宋诗话辑佚》同时进行的，是《宋诗话考》。早在《燕京学报》《文学年报》等分别发表有关宋诗话之论文若干篇时，《宋诗话考》就已初具规模，如《北宋诗话考》即在 1937 年刊载于《燕京学报》第二十一期。《宋诗话考》后经重新整理，计 140 种，厘为上、中、下三卷，其正式出版则迟至 1979 年 8 月，中华书局出版。《宋诗话考》大致包括以下内容：著录书名、作者、卷数、存佚残情况；考述作者生平简历；考写作时间、成书情况及书名别称、异名；考版本之源流演变；提明该书宗旨与论诗主张；介绍、明辨历代对该书的评论；表明自己对该书的评价；开列古代、近代重要的参考文献。郭绍虞很自信地说："凡有关宋人诗话之著，就现时所能采集者，固亦大体备矣。"①

1959 年，在改写《中国文学批评史》之后，郭绍虞开始了有系统地编选、整理文学史料的工作。其影响最大且与文学批评史有最直接关系者，是《中国文学理论批评专著选辑》和《中国历代文论选》，代表了中国文学批评史研究在这

---

① 郭绍虞：《宋诗话考·序一》，中华书局 1979 年版，第 1 页。

一时期的新成就。《中国文学理论批评专著选辑》是一套大型丛书，由人民文学出版社出版。这套丛书的编选工作自 1959 年开始，至 20 世纪 90 年代，共收入历代诗文理论家的著作近 30 种，由当时著名的专家学者进行点校和注释。其间，郭绍虞亲自整理、出版了《沧浪诗话校释》（1961 年）、《诗品集解·续诗品注》（1963 年）和《杜甫戏为六绝句集解·元好问论诗绝句三十首小笺》（1978 年）。

尤其是《沧浪诗话校释》，校、注、释三位一体，创造了一种新的史料学建设方法，被视为郭绍虞的经典作品之一。所谓“校”，融合了考据和校勘，考辨从古至今流行的诸本，与《诗人玉屑》互参互校，并努力作出准确判断。“凡《玉屑》所无而今传各本所有者，虽疑出后人增益，亦不删除。凡《玉屑》所有而为今传各本所无者，一律补入。其间互有异同之处，或据《玉屑》改正，或于注文中说明。”[①] 所谓“注”，则在充分吸收前贤学术成果的基础上，侧重说明严羽文学理论批评的历史渊源与体系。在“释”的方面，郭绍虞将释义与阐理交融一体，尤其注意对“后人申阐或辩驳之语”的论述和阐释，以“使读者清楚地看出从这些论点中所引起的问题”[②]。比如，《沧浪诗话》说：“子美不能为太白之飘逸，太白不能为子美之沉郁。……论诗以李杜为准，挟天子以令诸侯也。”对此，郭绍虞的“释”文既追本溯源，又阐发事理：

> ……案王昌龄有“王维诗天子，杜甫诗宰相”之语，此则沧浪挟天子以令诸侯之喻说自出。朱熹有“作诗先用看李杜”之语，此又论诗以李杜为准之语说自出。宋时风气，重在学唐，则沧浪此语，本时人习见之说，不得谓为大误；而钱振鍠《谪星说诗》谓：“沧浪以读李杜诗如挟天子以令诸侯，此明明《随园》所谓慕杜尊韩，托足权门者也。此辈自供其势利无知之状，可发一笑”，亦嫌过火。沧浪之失，在不就作者时代环境作分析，而只就艺术意境遽谓子美不能道、太白不能作，则即有所见，未必尽合事实。后世如王世贞、胡应麟、许学夷、何曰逾等都不免此失。若据其挟天子以令诸侯之语，谓为势利无知，殊非平心静气之论[③]。

1964 年，《中国历代文论选》三卷本初版，后经修改、增补，于 1979 年分两种版本发行：一卷本供高等学校中文系作教材用，四卷本作为教学和科研的参

---

① 郭绍虞：《沧浪诗话校释·校释说明》，人民文学出版社 1961 年版，第 1—2 页。

② 郭绍虞：《沧浪诗话校释·校释说明》，第 2 页。

③ 郭绍虞：《沧浪诗话校释》，第 169—170 页。

考书。这部《中国历代文论选》是我国古典文学理论文章的选集，在具体选材中，它把博采众家放在重要位置上来考虑，以求详备：两汉以前，文学理论大都包含在哲学、政治及文学创作中，故选材较宽；魏晋以后，畛域分明，故选材相应求严。除精选历代诗论文论外，适当增补了小说、戏剧、民歌等方面的理论以及近代部分的文学理论。材料整理方面，这部《中国历代文论选》采取了正文之外另加注释和说明的方法。注释，即解释词句，疏通文义。说明，或是列举其主要论点，评判其历史作用以及对现实的影响；或是揭櫫其固有含义，阐明大旨。这种对具体概念、学说的细致解释，在一定程度上弥补了郭绍虞的《中国文学批评史》侧重于对某一概念或观点进行历时性考察的不足。当然，《中国历代文论选》的编纂，集中了众多学者的智慧，其成就不能尽归郭绍虞一人而独享，但作为其中的重要参与者和主持者，郭绍虞的意见在很大程度上得到了落实（如材料整理方法的影响）。同时，对于这部《中国历代文论选》"注意选取在文学思想斗争中观点相互对立的作品"[①]，我们也应历史地看待，就像郭绍虞所说的，"实则任何人都不能不受时代的影响，更不能不受阶级的限制"[②]。

1982 年 7 月，赓续《中国历代文论选》，郭绍虞与罗根泽主编了《中国近代文论选》，台北木铎出版社出版。该书一共选录了近代作家论文学的诗人 240 余篇，略按时代，分为三辑：第一辑，自鸦片战争前夕至戊戌变法运动前夕；第二辑，戊戌变法前后；第三辑，自辛亥革命前夕至五四运动前夕。每辑之内，按照流派分为六个单元，各以激进的流派冠首，次以保守的：自魏源、龚自珍为代表的早期改良主义者开始，涵盖太平天国、桐城—湘乡派、洋务派、常州词派、宋诗派、国粹学报、王国维、鲁迅《摩罗诗力说》等八十余年的文论思想的变化。这样编排的好处，是可以见出一时期内的主流和两派之间的主要差别。至此，郭绍虞基本上完成了对中国文论思想史的系统化整理。

1983 年，郭绍虞编撰出版了《清诗话续编》（富寿荪校点）。清代诗话不仅数量远较前代繁富，评述之精当亦超过前人。早在 20 世纪 30 年代初执教燕京大学时，郭绍虞致力于搜集清人诗话。凡燕京大学有有关藏书及他处可资借阅者，均一一抄录或筛印，有的加标点评注。郭绍虞曾说："余为研究中国古典文学理论，平生搜集清人诗话不遗余力，而朋辈中复有以孤本、抄本见贻者，故收藏较

---

① 郭绍虞：《中国历代文论选・前言》（第一册），上海古籍出版社 1979 年版，第 2 页。

② 郭绍虞：《沧浪诗话校释・校释说明》，第 2 页。

为完备。”[①] 其实，不唯“平生搜集清人诗话不遗余力”，郭绍虞一生倾力于中国文学批评的史料建设也是“不遗余力”的。（本书所论，只是择其成就最显、影响最大者，其他成果和专题论文将在后文论及。）郭绍虞积十年收藏，“以之对照丁福保所汇辑的《清诗话》，在肯定其一定价值的同时，总感到他显现清人诗话的全貌方面有所不足，这可能是由于丁氏急于成书，未及多方搜罗所致。于是，即萌再辑补编或续编之志”[②]。《清诗话续编》的编撰，为郭绍虞中国诗学批评研究的史料学建设画上了一个圆满的句号。

（三）汉语语言研究

汉语语言研究，是郭绍虞取得学术创见的一个重要领域。1921 年，郭绍虞发表了第一篇汉语语言研究论文——《谚语的研究》（《小说月报》第 12 卷）。他认为：“谚语之所以需要，谚语在民众艺术上所以有存留的余地，与其说是由于它内容方面的幽玄、深邃，不如说是由于它形式的奇峭、警拔、整齐而流丽；因为谚语所表达的思想大都是单纯的、平凡的，当然也有深寓哲理的，但不甚多。至其形式则奇警轻快，很富于刺激力而足以助人的记忆；因此谚语的生命比较的还是重在形式而不在内容。”[③] 郭绍虞的结论并非凭空臆想，而是源于他的细致考辨和深入分析。他首先从古籍中和中外比较的角度给谚语下了一个定义，接着考察了谚语的起源，然后详细阐释了谚语形式方面的以“美”为主、内容方面的重“真”重“善”的特征。《谚语的研究》至今仍为人们——尤其是研究民间文化的学者们——所引用，足资证明其学术影响力。更重要的是，我们从《谚语的研究》中依稀可以发现郭绍虞学术研究的价值趋向和时代特色：对谚语的中外比较，反映了郭绍虞的世界眼光；以内容与形式二分法分析谚语，是现代研究方法的自觉运用；阐述谚语重“真”重“善”的意义内涵，言“观察自然界所得之谚语，……虽不曾经过真正的科学的洗礼，而在应用上差不多作为可惜的律令看待”[④]，凸显出五四科学精神的影响；分析“谚语的描写世态人情极为深切而显著”[⑤]，折射出“为人生”的艺术主张对学术研究的渗透；对谚语修辞方法的分析，则预示了郭绍虞的学术延伸的潜在趋向。由是，《谚语的研究》于郭绍虞的

① 郭绍虞：《清诗话续编序》，《清诗话续编》，上海古籍出版社 1983 年版，第 1 页。
② 郭绍虞：《夙愿五十载》，《照隅室杂著》，第 440 页。
③ 郭绍虞：《谚语的研究》，《照隅室古典文学论集》（上编），第 11 页。
④ 郭绍虞：《谚语的研究》，《照隅室古典文学论集》（上编），第 20 页。
⑤ 郭绍虞：《谚语的研究》，《照隅室古典文学论集》（上编），第 19 页。

学术征途而言，颇有点“草蛇灰线，伏脉千里”的意味了。

以《谚语的研究》为开端，郭绍虞在汉语语言研究方面陆续发表论文近40篇。它们大致涉及四个方面的理论问题：(1) 论中国语言的审美特性，如《中国诗歌中之双声叠韵》（《文学》1934年第2卷第6号）、《中国语词之弹性作用》（《燕京学报》1938年第24期）、《中国语词的声音美》（《国文月刊》1947年第57期）、《论中国文学中的音节问题》（《1947年开明书店二十周年纪念文集》）等；(2) 论中国语言文字之特性与文学之关系，如《新文艺运动应走的新途径》（《文学年报》1939年第5期）、《中国语言与文字之分歧在文学史上的演变现象》（《学林》1941年第9辑）、《中国语言所受到文字的牵制》（《新闻报》1946年4月22日）、《语言型文学之创造能力》（《大公报》1951年8月29日）、《语义学与文学》（《学术月刊》1981年第2期）、《再论文言白话问题》（《复旦学报》1982年第4期）等；(3) 训诂文字，论其具体应用，如《关于卍字》（《文汇报》1951年5月23日）、《“被”字的用法》（《文汇报》1951年8月19日）、《关于“被”和“可”》（《大公报》1951年9月26日）、《释“兮”》（《江海学报》1961年第12期）等；(4) 纵论语法与修辞，如《语言中方名之虚意》（《国文月刊》1946年第45期）、《语言中数目字虚义联缀例》（《国文月刊》1946年第46期）、《语文小记》（《国文月刊》1947年第56期）、《譬喻与修辞》（《国文月刊》1947年第66期）、《数位词的分析与其词例》（1948年上海开明书店单行本）、《从〈马氏文通〉所想起的一些问题》（《复旦学报》1959年第3期）、《试论汉语助词和一般虚词的关系》（《复旦学报》1959年第10、11、12期连载）、《汉语词组对汉语语法研究的重要性》（《复旦学报》1978年第1期）、《从文法语法之争谈到文法语法之分》（《学术月刊》1982年第1期）等。这一系列论文中，1959年连载于《复旦学报》的《试论汉语助词和一般虚词的关系》，从批判胡适《诗三百篇言字解》谈起，虽然是在全国开展胡适思想批判的特殊学术语境中产生的，但没有流于一般的意识形态化批判，而是保持了独立而理性的学术立场，因而仍被看成是郭绍虞语法论文的代表作[①]。这篇论文着重批判了胡适《诗三百篇言字解》“以新文法读吾国旧籍”的方法论错误，认为胡适的方法虽然可能，但是仅仅根据语

---

① 郭绍虞曾自述：“我的治学方法重在好思。这一点是胡适之先生教导我的。以前，胡先生常讲三个‘w’，我在这三个‘w’中，特别重在‘why’一词，处处都要追究一个‘为什么’，这对我的治学很有帮助，尤其在汉语语法修辞这方面得到较大的启发。”参见《骈文文法初探》，《照隅室语言文字论集》，第388页。

法观点，用来解释韵文中的虚词，而且过分强调，一一求解，使它机械地符合于现代的语法，则是片面的，会导致结论的错误。该文有破有立，“重在说明汉语助词的特征和它在语句组织上的作用”，“重在说明助词和其他虚词的关系，也即汉语虚词从虚到实的演化问题”[①]。郭绍虞最后指出：“语言的演变是一种极其复杂的现象，所以对于古时文艺语言语义的推求，也不能通过简单的方法作单纯的片面的理解。有文法的关系，有词汇的关系，更有修辞的关系；而在文法中，有构词法的关系，有造句法的关系，至词义的引申转化又有从实到虚或从虚到实的不同。”[②] 这样的认识，其实是郭绍虞多年研究之心得。1979 年，郭绍虞的新著《汉语语法修辞新探》进一步发挥开去，将中国传统的词类说、虚实说与西方语法体系中的词类说相参照，对汉语语法特征展开了系统的研究和阐释。他说：“我从古人虚实之说却对于理解汉语的特征有很多的启发。其中最重要的一点，就是看到虚词与词组都对汉语的语法研究起着重大的作用。”[③]

《汉语语法修辞新探》是郭绍虞多年研究汉语语言的成果的集大成，在我国语法界，它也是一部引人注目的重要著作。该书共分上、下两编：上编分为《总论简说》《量词篇简说》《虚词篇简说》《词组篇简说》四章，主要从宏观方面阐述基本观点；下编共有《总论》(上、下)、《量词篇》(上、下)、《虚词篇》、《词组篇》六章，以举词例和列举问题的方式对上编的观点作具体展开和论证。郭绍虞在《前言》中说：

> 这是一部有关语法研究理论的书，不是一种研究语法而自成体系的书，更不是为语文教学而编写的教材。其中《量词篇》虽带举例性质，企图寻找汉语本身在某一方面所固有的规律，但总的倾向还是偏重在理论研究的方法方面。因此，此书只能说是语法学方面的一些理论性的建议。
>
> 说它仅仅是理论性的建议，也不是不顾到汉语的语法规律。不过我们想从汉语特征上来研究汉语语法。……我只希望今后的语法研究能另变一个面貌，多从汉语特征上注意，多从人民大众实用上注意，这是我提出这个建议的原因。

---

① 郭绍虞：《试论汉语助词和一般虚词的关系》，《照隅室语言文字论集》，第 310 页。

② 郭绍虞：《试论汉语助词和一般虚词的关系》，《照隅室语言文字论集》，第 316 页。

③ 郭绍虞：《汉语语法修辞新探・前言》，第 4 页。

郭绍虞认为，汉语语法最主要的特征有三个：一是简易性，二是灵活性，三是复杂性。简易性是指汉语的构词法和造句法的结构形式基本一致，而词组作为词和句的中间级，它的结构形式也是与之基本一致的。这是汉语语法最特殊的一点，也是与印欧语语系的语法格局最不相同的一点，《词组篇》因此成为说明“汉语语法简易性的重点”①。《虚词篇》则“作为说明灵活性的重点”，因为“实词是讲词汇意义的，虚词是讲语法意义的。所以虚词的或用或不用，最足以说明汉语语法的灵活性，而它之所以能活用或不用的原因，也大都就是取决于修辞问题的。或用或不用，是灵活性，取决于修辞，就成为复杂性了。所以汉语语法的灵活性，也就在简易性和复杂性之间起桥梁作用。”② 汉语语法的复杂性则包括三个层次：一是“语法与修辞关系之密。……汉语语法与修辞关系之密，总是特别显著的事实，所以讲到复杂性时首先要提这一点”③；二是“正由于汉语语法修辞关系之密，假如按照西语语法格局来衡量，那么在汉语中就有语法被修辞破坏的现象”④；三是“除了汉语语法的复杂性经常结合修辞以外，还有汉语的音乐性与顺序性，而这二者又都是偏于修辞方面而与语法有关的。这就使汉语语法更不能不涉及修辞的问题”⑤。基于对汉语特征的认识，郭绍虞提出了自己的“辞例的研究方法”：“辞例，即古人所谓词例，原是重在词法方面的。我们所以称之为辞例，又是因为一般语法书都是严语法修辞之分，不肯谈汉语中语法修辞关系紧密的问题，所以称之为辞例，取其容易说明与修辞的关系。”⑥ 郭绍虞这样总结自己的著作：

> 我写这部书的主要意义，当然重在说明汉语语法必须结合修辞的论点。围绕这个论点，于是从汉语特征讲起，谈到汉语语法的简易性、灵活性与复杂性，说明汉语语法决不能受洋框框洋格局的影响和束缚，否则不会适于实用。同时又指出汉语的音乐性和顺序性，从而更强调汉语语法必须结合修辞和逻辑才能发挥它的实用意义。⑦

---

① 郭绍虞：《汉语语法修辞新探·前言》，第 7 页。
② 郭绍虞：《汉语语法修辞新探·前言》，第 11 页。
③ 郭绍虞：《汉语语法修辞新探·前言》，第 15 页。
④ 郭绍虞：《汉语语法修辞新探·前言》，第 16 页。
⑤ 郭绍虞：《汉语语法修辞新探·前言》，第 17 页。
⑥ 郭绍虞：《汉语语法修辞新探·前言》，第 22 页。
⑦ 郭绍虞：《汉语语法修辞新探·后记》，第 758 页。

《汉语语法修辞新探》正是从汉语语法特征入手，以汉语的语言事实来说话，注重汉语语法与印欧语语系的语法格局的不同，强调语法、修辞、逻辑相结合，强调“洋为中用”和“古为今用”相结合，从而建构起一种新的汉语语法理论体系，只是因为郭绍虞在其他方面的卓著成就，暂时掩盖了它的异样光芒。

1982年6月，郭绍虞写作了一生中的最后一篇关于汉语语言研究的论文——《骈文文法初探》，收入《照隅室语言文字论集》。这篇论文从探寻汉语的特征入手，以中西比较的方法，延续着《汉语语法修辞新探》中“语法修辞结合”的思路探讨骈文文法。文章中，郭绍虞将西洋文字与汉字由以前的“单音”与“多音”的差别创新为“音符文字”和“义符文字”的差别：“重在单音节的语言，当然同多音节的语言不一样。多音节的语言可以造成多音节的音符文字；汉语则不然，只能造成义符文字，也只有义符文字才能保持单音语言的特色。这是汉语和西语最不相同的基本区别。”[①] 由此，郭绍虞断言：“从这基本区别上来看问题，……中国会有骈文的体制而西语决不会造成这种的形式。这就是义符文字与音符文字的区别所在。”[②] 接着，郭绍虞从语言与文学的关系出发，来探讨骈文的发展及骈文与骈语的关系，认为骈文的产生有文学上的关系，也有语言学上的关系。再接下来，郭绍虞分析了骈语俪辞所包含的近于辩证的思想——正反分合、相反相成等。其后，郭绍虞具体讨论了骈文文法：一是主谓问题，二是虚实问题，指出“骈文是有文法的，而且这文法是适合于修辞的需要的”[③]。再后，论譬与比的修辞问题，主要讲譬喻和对比两种修辞手段与骈文骈语的关系。最后，言“汉语造词造句之法”，认为从骈文骈语“随时随地可以看到汉语的灵活性和变化性”[④]。郭绍虞《骈文文法初探》以地道的古代书面语为研究对象，与把现代口语作为研究对象的《汉语语法修辞新探》正好互为补充，相互印证。在《骈文文法初探》中，我们处处可以看到《汉语语法修辞新探》理论观点的闪现和延展，《汉语语法修辞新探》的一些理论观点则通过《骈文文法初探》获得了实践意义。

---

① 郭绍虞：《骈文文法初探》，《照隅室语言文字论集》，上海古籍出版社1985年版，第392页。
② 同上书，第393页。
③ 同上书，第410页。
④ 同上书，第414页。

（四）语文教育与教学探讨

宽泛地说，郭绍虞诸多的汉语语言研究论著是与语文教育息息相关的，或者说是语文教育范围内的事。比如在1938年发表的《中国语词之弹性作用》一文中，郭绍虞就说："研究语法如能顾到词汇，则容易理解汉语之特征，也就更容易结合实际，使研究成果适合于语文教学。"[①] 又如1941年出版的《语文通论：正、续编》（上海开明书店），名为"语文通论"，实则，它所收录的十九篇文章，几乎都是论中国文学与语言的关系及发展的，直接论及语文教学的只有两篇：《大一国文教材之编纂经过与其旨趣》（《文学年报》1939年第5期）、《作文摘谬实例序——一个国文教学法中的新问题》（《文学年报》1941年第7期）。这里我们要讨论的，就是专指郭绍虞直接论述语文教育与教学——特别是大学语文教育与教学的论著，以及这些论著所透露出的现代语文教育思想。

1913年，郭绍虞到上海商务印书馆附属尚公小学教书。当时西洋文法之学刚传入中国，郭绍虞就把它融汇到汉语学习中，于是编写了一部《小学生文法》教材，于1920年出版。这部《小学生文法》，是郭绍虞最早的有关语文教育的著作，一定程度上，它也是郭绍虞教学体会和经验的总结。

走上大学讲台后，郭绍虞又自然关注起大学的语文教育。1938年，"由于事实上的需要和逼促"，郭绍虞开始注意到大学国文教学的问题，于是先定下两个步骤：一是国文教材的编纂，二是学生作业的整理。郭绍虞这样说："我对于大学国文教学的基本信念有两点：一是旧的教学方法不适于现在，又一是中学的教学方法不适于大学。因此，关于国文教材的编纂及学生作业的整理，也即本此基本信念以进行。"[②] 很快，为解决大学一年级学生的国文教学之需，郭绍虞先后编纂了《近代文编》和《学文示例》，前者1936年12月由燕京大学国文系印行，后者1941年8月由上海开明书店初版。对于这两套教材，郭绍虞在《大一国文教材之编纂经过与其旨趣》一文作了详尽的说明。

《近代文编》以思想训练为主而以技巧训练为辅，《学文示例》以技巧训练为主而以思想训练为辅；《近代文编》重在语言文字之训练，《学文示例》重在文学之训练，此二者也只是同一进程中的两阶段，自有连续关系。至于白话文言，则

---

① 郭绍虞：《中国语词之弹性作用》，《照隅室语言文字论集》，第110页。

② 郭绍虞：《作文摘谬实例序——一个国文教学法中的新问题》，《照隅室杂著》，第455页。

二书中兼而有之，这样既可以看出二者的关系，同时也能适合一般之需要。在应用上，《学文示例》与作文有关系，《近代文编》以体分类，也正是为作文提供帮助。两本教材，各有侧重，相辅相成，为实现“所读即所作”[①] 的编纂目标提供了便利。

《近代文编》是燕京大学一年级国文课参考教材，目的是适合大学生一般之需要，所选文篇重在应用，“自以不背现代生活为原则，爰以戊戌变政为中心，辑录同、光以来有关灌输思想讨论学术或研究生活之作，俾于讲习之余，兼收指导人生之效”[②]。所以，《近代文编》的文言部分不收先秦诸子、唐宋八大家，只取桐城以下，确是颇见用心的。由于《近代文编》的编纂旨趣涉及文言白话问题，郭绍虞遂以《新文艺运动应走的新途径》一文以代序。他指出，“我们要知道现在文言文所以依旧有他的势力，有他的需要，正因白话文尚不适于应用的缘故”，新文艺要走上新途径，进至新阶段，不妨“吸收文言文所以适于应用的优点”[③]。可见，郭绍虞主张学习文言文，主张在教材中文言白话并用，完全是从社会需要来考虑的。他主张，或取文言，或用白话，在不同层次的教育中要区别对待，扬长避短。郭绍虞说：“我以为施于平民教育，则以纯粹口语为宜；用于大学的国文教学，则不妨参用文言文的长处；若是纯文艺的作品，那么即使稍偏欧化也未为不可。”[④]

《学文示例》的编纂，体现了郭绍虞在语文教育观念和教学方法方面的许多独到见解。这部教材的编纂主旨是，“欲使大学国文教学有较异于中学之方法”，所以“理论实例同时并顾，俾于讲授之外，兼有参考教材”[⑤]。郭绍虞十分重视学生学习语文的主动性，注重培养学生“学文”的积极性和自能读书、自能作文的能力，所以《学文示例》文白兼收，韵散兼采，“学者可随其程度与兴趣之异，各有所获”，又“多比较参证之作，庶使教者指示易于启发，学者潜修易于领悟，国文一课或不复有枯燥无味之感”[⑥]；“所示人者是修辞之删改或润饰之例，行文

---

① 郭绍虞：《大一国文教材之编纂经过与其旨趣》，《照隅室杂著》，第 213 页。

② 郭绍虞：《大一国文教材之编纂经过与其旨趣》，《照隅室杂著》，第 218 页。

③ 郭绍虞：《新文艺运动应走的新途径》，《语文通论（正编）》，上海开明书店 1941 年版，第 87—88 页。

④ 郭绍虞：《语文通论自序》，《语文通论（正编）》，第 4 页。

⑤ 郭绍虞：《学文示例·编例》，上海开明书店 1941 年版，第 1 页。

⑥ 同上书，第 1 页。

之因袭或变化之例，因此，即视为作文法一类的书也未尝不可”①。全书的编排，既不以时代先后为序，也不是完全按照文体归类，而是“以例为纲”，“示人以行文之变化”②。就具体示例言，《学文示例》约分十一项：（1）摘谬示例。系原作不佳，举其谬误而加以批评，故为评作之例。（2）修正示例。原作有疵，或删，或增，或另作，或不另作，故为改作之例。（3）模拟示例。原作甚佳，传诵之久，难免效颦，故为拟作之例。（4）脱胎示例。与模拟相类，但貌同心异，仅是袭用其格，故为仿作之例。（5）比较示例。甲作固胜，乙作亦佳，或是一时瑜、亮，或则后无媲美，同一题材同一意思也能别具手法，故为别作之例。（6）翻译示例。原作译文相比较；其用异国文字者，则译笔随各人了解之深浅，技能之高下，与直译意译方法之不同，而显其优劣：此均译作之例。（7）补充示例。原作未尽，续有发挥，心貌俱异，故为续作之例。（8）立异示例。同一问题所见互异，原作所论或难首肯，故为辨作之例。（9）借袭示例。檃括成文，别自为篇，故为袭作之例。（10）点窜示例。利用昔人旧作，而加以改造，指古论今，愚创于袭，故为易作之例。（11）变化示例。不必根据旧作，亦不妨根据旧作，创多而袭少，勉强可谓创作之例。综括这十一项示例，足可看出编者对作文能力结构的深刻见解。正如郭绍虞所说的那样，这些示例，“具体地指示以如何改正的方法，则作文法不成为空谈而近于科学”③。郭绍虞的探索，对今天的大学语文教学以及中学的写作教学，仍极具参考价值。

《学文示例》的编纂，是在文言白话之争余波未息之时，自有其历史必然性和合理性，但局限也是难免的。正如朱自清说的：“郭先生编《学文示例》这部书，搜采的范围很博，选择的作品很精，类列的体例很严，值得我们佩服。书中白话的例极少，这是限于现有的材料，倒不是郭先生一定要偏重文言；不过结果却成了以训练文言为主。……不过这部书确是‘一种新的编制，新的方法’，如郭先生序里说的。”④ 此论诚为知言。

这里，值得一提的，是郭绍虞于1941年发表的《作文摘谬实例序——一个国文教学法中的新问题》。这篇文章是对编纂大学国文教材之旨趣的再申说，侧重于探讨指导学生作文的新方法，即学生作业的整理。郭绍虞指出，新的教

---

① 郭绍虞：《大一国文教材之编纂经过与其旨趣》，《照隅室杂著》，第216页。

② 同上书，第215页。

③ 郭绍虞：《作文摘谬实例序——一个国文教学法中的新问题》，《照隅室杂著》，第460页。

④ 朱自清：《中国文的三种型——评郭绍虞编著的〈语文通论〉与〈学文示例〉》，朱乔森编：《朱自清全集》第三卷，江苏教育出版社1988年版，第300页。

学方法，重要的不仅在于训练学生的思想，使其有条理、有系统，更在于培植学生的思想，丰富其常识，启发其彻悟。因此，“多读不如多看，多讲授不如多参考，选短文不如选长文，讲词句的意义或出处，不如讲整篇的组织，就篇内讲解不如就篇外发挥”；对于学生作业的整理，所要注意的，不是让学生学古人的说话声音，“乃是学古人的说话方法”，“乃在如何表现其思想，即如何表达他所应说的话”①。训练思想，培植思想，进而表达思想，这种重视学生思想品格和主体性人格的语文教学思想，不仅适用于今天的大学，对中学语文教学也是完全适用的。可以这样说，对语文教学的重视，贯穿了郭绍虞的一生。研究郭绍虞的语文教育思想，对于当代语文教育目标观的建构，有着重要的实践价值。

（五）诗歌、散文及翻译作品

郭绍虞的一生，除了学术研究外，文学创作也是其不可或缺的人生内容，它与郭绍虞的学术研究活动珠联璧合，构造了郭绍虞丰富的学者生涯。

郭绍虞是个诗人。1920 年 10 月，瞿秋白以北京《晨报》驻莫斯科记者的身份派赴苏联，郭绍虞写了《流星》一诗相赠，以抒惜别之情。此诗后发表在当月 29 日的《晨报》上。1922 年 1 月，文学研究会在上海创办了我国第一份专刊新诗和诗评的杂志——《诗》月刊。郭绍虞作为《诗》刊经常性的撰稿人之一，发表了《江边》《雨后》《矛盾》等格调清雅的白话新诗。如《江边》：“云在天上/人在地上/影在水上/影在云上”②，短短十六个字，貌似绕口令，实则以真实简练的文字，含蓄地表现了诗人在刹那间对于平凡事物的独特兴趣和情思的变迁。

最能代表郭绍虞诗歌创作特点的，是 1922 年 1 月刊载在《雪朝》上的 16 首新诗。《雪朝》，新诗合集，“文学研究会”丛书之一，上海商务印书馆发行。它乃是朱自清、周作人、俞平伯、徐玉诺、郭绍虞、叶绍钧、刘延陵、郑振铎等八人的诗辑合集，郭绍虞的 16 首新诗为第五集。郑振铎在集前的《短序》中说：“虽然我们八个人在此所发表的诗，自己知道是很不成熟的，但总算是我们‘真率’的情绪的表现；虽不能表现时代的精神，但也可以说是各个人的人格或个性

---

① 郭绍虞：《作文摘谬实例序——一个国文教学法中的新问题》，《照隅室杂著》，第 458 页。

② 《新诗选》，上海教育出版社 1979 年版。

的反映。”郑振铎提出：“我们要求‘真率’，有什么话说什么话，不隐匿，也不虚冒。我们要求‘质朴’，只是把我们心里所感到的坦白无饰地表现出来，雕凿与粉饰不过是‘虚伪’的遁逃所，与‘真率’的残害者。”郭绍虞的诗歌，可以说忠实地践行了这样的诗歌创作主张和要求。试看《会后》：

椅子纵横地散着，
地板上留着一些唾沫，
真是开过会后的成绩了。
一个演说会开过以后，
大家谈论
这个演说员的丰姿怎样。

这首诗，确是“质朴”而“真率”的。它纯用白描，不肆修饰。它像一幅漫画，以揶揄的笔调将演说会的期待效应呈现为虚妄，使人在会心一笑中有所思索和领悟——美好的理想往往会被荒诞的现实消解为虚无，就因为人生有着太多的虚假：“满肚的假意却吐满意的话意——而且是温存的话意”①。这首诗，透露出的是诗人对现实的失望和批判。

再看《希望》：

晨光明了！
浓雾的海
犹沉浸着垂灭的灯光，——
希望之神
来安慰惨淡而又奋斗
的人生了。

这是一首极具象征主义色彩的诗。“浓雾的海”让人深陷黑暗之中，迷茫而苦闷；“垂灭的灯光”象征着即将逝去的黑暗，“晨光”则是令人振奋的希望所在。一句“晨光明了！”，分明是诗人因希望的来临而发出的本能的呼喊，声调激昂，足以引起人们“更高亢的回声”②。

新中国成立后，郭绍虞常常以诗明志，诗歌，也因之成了他某个时期的学术

① 郭绍虞：《温存》，《雪朝》，上海商务印书馆1922年版，第107页。
② 郑振铎：《短序》，《雪朝》，上海商务印书馆1922年版。

研究活动的剪影。这方面，除了前文所引的 1959 年版《中国文学批评史》的“以诗代序”外，1979 年的新著《汉语语法修辞新探》一书的结束，郭绍虞又作七律一首：

莫说老来意兴豪，妄图语法立新标。
正因初识马恩义，岂敢遽忘铅椠劳。
薄有会心当书写，更无矜气角低高。
外行强作内行话，只为工农把笔操。

这首诗，充分表现了一个真正的学者那诚恳、谦逊的思想境界和实事求是、与时俱进的科学态度，也是郭绍虞在特定环境中从事汉语语法研究的心灵写照。

郭绍虞又是个散文家。他的《照隅室杂著》中大部分是现代散文。郭绍虞的散文创作，十分关注社会历史和现实人生，彰显了文学研究会“为人生”的艺术主张。最能体现这种创作取向的，是郭绍虞创作于 20 世纪 40 年代中期，特别是抗日战争胜利前后的一批散文作品。其中，作于 1945 年的主要有：《人类的隔阂》（《正言报》，1 月 14 日）、《民主与狂狷精神》（《民主周刊》创刊号）、《有为与有守》（《民主周刊》第 2 期）、《论狂狷人生》（《民主周刊》，10 月）、《论八股》（《大晚报》，12 月 3 日），作于 1946 年的主要有：《论乡愿所凭藉的儒家思想》（《教育与文化》第 1 期）、《论勇与狂狷》（《教育与文化》第 2 期）、《真理的力量》（《人民世纪》第 2 期）、《儒家思想的新检讨》（《中国建设》第 5 期）等，另有《从文人的性情思想论到狷性的文人》，收入《照隅室杂著》，年代失考，似为抗日战争后期写于沦陷区的上海[①]。这些散文，多是有感而作，有对汉奸心理的文化剖析与批判，有对社会制度和现实的针砭，有对传统文化的反思。如果说鲁迅的散文是嬉笑怒骂皆成文章，那么，郭绍虞的散文则是绵里藏针，刚柔并济而又富于哲理，是比较典型的学者型散文。比如狂狷，是中国传统知识分子所追求的理想人格，上面所列的文章中，就有多篇是直接谈狂狷的。虽然具体文章各有侧重，但总的见解是“不主张中行而主张狂狷”[②]，推崇社会责任和知识分子操守。郭绍虞说：“我们必须先有狷者精神，然后‘狂者进取’，就不致胡来，既

---

① 据唐弢回忆，抗战胜利后，郭绍虞把《从文人的性情思想论到狷性的文人》送到《文艺复兴》准备发表的时候，郑振铎看后十分惊喜，“一面展读，一面兴高采烈地叫道：‘了不起！绍虞写了一篇非常精彩的论文，你看！’他读一张，随手递给我一张。我就这样先睹为快地把它读完了。”唐弢《狂狷人生——纪念郭绍虞先生》，《唐弢文集》第四卷，社会科学文献出版社 1995 年版，第 386－387 页。

② 郭绍虞：《民主与狂狷精神》，《照隅室杂著》，第 293 页。

革命也不致投机。我们更须有狂者精神，然后‘狷者有所不为’，也不致流为消极，做个自了汉。”[①] 在《从文人的性情思想论到狷性的文人》一文中，郭绍虞从文人堕落为汉奸说起，专门对狂狷作了透彻的分析。他列举了谢灵运的不见重用而作诗自解、王维接受伪命而徘徊瞻顾，认为前者“不足以言忠义”，后者是“自露其掩饰”[②]，都是文辞欺人。他推崇屈原和陶渊明，认为他们是狷，是介，是有守。郭绍虞的结论是，文学要见真性情，“性情经过了思想的锻炼，然后为真知灼见，然后能身体力行，性情与思想原不必分为两件事。经过了思想锻炼的性情，则不会情随事转，所以能真挚而永久”[③]。要求思想与性情的一致，这确是乱世之清音，也是郭绍虞治学精神的自觉追求。此一种追求，更积淀为一种创造力，推动着郭绍虞向着学术的至高境界攀行。

郭绍虞还可算得上是个翻译家。1919 年，郭绍虞编译了《马克思年表》，北京《晨报》副刊 12 月 1 日刊载。这是中国最早关于马克思的资料，为当时研究马克思主义提供了珍贵的参考价值。1920 年，郭绍虞在北京大学哲学系旁听时，更发奋学习英、日、德三种外文，“一方面搞些翻译，一方面记录名人讲演（记录杜威讲演稿——笔者注），一方面再写些艺术杂谈”[④]。他先后翻译了圣西门、傅立叶、拜伦、莎士比亚等名家的作品，译述了日本学者高山林次郎编撰的《近世美学》，《记录杜威讲演稿》刊载于 1920 年 1 月的北京《晨报》副刊。1922 年，郭绍虞翻译了奥地利作家显尼志劳的戏剧——《阿那托尔》，上海商务印书馆发行。

纵观郭绍虞一生的著述，“文学”和“语言”是两面永不变色的旗帜，它们有时相映生辉，有时汇合一处，共同指引着郭绍虞学术前行的方向；同时，郭绍虞广博的学术研究领域，也因这两面旗帜的指引而凝聚为一个有机整体。我们上文所区分的五个丛集，也只是为写作之方便。如果从学术精神说，我们似乎又可以把郭绍虞的著述大致区分为“为人生”和“为艺术”两个层面。“为人生”，即直面现实，关注人世，教书育人。作为五四运动后的新一代知识分子，作为“文学研究会”的发起人之一，“为人生”的艺术主张已积淀为一种原动力，推动着

---

① 郭绍虞：《论狂狷人生》，《照隅室杂著》，第 296 页。

② 郭绍虞：《从文人的性情思想论到狷性的文人》，《照隅室杂著》，第 341 页。

③ 同上书，第 338 页。

④ 郭绍虞：《我是怎样学习中国文学批评史的》，《怎样学好大学文科：专家学者治学经验谈》，第 2 页。

郭绍虞的学术车轮不懈前行。“为艺术”，则凝结着郭绍虞的学术理想。早在20世纪20年代，他就希望编一部美术论或艺术论。20世纪80年代初，有人要他写回忆录，郭绍虞却十分有意思地将写于1920年的《艺术谈》代替之，谓其“可以代表我思想上的一致性，看作我的回忆录”①。进一步说，“为人生”也好，“为艺术”也罢，它们与郭绍虞的治学路径又是一体两面的：因为有“为人生”的知识分子人文情怀，所以郭绍虞的治学能走出“象牙塔内”，广种博采；因为追求“为艺术”的学术理想，所以郭绍虞能执着于“故纸堆中”，潜心钻研，专门而精深。

① 郭绍虞：《艺术谈》，《照隅室杂著》，第3页。

第二章 郭绍虞中国诗学批评的理论构架

郭绍虞的中国诗学批评，以《中国文学批评史》为圆心，放射状向外扩展，不断累积生成了诗学范畴批评、诗话研究、诗学语言批评及文体学批评等四个知识极。它们相互勾连，彼此辉映，构建出一个关系性、自主性的理论构架。本章即通过对诗学范畴批评、诗话研究、诗学语言批评及文体学批评的散点透视，探寻郭绍虞中国诗学批评的谋划策略和问题域。

一、诗学范畴批评

按照马克思主义哲学的观点，范畴是对事物、现象的本质联系的概括，是人类认识自然与社会现象的纽结，人是通过概念、范畴、逻辑观念来反映世界的。如果不凭借概念、范畴，人类的理论思维既无法展开，也无从表达。正如列宁所指出的："在人面前是自然现象之网。本能的人，即野蛮人，没有把自己同自然界区分开来。自觉的人则区分开来了，范畴是区分过程中的梯级，即认识世界的过程中的梯级，是帮助我们认识和掌握自然现象之网的网上纽结。"① 因此，范畴的产生和运用是人的认识的升华。每一门自成体系的学科的形成史，实质上就是一系列独到的理论范畴产生、演变、发展的历史。一部中国诗学批评史，也可以说是一部诗学范畴发展史：新范畴的出现，旧范畴的衰退，范畴含义的传承、更新、嬗变，以及范畴体系的形成和演化。这构成了中国诗学批评史的思想支点。中国古代诗学思想，也主要是通过若干诗学范畴和命题表现出来的。因此，系统而深入地整理和研究中国古代诗学范畴及其体系，不仅是认识和评价中国古

---

① 《列宁全集》第55卷，人民出版社1990年版，第78页。

代诗学的内涵、特征以及揭示其发展规律的基本途径，而且是进行中外诗学比较研究、建构本土化与民族化文论的基础工程。在这方面，郭绍虞为我们开辟了探索的路径。

这里的一个问题是，中国诗学范畴研究中的“范畴”并不完全与逻辑学中的“范畴”同一。从严格的逻辑学角度看，作为“范畴”的诗学用语与作为“术语”和“概念”的诗学用语应当有所区别，其外延之间的界限也不应淆乱不清。汪涌豪的《范畴论》一书，对“术语”“概念”“范畴”三者的辨析就颇有代表性。他批评有人“将古代文学理论批评范畴作泛化处理，阑入许多文学体式用语”，认为术语“是指各门学科中的专门用语”，例如“格律”“章法”；“概念指那些反映事物属性的特殊称名，与术语一旦形成必能稳定下来不同，它有不断加强自己的冲动，它的规范现实的标准越精确，意味着思维对客体的理性抽象越精确。”“范畴是比概念更高级的形式”，“概念是对各类事物性质和规律关系的反映，是关于一个对象的单一名言，而范畴则是反映事物本质属性和普遍联系的基本名言，是关于一类对象的那种概念，它的外延比前者更宽，概括性更大，统摄一连串层次不同的概念，具有最普遍的认识意义”[①]。汪著的区分自然是有意义的。但是，对中国诗学来说，“术语”也好，“概念”和“范畴”也罢，常常既是历史的，又是动态的，甚至是流动不居的，很难对其外延作静态的硬性划分。同一个语词，既可能是中国诗学的“术语”，又可以是反映古代某个文学现象或问题的“概念”，还可以是从某个方面说明古代文学现象的某类“范畴”。如“气”这个范畴，既属本体论，也属创作论；既属作品论，也属作家论，又属批评论、鉴赏论。或许正是此一种历史风貌，才导致中国近百年来几代人所做的古代诗学范畴研究，基本上“是在一种概念尚模糊、理论认识尚未十分明晰的状态之下展开的”[②]。作为老一代学人的代表者之一，郭绍虞的中国诗学范畴研究，也没有在概念和范畴的外延之间作出明确区分，但这并未妨碍到他的研究。因此，将具有民族特色的中国诗学范畴作泛化处理，并不失却阐释的有效性。本书亦不强作分别。

陈寅恪曾说过：“凡解释一字，即是作一部文化史。”[③] 这就是说，范畴问

---

① 汪涌豪：《范畴论》，复旦大学出版社 1999 年版，第 4—5 页。

② 罗宗强：《二十世纪古代文学理论研究之回顾》，罗宗强编：《20 世纪中国学术文存·古代文学理论研究》，湖北教育出版社 2002 年版。此文为该书序言。

③ 陈寅恪：《致沈兼士》，《沈兼士学术论文集》，中华书局 1986 年版，第 202 页。

题，不只是有关话语阐释和思想观念的问题，还是文化问题。郭绍虞之研究中国诗学范畴，往往紧密联系理论流派和时代思潮，在历史的动态发展中阐释其意义，具有鲜明的思想史、文化史的性质。他说："……只有在历史的联系中，才能正确判断一种理论见解的价值，评论一种文艺现象的意义，才能认识实践中出现了什么新事物，理论上有什么新发现。"① 此一种致思路径，恰又与近年来被正名并逐渐成熟的"历史文化语义学"不谋而合。质言之，郭绍虞可以说是运用历史文化语义学研究中国文化问题的先行者之一。

所谓历史文化语义学，是以核心概念和关键术语作为研究对象，或通过考察生成于某一特定历史时期的术语系，阐明术语在历史文化进程中的生长过程，以此建构对特定历史时期的认识，或通过考察术语、概念的历史衍生，勾勒概念在不同用例中词义的承袭、改造、延伸及转化等情况，厘析与之相关的历史文化问题，由语义演变探讨历史文化的变化。冯天瑜这样界定历史文化语义学："以探析概念的历史轨迹和思想文化蕴涵为基旨，要求不仅探讨概念的原始词义，同时还关注词义在历史流变中所发生的变异，准确把握词义的内涵与外延及与之相关的社会文化信息，明确二者之间的对应关系。'历史文化语义学'以关键术语和核心概念为关注点，强调通过对概念作历史性考察，探析概念背后蕴藏的丰富历史文化意涵。"② 冯天瑜认为，历史文化语义学不是严格意义上的学科，而是一种超越学科门类和语言文化限制的研究问题的方法，绝非仅属某一单科的禁域③。郭绍虞的中国诗学范畴批评，恰是彰显了历史文化语义学的要义。郭绍虞在整理资料和撰述专著的过程中，紧紧抓住中国诗学中那些关键性的概念和范

---

① 郭绍虞：《关于古代文学理论研究中的几个问题》，《照隅室古典文学论集》（下编），第 449 页。

② 冯天瑜、余来明：《历史文化语义学：从概念史到文化史》，《中华读书报》，2007 年 3 月 14 日。

③ 近年来，一批中外学者在历史文化语义学研究领域取得了一系列有影响的成果。中国大陆方面，有钟少年《人类知识的新工具——中日近代百科全书研究》《中国近代新词语谈薮》，冯天瑜《新语探源——中西日文化互动与近代汉字术语生成》《"封建"考论》，史有为《汉语外来语》《外来词——异文化的使者》等；中国港台方面，有香港中国语文学会编《近现代汉语新词词源词典》，李知沉《现代汉语外来词研究》等；日本方面，有铃木贞美《日本的文学概念》，荒川清秀《近代日中学术用语的形成与传播——以地理学用语为中心》，陈力卫《和制汉语的形成及其展开》等；其他有德国李博《汉语中的马克思主义术语的起源与作用：从词汇—概念角度看日本和中国对马克思主义的接受》，英国雷蒙·威廉斯《关键词：文化与社会的词汇》，美国大卫·K. 诺格尔《世界观的历史》等。参见余来明《"历史文化语义学"：理论与实践》，《光明日报》，2007 年 3 月 30 日；冯天瑜、余来明《历史文化语义学的现状与未来》，《社会科学报》，2007 年 8 月 16 日；宫敬才《构建历史文化语义学何以可能》，《学术月刊》，2007 年第 4 期。

畴，描述它的生成语境、历史嬗变以及包孕其中的纠缠不清的矛盾，形成了相关的意义序列，如《文学观念与其含义之变迁》《文气的辨析》《儒道二家论“神”与文学批评之关系》《中国文学批评史上文与道的问题》《神韵与格调》《性灵说》等论文，就是这方面的典范。

“文”与“文学”等观念，可以说是中国诗学中的元范畴。郭绍虞对“文”“文学”等观念的考察，对中国诗学范畴的研究具有理论先导意义，凸显出朴素的历史文化语义学方法论特征。郭绍虞首先对“文学”这个概念追溯本源，从文化的、学术的、文学的整体出发来找寻它演变的轨迹。在郭绍虞的《中国文学批评史》中，“文”“文学”等观念犹似草蛇灰线，虽时隐时现，却气脉贯通，不仅构成了中国文学批评史发展分期的逻辑依据，而且直接影响到《中国文学批评史》中所涉人物的评价。

从1925年到1930年，郭绍虞连续发表了八篇专题论文，深入阐述中国文学观念的演化：《中国文学演化概述》（1925年）、《中国文学演进之趋势》（1926年）、《试从文体的演变说明中国文学之演变趋势》（1926年）、《文学观念与其含义之变迁》（1927年）、《所谓传统的文学观》（1928年）、《先秦儒家之文学观》（1929年）、《文笔与诗笔》（1930年）、《中国文学批评史上文与道的问题》（1930年）。其中，1927年发表于《东方》第二十五卷一期上的《文学观念与其含义之变迁》一文，最具代表性。郭绍虞通过对“文学”概念的详尽、周密的考察，提出“文学”之名，发端于《论语》，周秦时期实指“文章博学”，即包括一切书籍、一切学问，文学与学术并不分界限，这是文学观念演进中第一期的见解。而到两汉，文化渐进，文学与学术始相分离：以含有“博学”之意义者，称之为“学”或“文学”；以美而动人的文辞，则称之为“文”或“文章”。到了魏晋南北朝时期，于美而动人的文章中间更有“文”“笔”之分，这又有前后期见解的不同：前期重在形式上的区分，即以有韵为文，无韵为笔；后期着眼在性质上的差异——笔重在知、重在应用，文重在情、重在美感。这样，“文”就近于现在所谓的“纯文学”，“笔”则近于杂文学。郭绍虞在此辨析的基础上，提出：“自周秦以迄南北朝，文学观念逐渐演进，逐渐正确，已如上述。但从此以后，一般人对于文学的观念复为复古思潮所笼罩，眷怀往古，取则前修，不惜再为逆流的进行，而传统的文学观念遂于以形成。这实是中国文学批评史上的重大问题。”在郭绍虞看来，魏晋以后的文学观念之所以“为逆流的进行”，是因为“唐人与宋人之文学观，其病全在以文与道混而为一。……唐人主文以贯道，宋人主文以载道”；“古文家之文与其文学观，其误在以笔为文；以笔为文，则六朝‘文’

‘笔’之分淆矣。道学家之文与其文学观，又误在以‘学’为文；以学为文，则两汉‘文学’‘文章’之分，‘学’与‘文’之分亦混矣”。《文笔与诗笔》中，郭绍虞进一步指出，文笔对举，重在文学性质之分别，其意义与近人所谓纯文学杂文学之分为近；诗笔对举，则只是文章体制之差异，其意义与通常所谓韵文、散文为近。文笔之分在文学批评史上的重要意义之一，“是使‘文学’一词与其他学术区别开来，开始认识到文学的独立性”①。

我们知道，中国诗学范畴具有鲜明的多义性、变易性、互渗性、体悟性等民族特质。范畴中的大多数，不限于一家一派，而是从创建以后便历代传承，以至成为历代通行的范畴，同时，在传承的过程中，范畴的内涵又会发生历史性的变化，往往是传承愈久，变易就愈多，范畴的内涵也就变得十分复杂。郭绍虞对此有着清楚的体认。他的《中国文学批评史》上卷是以“文学批评之分途发展”为主轴的，但辨析的重点却在“文”“文学”“文章”“文笔”等概念在不同历史时期的演进及其负载的不同意义，描述它们的形成过程、存在的环境、承受的推动和纠缠不清的矛盾。

在《所谓传统的文学观念》(1928 年）一文中，郭绍虞批评后世诗人、文人不知孔子所言“文学”有文章博学二义，有诗与文之别，更不知有尚文与尚用二点，于是各执一端，争论遂起。他以一个文学研究会成员的眼光，赋予孔子之“文学”以现代解释，认为尚文与尚用实则近于为人生的文学与为艺术的文学之争。这二者虽似矛盾，但孔子却能善为调剂，绝不见其矛盾冲突之处：“孔子论‘文’，本偏于学术的意义，其主应用固宜；至其论‘诗’，是就纯文学言者，宜乎超于实用了，但他却依旧不离应用的主张。”② 郭绍虞认为，从周秦到南北朝，文学观念经历了由混沌朦胧渐归于明晰的过程，文学的形式特性日益凸现出来，人们已能自觉地将本来混同于学术的文学性文章区分开来，于是“文学”一词逐渐由广义的统称变为狭义的专名。魏晋南北朝，是文学观念的演进期，所讨论的问题是以文学的外形为中心，人们对文学的认识开始由粗糙向细密发展，文学的独立性质得以确认，文学批评的基础也自是成立，因而是文学观念渐趋正确的时代。从隋唐至北宋，郭绍虞称之为文学观念的复古期，所讨论的问题则又以文学之内质为中心。在郭绍虞看来，南朝批评家对文学的外形与内质同样重视，是

① 郭绍虞：《文笔说考辨》，《照隅室古典文学论集》(下编)，第 292 页。
② 郭绍虞：《先秦儒家之文学观》，《照隅室古典文学论集》(上编)，第 151 页。

"深切明了文学的含义与性质"的[1]。辞彩宫商是外形的两方面，情志事义是内质的两方面，"合形文、声文、情文，而文之形式已立"[2]，因而是"文学观念渐趋正确"。他批评隋、唐、五代的批评家"不甚了解文学之本质"，只"因不满意于创作界之淫靡浮滥，于是对于六朝文学根本上起了怀疑"，便"转以形成复古的倾向"[3]。郭绍虞说："在演进期中虽重在文学之外形，而以对于文学有清楚的认识，所以有性质上的'文'、'笔'之分。在复古期中虽重在文学内容之讨论，而以轻视文学之特性，所以自唐以后又只有形式上的'诗'、'文'的分别。由前者言，则言'文'可以赅诗；由后者言，则言'文'便不足以赅诗。此又所以演进期中的论'文'见解，较为融通，而在复古期中则适成为传统的文学观而已。此则复古的潮流所以又终究不免为逆流的进行也。"[4] 郭绍虞特别强调，文学观念假使不经过唐代文人和宋代儒家的复古主张，则中国文学批评的进行就会一帆风顺，尽有发展的机会。

对"文"的辨析，构成了郭绍虞进一步探索中国传统文学观的切入点。郭绍虞认为，中国文学批评史上最重要的问题，"由文的内容言，总不离一个道字；由文的风格意境言，又总不外神与气"[5]，"气""神""道""声律""文笔""神韵""格调""性灵""肌理"等其他重要概念或范畴都与"文"的观念须臾不离。《中国文学批评史上文与道的问题》一文的开头，郭绍虞写道："中国文学批评中的主要问题，不是乌烟瘴气闹什么'文以载道'的说法，便是玄之又玄玩一些论神论气的把戏。"郭绍虞似乎对儒家之道比较敏感。他把"道"作为"文"之外的一个因素，认为文以贯道的文学观，形成了古文家之文，其所注重而用力者在修词，"道"不过是幌子；文以载道的文学观形成了道学家之文，只求词达，文只是载道的工具而已。他说："言载道，则只成为道学家的文论；言贯道，也只成为古文家的文论。只可惜贯道之说，虽于唐人，而唐人之论道，总是泥于儒家之说，所以觉得模糊影响，似乎只以道为幌子，而不能与文打成一橛。至于苏轼，则在道学家看来，本以异端视之者，故其于文与道的观念，转很受庄与释的影响，于是文与道遂相得益彰，不复是离之则双美了。"[6]

---

① 郭绍虞：《中国文学批评史》上卷，上海商务印书馆 1934 年版，第 120 页。
② 郭绍虞：《中国文学批评史》上卷，上海商务印书馆 1934 年版，第 122 页。
③ 同上书，第 4 页。
④ 同上书，第 10 页。
⑤ 郭绍虞：《中国文学批评史上文与道的问题》，《照隅室古典文学论集》（上编），第 170 页。
⑥ 郭绍虞：《中国文学批评史》上卷，上海商务印书馆 1934 年版，第 325 页。

“神”与“气”也是郭绍虞最早研究的范畴。郭绍虞说，研究文学批评史的首个难题，就是辨析名词术语的义界，不使它模糊和混淆。1927 年，郭绍虞发表了《中国文学批评史上之“神”“气”说》，“专从历史研究来说明‘神’‘气’说演进的历程”[①]，对“神”“气”说在不同发展阶段的含义作了精细辨析和诗学解释，至今仍给人重要启发。他将“神”“气”说分为五个发展阶段：庄子的论“神”与孟子的论“气”，是“神”“气”说的发生期；扬雄的论“神”与曹丕的论“气”，是“神”“气”说在文学批评上明而未融的时期；杜甫之论“神”与“气”与韩愈之论“神”与“气”，诗文皆悬“神”“气”以为鹄的；严羽之论“神”与苏轼之论“气”，诗人、文人各攫要点，使后来者有途径可寻；王士祯之论“神”与姚鼐、曾国藩之论“气”，从意境、风格、文字、音节上进一步推究，“神”“韵”相连，“气”“声”相带。

1928 年，郭绍虞又发表《儒道二家论神与文学批评之关系》《文气的辨析》，从文学批评的立场“接着”说——儒道两家所言的“神”，其意义不同，对后世文学批评的影响乃大相径庭。庄子论“神”，本与文学批评无关，“其暗示给创作方面而指出一种境界者，即是神化的观念；而这个同时又是批评方面的问题，盖不啻为批评界立一个标准”[②]，“至其暗示给批评家之方法者即在于鉴赏艺术也要取神遇的态度”[③]。这确是入木三分的诗学阐释。论到孔子之神的观念，郭绍虞说，其应用到创作方面者，是“切切实实修辞的问题”[④]，“至其在批评方面所指出者即是体会的方法”[⑤]。这是大体不错的。

但论到“体会的方法”，郭绍虞这样说：

> 不过儒家之所谓体会，其方法有二种：一是在本文内体会的，一是在本文外体会的。在本文内体会者犹不离本文的原意：所以是近于科学的。其在本文外体会者，有时竟与原意绝无关系，所以又简直是“非科学”的了。盖本文内的体会较重在考据；本文外的体会，全出于附会。所以前者之失泥，后者之失凿。[⑥]

① 郭绍虞：《中国文学批评史上的“神”“气”说》，《照隅室古典文学论集》（上编），第 46 页。
② 郭绍虞：《儒道二家论神与文学批评之关系》，《照隅室古典文学论集》（上编），第 133 页。
③ 同上书，第 136 页。
④ 同上书，第 141 页。
⑤ 同上书，第 142 页。
⑥ 郭绍虞：《中国文学批评史》上卷，上海商务印书馆 1934 年版，第 19 页。

郭绍虞这段话是存在很大问题的。第一，“本文内体会”与“本文外体会”是不好以科学、非科学作判断的。前者“不离本文的原意”，可能太坐实，拘泥不化，将“本文”解死，那就算不上“科学”；即便是考据，有时也包含推测的成分，也未必一定“科学”。后者“有时竟与原意绝无关系”，或者存在附会穿凿，这可以算是一种误读。但误读并非总是负面性的，它往往给人以新的视角和启迪，未必就“简直是‘非科学’”。布鲁姆说：“诗的影响——当它涉及到两位强者诗人，两位真正的诗人时——总是以对前一位诗人的误读而进行的。这种误读是一种创造性的校正，实际上必然是一种误译。”[①] 穿凿附会与误解，亦是读者主体性的一种张扬。第二，无论是“本文内体会”，还是“本文外体会”，都不过是阐释方式的不同。在阐释学看来，作品的“含义”（即“本文的原意”）与“意义”本就是两回事，作者赋予“含义”，读者自定“意义”，背离作者原意的理解——“原意悖谬”是一种合理性存在。欧阳修《唐薛稷书》云：“得者各以其意，披图欣赏，未必是秉笔之意也。”钟惺《诗论》说：“《诗》，活物也。……不必皆有当于《诗》，而皆可以说《诗》”[②]，都是明证。故而，“本文内体会”与“本文外体会”皆可自出眼光，不好以科学、非科学去犁别。第三，郭绍虞又说：“其在本文外体会者，即《论语》所云：‘诗可以兴’（《阳货》）及‘兴于诗’（《泰伯》）的意思。”[③]“兴”是对诗进行意义转换的一种解读方式，但理解和解释永远只是相对的，“作者用一致之思，读者各以其情而自得”[④]。解释者从自己特定的历史文化背景出发，充分调动自己的生活经验、审美经验和艺术感知力，就完全可能对作品作出创造性的理解和阐发。由是，一方面肯定“本文外体会”是“诗可以兴”的，另一方面又批评它“全出于附会”，郭绍虞似乎有些自相矛盾，但这与当时科学主义思潮的影响有关，因此郭的矛盾实际上是当时新文化的矛盾。

“神韵”“格调”“性灵”也是郭绍虞花功夫研究的重要诗学范畴。20 世纪 30 年代末，郭绍虞先后发表了《神韵与格调》（1937 年）、《性灵说》（1938 年）等文章，1982 年出版了《中国诗的神韵格调及性灵说》（庄严出版社），对它们作了一系列详尽、周密的考订与分析。对此，学界阐述颇多，兹不赘述。

---

① ［美］哈罗德·布鲁姆：《影响的焦虑》，徐文博译，江苏教育出版社 2005 年版，第 31 页。

② 钟惺：《诗论》，《隐秀轩集》，上海古籍出版社 1992 年版，第 391 页。

③ 郭绍虞：《中国文学批评史》上卷，上海商务印书馆 1934 年版，第 20 页。

④ 王夫之：《姜斋诗话》，人民文学出版社 1961 年版，第 139 页。

王运熙曾说，郭绍虞在论述一些批评现象时，“往往在纵向上注意前后的继承发展关系，在横向上注意同时代文论的相互影响关系，在涉及背景时又注意说明文论与文学创作、哲学思想的关系，凡此等等，使读者获得鲜明的历史线索和图景”[①]。以此语评之于郭绍虞的中国诗学范畴批评，也是恰切的。诗学范畴批评可以说是郭绍虞整个中国诗学批评的主轴。郭绍虞正是通过对中国诗学中诸如文与道、文与气、文笔说、声病说等一系列问题富有开创性的考察，最终水到渠成地完成了中国诗学史的线索连缀，进而构建了中国诗学批评的宏伟体系。

二、诗话研究

中国古代诗话，是中国传统文学理论的主要话语形式之一。郭绍虞说：“诗话之体，顾名思义，应当是一种有关诗的理论的著作。”[②] 又因为诗话是“本末精粗无所不包的”[③]，所以需要对它作具体考辨，去芜存菁，以“符合现时代的要求”[④]。

我们知道，诗话之称，诗话之体，皆自北宋欧阳修始。诗话，最初只是作为“以资闲谈”的轻松的随笔罢了，率尔操觚，写作态度并不严肃的。“可是，他们的著作态度虽不严肃，而论其材料与作用，却并非仅助茶余酒后之谈资。论其考核有据，阐明作诗之本事，或网罗散佚，吉光片羽，赖以仅存，则有裨于文学史的研究。论其上下古今，衡量名著，摘举胜语，时与其间流露一己之文学见解，则又有裨于文学批评之研究。”[⑤] 正因为如此，致力于中国诗学批评研究的郭绍虞很自然地把眼光投向了诗话。

诗话研究是郭绍虞中国文学批评史研究中的史料学建设的开端和成就最显著者，其中的不少见解被他充实发展进自己的论著中。自1927年开始着手《宋诗话辑佚》工作，郭绍虞经过多年的辛勤劳动，取得了丰硕的成果，主要有：《宋诗话辑佚》(1937年)、《沧浪诗话校释》(1961年)、《诗品集解·续诗品注》(1963年)、《杜甫戏为六绝句集解·元好问论诗绝句三十首小笺》(1978年)、

---

① 王运熙：《中国文学批评史·前言》，郭绍虞：《中国文学批评史》上卷，百花文艺出版社1999年版。

② 郭绍虞：《清诗话·前言》，王夫之等撰：《清诗话》，中华书局1963年版，第1页。

③ 郭绍虞：《宋诗话辑佚·序》，中华书局1980年版，第5页。

④ 郭绍虞：《清诗话·前言》，王夫之等撰：《清诗话》，第3页。

⑤ 郭绍虞：《宋诗话辑佚·序》，中华书局1980年版，第4页。

《宋诗话考》（1979 年）、《清诗话续编》（1983 年，富寿荪校点）。朱自清说：“第一个大规模搜集材料来写中国文学批评史的，得推郭绍虞先生。他搜集的诗话，我曾见过目录，那丰富恐怕还很少有人赶得上的。”[①] 郭绍虞通过辑撰、汇钞、笺注、校释等多种方式整理的古代诗话，不仅搜罗齐备，考察精细，而且以现代学术理念将考、论、释相辅为用而构成一体，论从史料出，“批评观点的发挥则达于酣畅透辟之境地”[②]。其中，《宋诗话考》和《沧浪诗话校释》尤其具有现代学术示范性。

《宋诗话考》提要钩玄，侧重于弄清各种诗话的来龙去脉，似是“考”[③]，但郭绍虞却在提明各书宗旨及作者论诗主张中，表明了自己的评价及态度，因而又包含了“论”，是考、论结合。以苏辙之《诗病五事》（仅五则）为例，其一千二百余字的短文，评价性文字竟超过三分之一。如郭绍虞说：“此五则虽不成为著作，但在宋人论诗风气中却能别树一帜，有以自立。盖宋人谈诗或以重来历而偏于考据，或以尚风格而流为禅机，要之均强调艺术技巧，罕有重在思想内容者。其在诗话初起之时，更以摭拾本事，仅资闲谈者为多。而苏辙在此寥寥数则中独能以思想内容为主，不可谓非特立独行者矣。自今言之，其所谓思想内容固颇成问题，即我为此言，亦非欲重扬儒家诗教之波。但以后人对此五则颇加攻击，则不禁代为不平耳。”[④]“窃以为文艺为一定的政治服务，自是颠扑不破之真理，谓辙所论为当时之政治服务则有之矣！若视为狂悖庸妄，一无可取，夫岂其然！所可惜者，辙之思想过于保守，甚至以贫富为天经地义，……要之，人之思想可随时代而不同，人之诗文也可随时代而变化，而于诗文中反映出其思想则无不同者，评诗衡文应以思想内容为第一标准亦无不同者，若以诗理与常理不同，而纯主艺术，反以思想内容为狂悖，则趋于极端，亦同归于狂悖而已。”[⑤] 这种由具体事实之考订而进入史述、进入论断，构成了郭绍虞研究宋代诗话的一大特色。其清晰的考辨、明晰的论述，使该书成为人们了解宋代诗话发展概貌、研究宋代

---

① 朱自清：《诗文评的发展》，《朱自清古典文学论文集》（下），第 545 页。

② 董乃斌：《郭绍虞中国文学批评史研究的成就与贡献》，王瑶主编：《中国文学研究现代化进程》，北京大学出版社 1996 年版，第 323 页。

③ “考”的内容，大致包括以下几项：（一）考述作者生平简历；（二）著录书名、卷数、作者、存佚残情况；（三）考成书时间及书名之别称、异名；（四）考版本之源流分合及演变；（五）介绍历来对该书之评论。

④ 郭绍虞：《宋诗话考》，中华书局 1979 年版，第 10－11 页。

⑤ 郭绍虞：《宋诗话考》，第 11－12 页。

文学史、诗学史的一部极其重要的参考书。

《沧浪诗话校释》将校、注、释三种模式融为一体，创造了古典文献整理工作的经典案例。郭绍虞说："沧浪此书，虽自矜为实证实悟，非傍人篱壁得来，实则任何人都不能不受时代影响，更不能不受阶级的限制，故于注释文中，特别重在沧浪以前之种种理论，以说明沧浪诗说之渊源所自。至于后人对《沧浪诗话》评价之语，则取其异而不取其同。凡辩驳之语，即稍涉意气，近于谩骂，亦较多采取；至申阐之语，取其特见，若仅表赞同，无所发明，则摈弃不录。"[①]这样的方法，不仅有助于读者认识严羽思想的渊源所自，而且有利于客观全面地理解《沧浪诗话》之理论价值，存其精华，窥其全貌。至于对《沧浪诗话》本文的观点，或对后人评述《沧浪诗话》的意见，郭绍虞时时都有独到的解释。比如，《沧浪诗话》有云："诗有词理意兴。南朝人尚词而病于理；本朝人尚理而病于意兴；唐人尚意兴而理在其中；汉魏之诗，词理意兴，无迹可求。"对此，郭绍虞有一大段写得特别精彩的"释"文：

> 又案前言兴趣，而此言意兴者，前重在论诗之气象，而此则兼及诗之内容言也。气象虚而内容实，固意兴与兴趣，虽有关联，并不完全相同。一般人于此节，以沧浪连用意兴二字遂看作一词，视同"兴趣"，似非沧浪原意。诗之内容，从沧浪看来，似有二种分别：偏于逻辑思维者为理，偏于形象思维者为意。理不易与词相结合，截然分明，故分开着讲；意与兴虽有兴虚意实之分，而容易结合，故连缀用之。词和理的结合或词与意的结合，是形式和内容的统一问题，容易分别。意和兴的结合，不是象被意化，便是意融于象，不是景被情化，便是情融于景，这是主观与客观的统一问题，非融而化，所以不容易分别。因此，把意兴看作一个词也不是什么错误，不过对这一节不易理解而已。沧浪之意，只重在说明理和意兴之不容易结合。意兴虚而实，蓄势之间，不是没有统一的可能性，但由于一属逻辑思维，一属形象思维，性质不同，所以宋诗会因尚理之故而病于意兴。他是要求这方面的统一的，所以"唐人尚意兴而理在其中"，就认为是唐人高处。《白石道人诗说》已有"理高妙"与"意高妙""想高妙"之分，理和意与想本是可以有分别的。沧浪此点恐亦受白石影响，不过把"意高妙"与"想高妙"合而为一而已。合而为一，于是沧浪之所谓意兴，也就近于白石之所谓"自然高

① 郭绍虞：《沧浪诗话校释·校释说明》，第2页。

妙”了。白石谓：“非奇非怪，剥落文采，知其妙而不知其所以妙，曰自然高妙。”沧浪也是这样，知其然而说不出其所以然，于是只能拾些“无迹可求”“不可凑泊”的话头，而说成迷离恍惚了。这正是古人不得已处。分开着讲，别词和理最容易偏于一端，也就是最有迹可求。意与兴合，就好一些，也可以做到无迹可求。假使把意与兴分开着讲，那么如白石之所谓“意高妙”与“想高妙”，也不是无迹可求的。只有自然高妙才近于无迹可求。这就是沧浪比白石更勘进一层的地方。所以把意兴看成一个词，未尝不可以，但假使把它看成两个词时，那就更容易理解到理和意的不同，而对于所谓“词理意兴无迹可求”之说也可知是在意和兴的统一之外，再要求与词与理的四者统一了。词理与意兴相统一，才是无迹可求。意与兴相统一，意象相化，情景相融，故盛唐诸公成为透彻之悟；词理意兴相统一，而“知其妙而不知其所以妙”，故“汉魏尚矣，不假悟也”。总之白石沧浪都是离开了生活，离开了现实，而专从艺术上推究，所以也只能看到这一点。因许学夷提到前言兴趣此言意兴的问题，故就所见为发明如此。或以词理与意兴区而为二，则更非沧浪原意。①

这样的“释”文，以现代人视角解释古典诗学，在娓娓而谈的事实分析中闪耀着出高妙的理论光芒，知识性、思辨性、学理性水乳交融。这既避免了研究工作中的片面性，也为后来者进一步研究各种新问题指示了路径。郭绍虞自云：“我所谓注，是包括注和解和评三方面的。注以明其义，解以通其旨，评以阐其志和论其艺，所以注则重在学，解则重在才，而评则于才学之外，更重在识。”②学、才、识三者结合，方能“不穿凿，不附会，不矜奇，不逞博”③，而得其真面目、真精神。也正是为了得诗话之真面目、真精神，针对性质不同、内容各异的对象，郭绍虞采取了不同的注解和阐释模式。如对待司空图的《诗品》和袁枚的《续诗品》，郭绍虞“一则选用古人旧说，取其会心不远，比烦琐的解释反而要明白一些，一则以袁注袁，即《随园诗话》，也能使之突出精华”④。这两种方法，前者可称为“印证法”，后可称为“映衬法”，其共同点是：删繁就简，存其本真，在还原历史的同时，也为读者留下了巨大的思考空间。

---

① 郭绍虞：《沧浪诗话校释》，第 149－150 页。

② 郭绍虞：《前言》，杨伦笺注：《杜诗镜诠》，上海古籍出版社 1962 年版，第 1 页。

③ 同上书，第 1 页。

④ 郭绍虞：《诗品集解·续诗品注》，人民文学出版社 1961 年版，第 193 页。

董乃斌曾说："由具体事实之考订而进入史述、进入论断，这是郭绍虞研究宋代众多诗话的一大特色，一大收获。"① 就宋代诗话讲，斯言诚为的论。就郭绍虞诗话研究的整体看，他还构建了另一种研究路径，就是理论与批评的一体化，用郭绍虞自己的话说，"我之注意诗话，是着重在理论方面，所以比较偏于论辞一边"②。

且以郭绍虞1928年发表的《诗话丛话》（《小说月报》第20卷）为例。

《诗话丛话》凡27节，以论诗韵语（即论诗诗）为中心，从源流、体例、内容、形制、性质、功用等方面对诗话作了系统考察③。郭绍虞指出，诗话有论事、论辞两大类，"明其事，讽其辞，则作者之志可得，而后始可期有益于诗教"④。有些诗话，虽然不重在论事论辞，但也未尝不与辞和事有关。郭绍虞认为，诗话有文学批评的性质。"以文学批评的眼光而论诗话，则范围不得不广博。不广博不足以见其共同的性质；而同时又不得不狭隘，不狭隘又无以异于昔人的论调。"⑤ 他构想的《诗话丛话》的范围是："以论诗者列为内编，论文，论四六，论词，论曲以及论小说戏剧诸书，别为外编。"⑥ 这里的一个问题是，常识认为，诗与词、曲、小说、戏剧是不同的文学样式，郭绍虞论诗话何以言及词、曲与小说戏剧？郭绍虞认为，"就诗的广义言，'诗'本可以赅括一切创作的文学"⑦，"实则无论由词曲以演成的杂剧传奇，或由传记以演成的小说，体貌尽与诗异，文学上的原理，仍与诗同。若真从文学批评而言，无论是剧话，小说话，均与诗话有同样的性质，更何论词与曲！"⑧ 这就是说，郭绍虞的"诗话"，内涵、外延都是泛化的，诗话所揭示的，是整个文学创作与批评的原理。

由是，我们再反观郭绍虞的《中国文学批评史》。学术界多认为《中国文学批评史》的一处明显不足，是对小说与戏剧理论批评的不够重视乃至缺失。然

---

① 董乃斌：《郭绍虞中国文学批评史研究的成就与贡献》，王瑶主编：《中国文学研究现代化进程》，第321页。

② 郭绍虞：《浅谈清代诗话的学术性》，《文艺理论研究》，1980年第1期。

③ 郭绍虞有感于文学批评史上"诗话虽多，而专论诗话以成书者则不多"的缺憾，打算写一部"专论诗话"的书。《诗话丛话》即是这个学术构想的初步实践。

④ 郭绍虞：《诗话丛话》，《照隅室杂著》，第228页。

⑤ 同上书，第283页。

⑥ 同上书，第282页。

⑦ 同上书，第280页。

⑧ 同上书，第282页。

而，上所云云，郭绍虞已明白地表达了自己的认知——词、曲、小说、戏剧，“文学上的原理，仍与诗同！”他并非有意忽视小说与戏剧。他也曾批评治文学史的两种偏颇：

> 有些文学史之重在文言文方面者，每忽视小说与戏曲的地位；而其偏重在白话文方面者，又抹煞了辞赋与骈文的价值。前者之误，在以文言的余波为主潮；后者之误，又在强以白话的伏流为主潮①。

对此，朱自清评曰：“这是公道的评论。”② 这样看来，我们评价郭绍虞的《中国文学批评史》，的确不能就事论事了，而要知人论世，顾及全人，否则便有失“公道”了。

我们再回到《诗话丛话》本身。郭绍虞特别重视诗话的文学批评性质和功能，认为不同体例、体裁和形式的诗话，思想往往相互影响，或者可以相互发明，因而对诗话的阐说不可拘于形貌。比如他说：“赵翼《瓯北集》中颇多论诗之作，足以窥其论诗主旨，而其《北瓯诗话》却专主评论古人，不言自己论诗见解。二者各不相谋，使非合而观之，更将何以见其全乎？本其论诗韵语以读其诗话，然后可知其见解之应用；由其诗话以读其论诗韵语，然后可知其品评之标准。”③ 又如，他广征博引，分析苏轼和严羽之间的渊源所自以及人们的误读：“人皆知沧浪论诗，反对苏、黄之以文字为诗，以才学为诗，以议论为诗，而孰知其论诗主旨正出自东坡也哉！苏轼诗作风与其论诗宗旨正相反背。”④ 类似这样的批评，在《诗话丛话》中十分常见。这种理论与批评的一体化，不仅奠定了郭绍虞诗话研究的理论维度，也是郭绍虞文学批评史料建设的基石和重要范式。而“校注与义理阐发的融合更成为建国后古典诗学文献考辨与释读的一种基本方法”⑤。

---

① 郭绍虞：《中国语言与文字之分歧在文学史上的演变现象》，《照隅室古典文学论集》（上编），第496页。

② 朱自清：《中国文的三种型——评郭绍虞编著的〈语文通论〉与〈学文示例〉》，朱乔森编：《朱自清全集》第三卷，江苏教育出版社1988年版，第297页。

③ 郭绍虞：《诗话丛话》，《照隅室杂著》，第268页。

④ 同上书，第266页。

⑤ 黄念然：《中国古代文论研究的现代转型》，中国社会科学出版社2006年版，第209页。

三、诗学语言批评

我国自古以来就有研究诗歌语言的传统，从语音、韵律到措辞、炼字，到句法、意蕴，在各个层次上探究诗歌语言与诗歌艺术的关系。如陆机《文赋》云："暨音声之迭代，若五色之相宣。"刘勰《文心雕龙》辟有《声律》《章句》《丽辞》《炼字》等专门篇章，沈德潜《说诗晬语》认为："诗以声为用者也，其微妙在抑扬抗坠之间。读者静气按节，密咏恬吟，觉前人声中难写，响外别传之妙，一齐俱出。"我国现代学者也很注意诗歌的音韵效果和情感效果，朱光潜的《诗论》就有关于"音步""顿"的详细解说。比较起来，郭绍虞对中国诗学语言的重视和深入研究，是其他研究中国古典文学理论的同辈学者和后来者鲜能企及的。从1920年出版《小学生文法》开始，郭绍虞的研究志趣就未曾离开过语言学领域。尤其是从20世纪30年代中期到60年代初，他更是集中写作了近30篇有关中国古典诗学语言的专门文章。与同时代及后来专门从事中国诗学研究的诸多学者不同的是，郭绍虞同时是一个有极高造诣的语言学家。他的许多文章，如《中国诗歌中之双声叠韵》《中国语词之弹性作用》《中国语词的声音美》《论中国文学中的音节问题》等，不仅语言学界认为很有借鉴价值，而且对中国诗学研究具有极强的学术示范意义。在一定意义上，我们甚至可以说郭绍虞是中国诗学语言研究的开山者。

大要说来，郭绍虞中国诗学语言研究的学术示范性凸显在以下几方面：

（一）坚守文学与语言相结合的学术理念

曾做过郭绍虞多年助手的蒋凡评价郭绍虞是："在古文论研究中，牢固地树立了文学与语言相结合以推动文学演变的理论观念。"[①] 此言虽简，却至为精当，笔者略作申述。

中国文学理论受"内容—形式"二元对立思维方式的影响很深，而且有重质轻文的传统，认为文学语言属于形式的范畴，很少研究甚至排斥语法修辞；而语言学家则多从语法修辞和语义学视角将文学语言作为日常语言现象的对照物来分

① 蒋凡：《导言》，《郭绍虞说文论》，上海古籍出版社2000年版，第7页。

析，不大关心文学语言的艺术性。然而，一个简单的事实是，文学是语言的艺术。在文学创作中，语言具有本体论地位，语言本身的文本构成性和历史确定性为诗学解释本身创造了最为生动而自由的论题。汉语言文学作品，无论是古代汉语，还是现代汉语，它都带有汉语言的独特个性，并通过大量的语词、语言和语法体现出来。所以，关注文学语言也是中国诗学批评的题中应有之义。对此，郭绍虞的体认是相当深刻的。

郭绍虞认为，“文学的基础总是建筑在语言文字的特性上的”①，“中国的文学正因语言与文字之专有特性造成了语言与文字之分歧，造成了文字型，语言型，与文字化的语言型三种典型之文学”②。他研究中国文学语言的目的，就是要“找出文学与语言文字之规律性”③。他说：“诗歌之为诗歌，除其内在质素——想象和情绪之外，毕竟更重在恰当的安排，毕竟也需要艺术的形式。而在这所谓恰当的安排与艺术的形式之中，同时更不可不利用音乐的语言。”④ 这有三层意思：其一，诗歌离不开恰当的形式的安排；其二，语言是诗歌形式安排的重要质素；其三，诗歌语言具有音乐美感，需要安排的技巧。郭绍虞认为，诗歌必须讲求音节的和谐，是不可否认也无法抹杀的事实，尤其是中国旧时的诗歌。“盖诗情之流露，诗的真精神之表现，往往须利用整齐而有规律的语言的；……在作者既利用韵律以表现情感，所以在读者也能于韵律中意识到作者所感的境界。这种境界，完全在语言文字之外，而也寄托于语言文字之中。其所以在语言文字之外，即因与说明的散文不同，其意义不能在字句中探寻得来。然而仍寄托于语言文字之中者，则又以此种语言文字的本身，已成为一种恰好的安排，在此安排中间能给我们以一种音乐美的快感，而扣动心弦，而发生共鸣。”⑤

郭绍虞进一步指出，无论哪一国的文学，其基础都是建立在该国的语言文字的特性上的，因此各国文学之修辞规律，不得不因其语文法之不同而有所出入。中国文字的特征之一，是单音，所以讲整齐，讲对偶，讲平仄，于是，更增加了修辞上的俪对和变化。比如骈文和诗歌，“往往利用文字之单音，使成为文辞上

---

① 郭绍虞：《中国语言与文字之分歧在文学史上的演变现象》，《照隅室古典文学论集》（上编），第497页。

② 同上书，第489页。

③ 郭绍虞：《语义学与文学》，《照隅室语言文字论集》，第341页。

④ 郭绍虞：《中国诗歌中之双声叠韵》，《照隅室语言文字论集》，第29页。

⑤ 同上书，第30页。

单音步的音节；利用语词之复音，遂又成为文辞上二音步的音节。单复相合，短长相配，于是整齐中含铿锵，参差中合自然，而文章掷地真可作金石声了"[①]；而初盛唐诗歌之所以能取自然成章，通于天籁，也是因为初盛唐的诗人，"则于利用语言中的双声叠韵之外，更能利用文字上的双声叠韵，使之巧为配合，音韵天然。于是不惟不为行文之吃，转见声律之细"[②]。凡此种种，我们可以看出，将文学与语言结合起来研究中国文学的演化，在郭绍虞，不只是学术观念问题，而是实实在在地寻找中国文学独特品格的不二法门。这是郭绍虞的独创和特见。

（二）对中国诗学语言形式特征的研究

郭绍虞对中国诗学语言形式特征的研究，是以音节为中心的，同时又与声律、句式、修辞等相互勾连，从而构成他中国诗学语言形式特征之研究的整体面貌。

郭绍虞不止一次地说，中国诗歌有语言的音节与文字的音节之区分，如永明体的声律说是文字的音节发展到高度的现象，杜诗的拗体则"是以语言的音节打破和补救文字的音节之束缚与缺点的"[③]。"诗歌之音节问题，也是诗之完美条件的一部分"[④]。正因为中国诗歌重在音节，所以讲求押韵，讲求节奏，"韵，可以看作节奏的符号作用"[⑤]。

郭绍虞从中国文学阅读经验出发，对不同文学体裁的语言特色作了精细分析。他指出，读古文与读骈文，各有其特殊的声调，又都与口语不相符，其原因就在于，"古诗句式之长短无定，句数之多寡亦无定，节奏跟了意义而决定；而且多用双声叠韵以调和唇吻，所以说是声音语的音节。至于律体：讲究平仄，讲究对偶，句数有一定，字数有一定，完全使之规律化，所以成为文字型的文学，而成为文字语的音节，只适于吟而不适于诵"[⑥]。而且，吟的音节和诵的音节不必一致："重在吟的须押韵，重在歌的不必押韵。吟，必须拉起了调子来唱，所

---

① 郭绍虞：《中国语词之弹性作用》，《照隅室语言文字论集》，第 74 页。

② 郭绍虞：《中国诗歌中之双声叠韵》，《照隅室语言文字论集》，第 56 页。

③ 郭绍虞：《关于七言律诗的音节问题兼论杜甫的拗体》，《照隅室古典文学论集》（下编），第 521 页。

④ 郭绍虞：《中国诗歌中之双声叠韵》，《照隅室语言文字论集》，第 29 页。

⑤ 郭绍虞：《照隅室诗谈》，《照隅室杂著》，第 358 页。关于诗歌之"韵"，郭绍虞之《永明声病说》论之甚详，可参。

⑥ 郭绍虞：《中国语言所受到文字的牵制》，《照隅室语言文字论集》，第 113 页。

以重韵。歌，则有时可以结合舞蹈，再由动作来表现，所以可以不必押韵”[①]。比如古《采莲曲》：“江南可采莲，莲叶何田田。鱼戏莲叶间。鱼戏莲叶东，鱼戏莲叶西，鱼戏莲叶南，鱼戏莲叶北。”此曲前三句有韵，后四句没有韵，节奏上似乎不很连贯。郭绍虞说，这是只从歌词方面去看，还以为是“奇格”，但假使我们设想它是舞曲，前三句是大家合唱，后四句是各人各唱，唱着歌，东西南北，分头走去，这岂不更合乎歌舞的情境！这样的阐发，视角特别，不仅合乎此曲的情境和艺术表现力，更直指中国诗歌之诗、乐、舞三位一体的发生学特质，令人有耳目一新之感。

在郭绍虞看来，中国文学之所以能有一种特殊的韵律，就在于汉语语词的音缀适合这种配合的缘故。比如对偶，其所以成为中国文学修辞上利用语言文字特性之一端，就是因为“中国语言文字之特性，由于单音与孤立，所以很容易成为对偶的韵律”[②]。除意义的对偶外，声律也相对。郭绍虞没有把声律简单地看作是形式主义，而是认为，声律是中国诗歌的特殊技巧，直接影响到中国文学的演变：古诗歌谣讲究声律，是自然的音调；永明体提倡声律，至唐代就演变成律诗、律赋，即后来的词曲方面也还受它影响。沈约诸人在文学史上的重要，即在能利用当时字音研究的结果，以为诗律的规定。所以，“就文学观点言，声律本是一种客观存在的语言现象，无所谓好或坏，……借助声律是可以写成好的作品，同时也可以写成坏的作品”[③]。

郭绍虞对骈文似乎格外关注，他说：“我并不承认骈文律诗为文字的玩意儿，我只觉得在中国的语言文字中，不妨有骈文律诗的体裁。”[④] 其《骈文文法初探》一文以“近于辩证的思想”对骈文与骈语、骈文文法的主谓问题、虚实问题、修辞问题、造句问题等作了细致研究，是郭绍虞中国诗学语言研究的代表作之一[⑤]。郭绍虞认为，骈文的讲究声律，散文的讲究文气，二者并无本质区别——都是追求行文之气势连贯，只是作用不同而已。“声律所以成文字之美，气势所以显语言之长。……所以文气与声律又得以相济而相代”[⑥]，“永明

---

① 郭绍虞：《照隅室诗谈》，《照隅室杂著》，第 361 页。
② 郭绍虞：《中国诗歌中之双声叠韵》，《照隅室语言文字论集》，第 32 页。
③ 郭绍虞：《声律说考辨》，《照隅室古典文学论集》（下编），第 255 页。
④ 郭绍虞：《中国语词之弹性作用》，《照隅室语言文字论集》，第 103 页。
⑤ 详见郭绍虞：《骈文文法初探》，《照隅室语言文字论集》，第 388－419 页。
⑥ 郭绍虞：《文气的辨析》，《照隅室古典文学论集》（上编），第 121 页。

体的声律问题，即是昔人气势之说的转变”[①]。换言之，声律不是单纯的形式美，它还具有增益作品气势的本体论意义，声律即文气。这不仅发前人所未发，而且极大地启迪了后来者。此外，对于蜂腰鹤膝的解释，也有与前人不同的地方。

（三）对中国诗学语言音乐美的探寻

郭绍虞对中国诗学语言的审美特质——音乐性有着深刻的体认。他从中国文学的存在形态和接受方式上分析，古人作文不知道标点分段，所以只有在音节上求得句读和段落的分明；骈文和古文，甚至戏剧里的道白、语录都如此，骈文的匀整和对偶，古文句子的短，主要的都是为了达成这个目的。而这种句读和段落的分明，从诵读中才能感觉出来。而诵读的发展又使得人们认识到白话的音节，并且渐渐知道如何将音节和意义配合起来，以达成完整的表现。

郭绍虞首先从诗歌本体论视角指出了诗歌的音乐美。他说，诗“是带有音乐性的语言”[②]。诗情之流露，诗的真精神之表现，是与语言的音乐美相辅相成的：“一方面情感愈深刻则音乐的特性愈多；一方面音乐的特性愈多，则所表现的情感也愈以深刻。”[③] 再次，他从中国语言文字的特质出发，分析诗歌语词的声音美。他说，由于中国语言文字具有单音而且孤立的特性，因而在文辞中格外能显出音节之美，而且，“单音缀的语言所构成之语词，同样也能帮助文辞中的音节之美”[④]。

更具诗学意味的是，郭绍虞特别从现代心理美学视角指出了诗歌语言的音乐美。他说，诗歌之音节问题，“即在根据心理学上之律动定律，给吾人以一种音乐美的快感”[⑤]。这似乎有意无意地契合了格式塔心理学的发现。我们知道，格式塔心理学的基本观点就是世界上万事万物其力的结构可以是相同的（同构）。当物理世界与心理世界的力的结构相对应而沟通时，就进入了身心和谐、物我同一的境界，人的审美体验也就产生了。如杨柳下垂（物理世界）与人的悲哀（心

---

① 郭绍虞：《永明声病说》，《照隅室古典文学论集》（上编），第218页。又，郭绍虞认为，永明体系指其诗中的声律特征而言的，但永明体所注意的只是一句两句中的声律，还没有注意到通篇的声律。

② 郭绍虞：《从〈高调歌〉谈起》，《照隅室杂著》，第364页。

③ 郭绍虞：《中国诗歌中之双声叠韵》，《照隅室语言文字论集》，第30页。

④ 郭绍虞：《中国语词的声音美》，《照隅室语言文字论集》，第130页。

⑤ 郭绍虞：《中国诗歌中之双声叠韵》，《照隅室语言文字论集》，第29页。

理世界）虽然是不同质的，但其力的结构则是同型同构的（都是被动向下），这样，当下垂的杨柳呈现于人们面前之际，它的力的结构就通过人的视觉神经系统传至大脑皮层，就是与主体心中所固有的悲哀的力的结构接通，并达到同型契合，于是内外两个世界就产生了审美的共鸣，诗与美同时也就产生了[①]。在郭绍虞看来，中国诗歌音节的抑扬顿挫与人的审美心理结构是同型同构的，能产生心理共鸣，从而获得“音乐美的快感”。

那么，中国诗歌语言何以具有音乐性呢？郭绍虞从汉语语用学的角度作了分析。他说，汉语语音具有拟声和感声两种功能，拟声是摹写外界自然客观的声音，感声是表达主体内在情感的声音，它们本身就具有一种声音美。中国诗人巧妙运用拟声或感声的语词，“自然容易显出声象与声情之美，而同时也容易显出音节之美”[②]。另一方面，由于中国语词具有伸缩分合之弹性，“故能组成匀整的句调，而同时亦便于对偶；又因有变化颠倒的弹性，故极适于对偶而同时亦足以助句调之匀整。因此，中国文辞之对偶与匀整，为中国语言文字所特有的技巧，而这种技巧，却完成了中国文学的音乐性”[③]。

（四）对民间语言及其对中国文学影响之重视

郭绍虞对民间语言重视由来已久。早在1918年左右，他就对歌谣谚语产生了兴趣[④]。他主张，要虚心向民间艺人学习，“他们才是真正掌握语言技巧的人”[⑤]。他指出，从中国文学的实际演变看，文人学士之文学的“雅”，本来就是源于地方俗文学之“真”的，没有俗的文学就没有被人目为雅的正统文学。“哪一种的文体不出于活生生的口语的创造！……哪一种活泼有力的文辞又可以放弃了活生生的口语之运用！”[⑥] 古典诗歌中的各种诗体，可以说大部分是受民歌的影响而产生而演变的。比如，自以为雅的五言古诗是从汉代的俗文学乐府演变而成，自以为雅的七言古诗是从汉代民歌童谣以及太学生的口号种种演变而成，词曲的产生本于民间的俗曲，更是显著的事实。因此，研究中国文学，不能排斥出

---

① 参鲁道夫·阿恩海姆：《艺术与视知觉》第十一章，腾守尧、朱疆源译，中国社会科学出版社1984年版。

② 郭绍虞：《中国语词的声音美》，《照隅室语言文字论集》，第137页。

③ 郭绍虞：《中国语词之弹性作用》，《照隅室语言文字论集》，第103—104页。

④ 参见郭绍虞：《论歌小记》，《照隅室杂著》，第205页。

⑤ 郭绍虞：《关于七言律诗的音节问题兼论杜甫的拗体》，《照隅室古典文学论集》（下编），第528页。

⑥ 郭绍虞：《谈方言文学》，《照隅室语言文字论集》，第172页。

于活生生的口语创造的方言“俗”文学；文艺教育，“与其重在古典的正统的文学，无宁重在民间的通俗的文学”[①]。

正因为对中国民间文学语言的重视，郭绍虞反对新文艺语言的过分欧化，而主张“土化”。1939年，他发表《新文艺运动应走的新途径》，针对当时过分欧化的弊病，指出：“句式的欧化，固然成为新文艺的要素，然而过度欧化的句子，终不免为行文之累。”[②] 相反，凡是带有文艺性的语言，“只须不致十分违反口头语的习惯使用法，便尽可由文人利用其天才，利用其权力，而加以改造”[③]。所以，新文艺所要注意的，不是如何欧化的问题，而是如何“土化”的问题。所谓“土化”，就是“土气息”，“合些大众的脾胃”[④]。后来，郭绍虞又把“土化”问题上升为“民族形式”，更强化了对中国文学民间营养的吸收。

郭绍虞批评文笔之分的坏影响是，“忽略了口语的文学，又有轻视、排斥活生生的民间文艺的不良倾向”[⑤]。他指出，文言白话互有优劣，文体语体互生影响。推之于中国新文艺，则不可以一孔之见，拘执一端以求之：“将来的白话文，可以使之偏于欧化，也可以使之纯粹应用口头的活语言，同时，也可以如我们所说，参用文言文的长处，使之既不欧化，也不纯与口语相合。”[⑥] 这三种途径，就看作者如何创造与如何运用了。推之于语文教育，郭绍虞以为：“施于平民的教育，则以纯粹口语为宜；用于大学的国文教学，则不妨参用文言文的长处；若是纯文艺的作品，那么即使稍偏欧化也未为不可。”[⑦] 这确实是一种十分通达的态度，也折射出一位文学家和教育家的胸次。

要而言之，郭绍虞的中国诗学语言批评，是以“文学是语言的艺术”作为理论基点的。他“企图沟通语言和文学的隔阂”：一方面“想从语言方面来治文学，所以以前称骈文为文字型的文学，称文言散文为文字化的语言型的文学，称白话文为语言型的文学”；另一方面“又想从文学方面来治语言，所以对于语法研究

---

① 郭绍虞：《文艺教育的方向》，《照隅室杂著》，第355页。又，郭绍虞《论吴体》从体制、风格、律调等层面阐述了吴体的“民间诗体”性质。见《照隅室古典文学论集》（下编），第455—470页。

② 郭绍虞：《新文艺运动应走的新途径》，《语文通论》，上海开明书店1941年版，第100页。

③ 同上书，第99页。

④ 郭绍虞：《中国语言与文字之分歧在文学史上的演变现象》，《照隅室古典文学论集》（上编），第497页。

⑤ 郭绍虞：《文笔说考辨》，《照隅室古典文学论集》（下编），第292页。

⑥ 郭绍虞：《〈语文通论〉自序》，《照隅室杂著》，第464页。

⑦ 同上书，第494—465页。

又特别强调与修辞的结合”。[1] 郭绍虞将语言和文学置入一个大的“修辞”系统，不仅使汉语语法特征的概括有了深厚的文化背景，而且使文学的研究也能在对语言的分析中获得新的洞察力。这一研究路径，不仅与西方文学研究的“语言论转向”有着某种契合，而且，其对民族语言特征的感悟和阐发，也为20世纪80年代后兴起的文化语言学打开了智慧之门。

四、文体学批评

与文学语言直接相关的要素是文学文体。所谓诗有体有格，体是基本的，格则是局部的。因此，郭绍虞的文体学批评，实则是文学的本体论批评。粗略统计，郭绍虞写作的涉及文体学或与文体学相关联的文章就有十几篇，主要有：《邵雍的自由诗》（1922年）、《中国文学演化概述》（1925年）、《中国文学演进之趋势》（1926年）、《试从文体的演变说明中国文学之演变趋势》（1926年）、《赋在中国文学史上的位置》（1926年）、《从永明体到律体》（1937年）、《中国语言与文字之分歧在文学史上的演变现象》（1941年）、《中国文字型和语言型文学之演变》（1949年）、《语言型文学之创造能力》（1951年）、《再论永明体声病说》（1963年）、《声律说考辨》（1975年）、《文笔说考辨》（1978年）、《论吴体》（1980年）、《提倡一些文体分类学》（1981年）、《试论文体分类学与修辞学的关系》（写作年不详）等。如《中国文学演化概述》一文，其主旨不是论述中国文学观念的演化，而是意在说明中国文学各种文体，自原始风谣演进为诗，而后演成史诗（即叙事诗），演成乐诗（或抒情诗），演成舞诗（或剧诗），“无论何种文体都有几种共同的倾向，即是（一）自由化；（二）散文化；（三）语体化”[2]。由是，我们可以说，郭绍虞的中国诗学批评研究实际上是从中国文学的文体学研究拉开帷幕的。

郭绍虞中国文体学研究的一个显著特点，是将文体演变与文学的发展结合起来作宏观考察。他认为，中国文学的发展与文体的演化密不可分，不同文体的文学具有不同的审美要求与演变标准。他以文字型与语言型的文学之演变为标准，将中国文体分为文字型、语言型、文字化的语言型三种典型形态，并据此划分出

---

① 郭绍虞：《汉语语法修辞新探》，商务印书馆1979年版，第255页。

② 郭绍虞：《中国文学演化概述》，《郭绍虞说文论》，上海古籍出版社2000年版，第1页。

文学史的时代。之所以按文体划分文学史的时代，在郭绍虞看来，普通文学史的分期，常常因为写作者立场的不同而异其区分，或重在历史的背景，或重在文学的关系，都不能说明文学本身的演变。而“欲说明文学本身之演变，便只有重在形式方面，就是所谓体制之殊了”①。

郭绍虞将文学史划分为五个时代，即：诗乐时代、辞赋时代、骈文时代、古文时代、语体时代。具体说来，春秋以前为诗乐时代，“这是语言与文字比较接近的时代”：文字组织不必尽同于口头的语言，却还是经过改造的语言，“虽与习常所说的不必尽同，然仍是人人所共晓的语言。所以此时代的语言与文字最相接近，最不分离。……也无骈散之分”②。朱自清说，古代言文的分合，历来主张不一，但郭绍虞这里所说的，“似乎最近情理”③。

战国至两汉为辞赋时代，这是“语言文字开始分离的时代”④，古文的体制和语言同前期相比，出现了明显的差别。郭绍虞说：

> 这是中国文学史上一个极重要的时代，因为是语文变化最显著的时代。此种变化，分为两途：其一，是本于以前寡其词协其音，改造语言的倾向以逐渐进行，终于发见单音文字的特点，于是在文学中发挥文字单音的特长，以完成辞赋的体制，使文学逐渐走上文字型的途径。到此地步，才与语言型的文字不相一致。其又一是靠统一文字来统一语言。换句话说，就是靠古语以统一今语，以古人的文学语言作为写文的标准，于是即使不失为语言型的文学语言，但其结果成为古代语言型的文学语言，与当时的口头语言还有相当大的距离。前一种确定所谓骈文的体制，以司马相如的功绩为多；后一种又确定所谓古文的体制，以司马迁的关系为多。⑤

这里，郭绍虞指出语体与文言的分途发展与影响，的确是极其扼要的。

---

① 郭绍虞：《中国语言与文字之分歧在文学史上的演变现象》，《照隅室古典文学论集》（上编），第490页。

② 郭绍虞：《中国语言与文字之分歧在文学史上的演变现象》，《照隅室古典文学论集》（上编），第491页。

③ 朱自清：《中国文的三种型——评郭绍虞编著的〈语文通论〉与〈学文示例〉》，《朱自清全集》第三卷，第296页。

④ 郭绍虞：《中国语言与文字之分歧在文学史上的演变现象》，《照隅室古典文学论集》（上编），第492页。

⑤ 同上书，第492—493页。

魏晋南北朝是骈文时代，“这才是充分发挥文字特点的时代”[①]，“是文学语言以文字为工具而演进的时代”[②]。隋唐至北宋，是“文字型的文学既演进到极端，于是起一个反动而成为古文时代”[③]，当时的古文运动则是“托古的革新”。南宋至现代为语体时代，语录体的流行、小说戏曲的发展，都在这一时代，方言文学亦在此时兴盛。此时期的文学“充分发挥语言的特点”，文学语言“以口头语言为标准”，“也可说是文学以语言为工具而演进的时代”[④]。

郭绍虞中国文体学研究的另一个特点，是将文体学研究与修辞学的发展结合起来。这在某种程度上表明，郭绍虞的文体学研究具有开放的理论视域和系统论质素。

郭绍虞认为，文体分类学与修辞学的关系是相当密切的，修辞学研究者如果“离开了文体而只讲辞格的关系”[⑤]，不注意到一些文体分类学的问题，就会显得单薄而不适于实用了。在郭绍虞看来，中国以前的文体分类法则，可以说完全都是机能的分类法。“什么叫机能的分类？如古人所分论辨体即是机能的分类。”[⑥]从曹丕《典论·论文》开始，所谓“奏议宜雅，书论宜理，铭诔尚实，诗赋欲丽”，就是机能的分类法。此后陆机、挚虞又加以发挥，至刘勰《文心雕龙》以大部分篇幅讲文体分类，仍完全是机能的分类法，同时也为文体分类学奠定了发展的基础。此后到明代，出现了吴纳的《文章辨体》、徐师曾的《文体明辨》等专门的文体分类著作，但都没有脱离挚虞《文章流别论》的格局，仍是总集的性质，“重在聚类区分”[⑦]。所以，机能分类法不能作为文体分类学的正轨。郭绍虞十分赞赏唐钺《国故新探》一书首卷关于文学方面的九篇论文所表达的形式分类法，认为唐氏从形式讲文体，正说明文体与修辞关系之密。“修辞之学与文体分类之学，实际上也必双方兼顾，才能切于实用。”[⑧] 郭绍虞提出，文体分类学一方面要采用唐钺的形式分类法，一方面也要“部分采取”刘勰的机能分类法。之所以是“部分采取”，一是因为机能分类法虽然偏重在文章之学，实际则处处与

---

① 同上书，第 494 页。

② 同上书，第 495 页。

③ 同上书，第 495 页。

④ 郭绍虞：《中国语言与文字之分歧在文学史上的演变现象》，《照隅室古典文学论集》（上编），第 496 页。

⑤ 郭绍虞：《试论文体分类学与修辞学的关系》，《照隅室杂著》，第 410 页。

⑥ 同上书，第 410 页。

⑦ 郭绍虞：《〈文章流别论〉与〈翰林论〉》，《照隅室古典文学论集》（上编），第 148 页。

⑧ 郭绍虞：《试论文体分类学与修辞学的关系》，《照隅室杂著》，第 418 页。

修辞有关；二是因为时代的关系，“时代不同了，社会制度不同了，修辞与文体的标准手法，也必然会随之而不同”[1]。论文体而顾及时代的因素，这反映了郭绍虞思维深处的历史主义眼光。

郭绍虞不仅从文学演变的角度对中国文体作了诸如上述的宏观考察[2]，而且对具体文体也做了细致的理论剖析。这突出表现在他对赋体和律体的辨析上。且以《赋在中国文学史上的位置》（1926 年）一文为例（关于律体，上文已有论及，故不赘述）。郭绍虞开宗明义地指出，赋是中国文学中一种特殊的体制。中国文学上的分类，一向分为诗、文二类，而赋的体裁则界于诗、文之间，“成为文学上属于两栖的一类”[3]。从性质看，诗偏于抒情；赋偏于写景，更重在形象的描写。从作用讲，诗言志，宜于歌；赋，铺采摛文，宜于诵。这可以说是文学史上较早对赋体属性的定位。接着，郭绍虞从赋的演进历史，细致阐述了赋体的形成与演变。他认为，赋体的变迁，受当时文体的影响很大：有不歌的小诗——短赋；有以兮字为读、为楚声之萌芽的骚赋；有庄、列寓言，苏、张纵横之体的辞赋；有骈文盛行时期的骈赋；有律体盛行时期的律赋；有古文盛行时期的文赋。郭绍虞以其睿智的眼光，敏锐地感觉到，文赋不会是赋体的终结点：在语赋盛行的时代，应该会产生新的语赋——白话赋——“也许便是一部分的散文诗，也许便是与古赋相类的小品文字”[4]。这里，郭绍虞提出了一个极富创意的概念——“白话赋”，其理论背景还是他一贯坚持的所谓中国文学有文字型、语言型、文字化的语言型三种典型形态的说法，“白话赋”实则就是白话文时代的“文字型”作品。

三十多年之后，郭绍虞于《赋在中国文学史上的位置》的文末附记云：

> 解放以后，《人民日报》有一度特辟名城赋一栏，而如孙峻青同志的《秋色赋》，更可与《秋声赋》媲美，这又是白话的散文赋了。此文在当时，不过是为了不赞成用“散文诗”或“小说的诗”的名称，故立语赋之目，到现在则幸而言中，旧时臆度，竟成事实。[5]

---

① 同上书，第 418 页。

② 郭绍虞认为，中国文体与文学观念的演进密不可分，孔子于“文学”一义中就兼论韵体的诗和散体的文两项。见《所谓传统的文学观》，《照隅室古典文学论集》（上编），第 126 页。

③ 郭绍虞：《赋在中国文学史上的位置》，《照隅室古典文学论集》（上编），第 80 页。

④ 同上书，第 86 页。

⑤ 同上书，第 87 页。

这引起了当代学者的共鸣。郜元宝就说过，“我不仅用‘白话赋’的概念描述过王蒙的小说文体特征，也曾经用这个概念分析过孙甘露小说的‘语辞疯长’”，“汪曾祺与古人同名的《登岳阳楼记》《桃花源记》，余秋雨等作家的‘文化大散文’，以及其他种种不仅‘体物浏亮’、‘铺采摛文、体物写志’也以相似的风格写人记事抒情议论的作品，都可以称为‘白话赋’”[①]。台湾逢甲大学中文系的简宗梧在系统考察了中国历代赋体文学的变迁之后，也认为王蒙、余光中等当代作家的某些散文，就是古代赋体文学的再生[②]。但也有学者认为，被郭绍虞称为“语赋”或“白话赋”的作品，“除了在艺术手法和结构方式方面对传统赋体创作有所借鉴外，也呈现出一些与传统赋体作品很不相同的地方。这首先表现为语言的文白之别，因时代暌隔使然；其次是白话赋基本不用韵，明显有悖于赋属于一种韵文的特性；此外从体式来看，除了名称不同之外，这些白话赋已与现代流行的散文没有什么区别”[③]。因此，它们是否属于古赋的现代变体，应慎重考虑。笔者以为，对照郭绍虞对赋体性质的阐释，白话赋与古赋的不同还在于，白话赋已从古赋的“偏于写景”演化为抒情成分的增强，甚至以抒情为主，物象亦是意象。

多年的对中国文体学的潜心研究，使郭绍虞体悟到，提倡一些文体分类学对文学研究具有极其重要的价值。他说：“文体分类学，不仅与修辞学有密切关系，即对中国文学批评史的研究，也同样是个主要环节。”[④] 在郭绍虞看来，文体分类学与总集（文集编纂）、目录学、文学批评、修辞学以及对文学的界说都有密切的关系。比如，文笔之分，对文体的辨析就起了一定作用。文笔之分，实际上是“当时人从文体研究上归纳出来的两大类”[⑤]，在当时是有它的现实意义的。“我们不能因为文笔说与骈体文学发展有关，就武断地认为是形式主义的理论，从而对文笔说采取全面否定的态度，这也是不公允的。”[⑥]

郭绍虞主张，应该将文体分类学作为一个独立学科去研究。他说：

① 郜元宝：《当蝴蝶飞舞时——王蒙创作的几个阶段与方面》，《当代作家评论》，2007 年第 2 期。

② 简宗梧：《赋体因子的解析与再造》，国科会 NSC－90－2411－H－035－004 期末报告，http：//myweb. ncku. edu. tw/～gtlias/course/3/fu03. doc。

③ 曹明纲：《赋学概论》，上海古籍出版社 1998 年版，第 265 页。

④ 郭绍虞：《提倡一些文体分类学》，《照隅室古典文学论集》（下编），第 547 页。

⑤ 郭绍虞：《文笔说考辨》，《照隅室古典文学论集》（下编），第 309 页。

⑥ 同上书，第 309 页。

我们一方面希望修辞学能注意一些文体分类学，一方面也希望文体分类学能成为一门独立学科。我们可从语文接近时代讲起，论到怎样创造文字型的文学之过程，再进到古文时代，如何使文字型的文学转向语言化的情况，然后再讲到如何进入新时代，完全发展语言型的情况。使这三个时期，有三种不同的文体分类学。从这个问题来说明中国文学史和中国文学批评史，也可以起些新作用，使这些历史上的演变迹象讲得更清楚些，而文体分类学，就可以成为一种新的独立学科了。[①]

郭绍虞的视野是超前的，他的理想正在变成现实——文体学已成为当前中国古代文学研究新的学术生长点。自 20 世纪 80 年代起，褚斌杰的《中国古代文体概论》（北京大学出版社，1984 年）、钱仓水的《文体分类学》（江苏教育出版社，1992 年），童庆炳《文体与文体的创造》（云南人民出版社，1994 年）、金振邦的《文体学》（东北师范大学出版社，1994 年）、吴承学的《中国古代文体形态研究》（中山大学出版社，2000 年）、郭英德的《中国古代文体学论稿》（北京大学出版社，2005 年）等一大批文体学论著相继出版，中山大学 2003 年成立了中国文体学研究中心以及中西文体学的比较研究，等等，标志着中国文体学研究完成了从传统到现代的转型，中国特色的文体分类系统正在建立。

需要指出的是，郭绍虞之研究中国诗学语言，并非为研究而研究，而是为了“今日如何写诗”和“如何写旧诗的问题”：“割断历史，旧的一切不要，这当然不对，但是拘泥于旧诗格律之中，只知遵循，不求改进，也同样要不得。”这样看来，我们不能把郭绍虞对中国诗学语言形式的研究简单化为形式主义批评。如果说郭绍虞的诗学语言批评是形式主义批评，我们知道，20 世纪西方现代文学理论正是由形式主义批评发端的，那么，无论郭绍虞之诗学范畴研究，还是他之主张将语言学和修辞学打通，抑或他之论析中国古代文学的语言型与文字型，或者提倡文体分类学，已然形成了浑然一体的知识场域，显现的恰好是一种现代学术意识和价值趋向。

---

① 郭绍虞：《提倡一些文体分类学》，《照隅室古典文学论集》（下编），第 568—569 页。

第三章　郭绍虞中国诗学批评的范式建构

众所周知，“范式”是当代美国著名科学哲学家库恩科学革命思想的中心概念。库恩使用“范式”这个术语，是要“提示出某些实际科学实践的公认范例——它们包括定律、理论、应用和仪器在一起——为特定的连贯的科学研究的传统提供模型”①。库恩说，“我所谓的范式通常是指那些公认的科学成就，它们在一段时间里为实践共同体提供典型的问题和解答”②，“范式就是一个公认的模型或模式”③。库恩认为，科学发展不是靠知识的积累而是靠范式的转换完成的，“一种范式通过革命向另一种范式的过渡，便是成熟科学通常发展模式”④。范式同单纯的理论和理论系统不同，它包含了科学实践中一切影响科学家的活动和发展的认识的、技术的因素。换言之，“范式”是一种有关价值、信念和方法论的共识，实质上是一种世界观或方法论。“当范式发生变化时，通常决定问题和解答的正当性的标准，也会发生重大改变。”⑤ 不同的范式，不断揭示出新的、更深入的问题，不断扩大问题域的广度和深度，并永远对新的可能性保持开放。

朱自清评价郭绍虞说：“他的书虽不是同类中的第一部，可还得算是开创之作；因为他的材料和方法都是自己的。”⑥ 这就是说，郭绍虞以自己的材料和方法，开创了一种全新的文学批评史研究范式。笔者以为，从郭绍虞本文出发，从《中国文学批评史》拓展开去，郭绍虞建构了“以问题为纲”的研究范式、历史还原的诠释范式和文化诗学的意义范式等，并呈现出丰富而独特的经验内涵。此

---

① 托马斯·库恩：《科学革命的结构》，金吾伦、胡新和译，北京大学出版社 2003 年版，第 21 页。

② 托马斯·库恩：《科学革命的结构》“序”，第 4 页。

③ 同上书，第 9 页。

④ 同上书，第 11 页。

⑤ 同上书，第 100 页。

⑥ 朱自清：《评郭绍虞〈中国文学批评史〉上卷》，《朱自清古典文学论文集》（下），第 540 页。

三重范式，“以问题为纲”是核心，历史还原的诠释范式和文化诗学的意义范式都统摄在“解决问题”的纲领性原则之中。此种建构，能不断开启新的问题域，更能激发思想活力，推动新的探索。

一、研究范式：“以问题为纲”

郭绍虞之研究中国文学批评史，是想“从文学批评史以印证文学史，以解决文学史上的许多问题”[①]。从“解决问题”着眼，郭绍虞在《中国文学批评史》的结构体例上颇费过一番心思。他自述道：“本书上卷所述，以问题为纲，而以批评家的理论纳于问题之中，即于刘勰、钟嵘诸人，犹且不为之特立一章。至本书下卷所述，恰恰相反，以批评家为纲而以当时的问题纳入批评家的理论体系之中，即因当时的批评家能自成一家言之故。”[②] 晚年，郭绍虞在回顾自己的治学经验时，还强调说：“治史有通史与专史之别。通史可以朝代先后为纲，专史则应以问题性质为纲。讲中国文学批评史……当然更不适合按照通史的分期办法了。”[③] 可以说，郭绍虞的《中国文学批评史》就是一部“问题史”，因为它是“按一个问题一个问题的次序写去”[④] 的，而“不仅仅是按时代先后排列的代表性文论的辑录”[⑤]。这里，所谓问题，就是以文学批评本身的演进——文学观念的变迁为根本，对批评史上构成文学观念或与之密切相关的一系列重要概念、范畴和现象的演变作深入考察和辨析。

有学者曾指出，郭绍虞《中国文学批评史》“以问题为纲”的编排法是有明显缺点的：“第一，不易突出某些重要的批评家和理论著作，如郭书不为刘勰、钟嵘设专章，即为人诟病，而后来的《批评史》几乎没有不为他们独辟专章详加论析的；第二，按问题论述必然会使将某些批评家被分在几处介绍，这样就割裂而难见全人，上述刘、钟是一种例，另外像欧阳修、苏轼、宋濂、方孝孺均因文论、诗论分列而将一人隔在两处……对于这样一些重要的理论批评家，不以个人

---

① 郭绍虞：《中国文学批评史·自序》，上海商务印书馆 1934 年版，第 1 页。
② 郭绍虞：《中国文学批评史》下卷，天津百花出版社 1999 年版，第 3 页。
③ 郭绍虞：《我怎样研究中国文学批评史》，《书林》，1980 年第 1 期。
④ 郭绍虞：《我怎样研究中国文学批评史》，《书林》，1980 年第 1 期。
⑤ 王运熙：《前言》，见郭绍虞：《中国文学批评史》，天津百花文艺出版社 1999 年版。

为单位做完整系统的论述，难怪某些研究者不满。”[①] 我们不否认作为一种编排法，“以问题为纲”有其不完满性，但从来就没有一种绝对完美的编写体例。而且，在郭绍虞，“以问题为纲”不只是编排体例问题，更是一种“解决问题”的致思路径和研究范式。范式不会被轻易抛弃，因为它会被修正。[②]

就以“为人诟病”的不为刘勰“独辟专章详加论析”这一条来说，我们亦得从“问题”来看。对于刘勰，郭绍虞不仅有《试论〈文心雕龙〉》这样的专门论文，以现代思维和诗学史眼光，充分阐述了“刘勰的《文心雕龙》是我国古典文学批评理论方面最重要最有价值的著作。在整个封建时期，论文的著作都不能像《文心雕龙》这般体大而思精”[③]，而且，在20世纪50年代，对于自己在《中国文学批评史》中为何“没有一章专讲这位伟大的批评家”[④]，郭绍虞特别指出：

> 这并不是轻视了这位批评家，而是由于当时文学批评上提出了一些新鲜问题，而从这些新鲜问题来讲，它的重要性并不比当时出现的几位批评家要差一些。当时提出的问题，如文笔问题，如声律之说，都比较重要，都值得作专门研究，而《文心雕龙》也是涉及这些问题的。因此，从问题谈，可以不致抹杀批评家的价值，反之，假使以批评家为纲，有时却不免使这些新鲜问题，不能显著地突出。这是我所以不把刘勰特立一章的一点理由。[⑤]

在郭绍虞看来，《文心雕龙》的宗旨是重在“弥纶群言”，所以“于《文心雕龙》中提出的各项问题，也就可以纳入到南朝文学批评中所提到的各项问题中去”[⑥]。显然，郭绍虞的“不把刘勰特立一章”，恰是缘于对“新鲜问题”的关注。这是一种更高层次的“问题意识”——它是一种不囿于一人一事的“问题意识”，是一种新的“问题史”研究范式。确切地说，这种“问题意识”贯穿了郭

---

① 董乃斌：《郭绍虞中国文学批评史研究的成就与贡献》，见王瑶主编：《中国文学研究现代化进程》，北京大学出版社1996年版，第337—338页。

② 按库恩的观点，没有范式，就没有科学，就不成其为科学家。他说：“科学家面对反常和反例时并不拒斥范式，这一概括在许多这样的地方都表现出来了。科学家不能一面拒斥范式，一面又仍然是科学家。”见《科学革命的结构》，第72页。

③ 郭绍虞：《试论〈文心雕龙〉》，《照隅室古典文学论集》（下编），第11页。又，郭绍虞自述其治学方法，“以照隅名室”，“照隅”二字即取自《文心雕龙·序志》之“各照隅隙，鲜观衢路”，此亦可见刘勰在其心目中的分量。参《照隅室古典文学论集》（上编）“自序”。

④ 郭绍虞：《关于〈文心雕龙〉的评价问题及其他》，《照隅室古典文学论集》（下编），第1页。

⑤ 同上书，第1页。

⑥ 同上书，第5页。

绍虞中国诗学批评研究的全部历程——“以问题为纲”，纲举目张。

（一）“以问题为纲”根于对问题的思考

郭绍虞说：“学习如果能结合实际，能学习了别人的著作而得出正确的、新的看法和结论，那就是辩证地运用了书本中的知识，而不是做书本的奴隶了。……‘学’与‘思’必须相结合，而所谓‘思’，又必须是独立的思考。”[①] 思考，就是对“问题”不遽以定论，而是能在已有成果的基础上，敢于思想，这样才能发现问题、提出问题。郭绍虞尝言：“我的治学方法重在好思。”“处处都追究一个‘为什么’。”[②] 比如，元好问诗学出自苏轼，这在翁方纲的文章中已说得很明白，但潘德舆却不赞成翁氏“遗山宗苏”之说，因为元好问有贬苏之作。郭绍虞于翁、潘二人之间再辨曲直，进一步追问道：“然则何以对于东坡也有微辞呢！难道是入室操戈，难道是知之深故论之切！……盖遗山之受苏学影响，诚是事实。受其影响而入室操戈，或未必为遗山之所愿为；但是就其《论诗绝句》言之，确是有些不满之辞，所以我们假使能于遗山学苏之处，看出他贬苏之故，则翁氏之旨得以大白，而潘氏之诘难，也可以没有。”[③] 因为，即使在元氏《论诗》中的贬苏之词，也是学苏的。元好问既宗苏又贬苏，但这要在不同意义层面上去分析，不能以辞害意，否则就会各是其是、各非其非。一方面，在诗学理论层面上，“苏学在金，既成一时风气，则遗山景仰东坡，薪火所传，也在情理之中”[④]，此可谓为“宗苏”；另一方面，在诗歌本文层面上，“遗山之诗虽接踵苏诗，不妨仍有不满苏诗之语”[⑤]。

郭绍虞认为，“一个人的诗论，与其诗的作风，固然有关系，然也不必一定有太密切的关系”[⑥]。虽然遗山才气奔放亦近苏轼，论诗只取凌云健笔，但也不是主张一味粗豪的，所以《论诗绝句》中论宋诗的很多地方诸者，都有一些不满意的论调。如此条分缕析，层层推进，郭绍虞就把元好问与苏轼之间的因袭关系弄清晰了。

---

① 郭绍虞：《怎样读书和怎样在读书中培养独立思考的能力》，《照隅室杂著》，第 373 页。

② 转引自顾廷龙：《悼念郭绍虞先生》，《解放日报》，1984 年 7 月 1 日。

③ 郭绍虞：《元遗山论诗绝句》，《照隅室古典文学论集》（上编），第 250 页。

④ 同上书，第 247 页。

⑤ 同上书，第 251 页。

⑥ 郭绍虞：《性灵说》，《照隅室古典文学论集》（上编），第 468 页。

（二）“以问题为纲”始于发现问题

郭绍虞在回忆自己写作中国文学批评史的缘起时曾说：“五四时期，我就开始研究中国古代文学了，我当时的想法是要写一部中国文学史。后来在收集材料的过程中，发现有许多文艺理论的材料没有引起大家的重视，我也就把注意力集中到这个方面而写起中国文学批评史来了。”[①] 这就是说，郭绍虞的中国诗学批评研究是从发现问题起步的，发现即提出。

检索郭绍虞的文章，除以“问题”直接入题者外[②]，其部分文章从命题到内容都透出深刻的“问题取向”，有的更弥补了中国诗学研究的某些罅漏。如明代文人集团，对明代文学发展和文学批评理论的建构影响深远，但长期以来，这一重大问题一直被人们所忽视。明代文人结社的数量、各社的名称、成立时间与演变以及主要人物的生平和活动，学术界始终没有深入探究。郭绍虞发现了这种罅漏。20 世纪 40 年代末，郭绍虞先后作《明代文人结社年表》（1947 年）和《明代文人集团》（1948 年）两篇文章，从《明史》以及大量文人专集、笔记诗话中，多方收集与结社有关的材料，缜密详尽地考察了明代文人集团之缘起、性质、风气之演变等一些重要问题，为后人研究明代文人结社奠定了学术基石。这两篇文章又与《明代文学批评的特征》（1948）一文形成了一个完整的集合体，相得益彰，从而基本廓清了明代文坛及文学批评发展、演变的全貌。

（三）“以问题为纲”的关键是分析问题

朱自清指出：“郭君还有一个基本的方法，就是分析意义，他的书的成功，至少有一半是在这里。”[③] 分析的过程，就是以具体材料和事实为基础，对已发现问题的解构、编码与重构的过程。比如神韵说，翁方纲有《神韵论》专门论之。郭绍虞认为，翁氏之论虽较一般人为高，但与王渔洋本意并不相合。郭绍虞

---

① 郭绍虞：《建立具有中国民族特点的马克思主义文艺理论》，《照隅室古典文学论集》（下编），第 256 页。

② 郭绍虞之此类文章，多达十数篇，如：《中国文学批评史上文与道的问题》（1930），《作文摘谬实例序——一个国文教学法中的新问题》（1941），《论中国文学中的音节问题》（1947），《关于〈文心雕龙〉的评价问题及其他》（1956），《中国文学批评理论中的“道”的问题》（1957），《从〈马氏文通〉所想起的一些问题》（1959），《中国文学批评史的分期问题》（1979），《关于古代文学理论研究中的几个问题》（1979），《关于中国古典文学理论批评研究的问题》（1980），《再论文言白话问题》（1982）等。

③ 朱自清：《评郭绍虞〈中国文学批评史〉上卷》，《朱自清古典文学论文集》（下），第 540 页。

从颇有争议的“空寂”切入，直指神韵说之本质。他认为，神韵之说确是有些空寂，而翁氏认为神韵彻上彻下，无所不该，并未堕入空寂，这反而有些使人模糊。郭绍虞以《渔洋诗话》为基本材料，指出：“空寂不足为渔洋病，不足为神韵之说病，问题乃在如何说明此种建立在诗的境界上面的诗论。”① 在郭绍虞看来，神韵之所以会堕入空寂，原因在三个方面：一是神韵只指出一种诗的境界，不像一般诗论——如性灵说、格调说、肌理说——都是脚踏实地，从平地筑起；二是就诗的境界而论，神韵不像自然、绮丽、豪放、典雅等都有“由入之途”，而是无“由入之途”，不可得而传；三是建立在神韵这种境界上的诗论，如作诗方法、读诗方法之类，“又都待于悟，都待于领会”，“无从捉摸亦无从修养”②。这样论诗，就不可避免地堕入了空寂和神秘。

郭绍虞进一步分析道，王渔洋之神韵说不同于格调说的以禅喻诗，它是以禅论诗，而有时也可以以禅义入诗。郭绍虞如是说：

> 以禅喻诗，则诗是诗禅是禅，工夫还在诗上面；以禅论诗，则禅通诗而诗通禅，工夫乃在悟上面；至以禅义入诗，则诗即禅而禅即诗，神韵天然不可凑泊，却没有可以加以工夫的余地。工夫在诗上面者，所以成为格调说，因为求之于绳墨之中；工夫不在诗上面者，所以成为神韵说，因为须求之于蹊径之外。格调与神韵之分别乃如此，覃溪（即翁方纲——笔者注）所论，可谓全不曾说到是处。③

王元化曾说，郭绍虞“谈任何问题，总是联系到各个方面，以防片面化和简单化”④。这里，郭绍虞以超越神韵说本文的眼光，将格调与神韵置于中国诗学“以禅喻诗”“以禅论诗”“以禅义入诗”的话语形态中作了鲜活对比，既抓住了神韵说的方法论特质，也揭示了神韵说与文学创作、哲学思想的关系，使问题本身获得了一种历史纵深感和厚度感。

（四）“以问题为纲”终要在解决问题

郭绍虞《中国文学批评史·自序》说自己的治学路径：“愿意详细地照隅隙，

① 郭绍虞：《神韵与格调》，《照隅室古典文学论集》（上编），第404页。

② 同上书，第404页。

③ 同上书，第404—405页。

④ 王元化：《论郭绍虞》，《思辨录》，第170页。

而不能粗鲁地观衢路。”这意思是说，他不想粗率地做抽象的理论概括，而宁愿详细地研究一些个案，具体问题具体对待。比如对于杜甫的《戏为六绝句》和元好问的《论诗绝句三十首》，郭绍虞就采取了完全不同的处理方法。杜甫的《戏为六绝句》，由于历来歧见纷纭，所以采用集解形式。郭绍虞说：“集解，虽似资料性的工作，但对学术研究也有很多方便：其一，把材料聚在一处，排队、归类，容易看出问题症结所在，便于选择和评论；其二，有些解释，尽管理由不过充足，未能成立，但提出的问题，有时可能给人启发，产生另一种看法；其三，我所加的按语，可能有错误，或引述断章取义，或批评出于误解，保存原材料则便于覆案，易于纠正；其四，读书之时，偶有所见，很容易自矜自满，通过集解工作，知道有些话前人早已说过，那更可以虚心一些。”[①] 元好问的《论诗绝句三十首》，于评论作家之中，自有疏凿微旨，后人虽然也有不同理解，但相对简单，所以只需笺释。

为什么要对这两种论诗绝句采取不同的处理方法呢？在郭绍虞看来，“因为论诗绝句，毕竟是文学批评中一种特殊体裁，它的本身有很大的局限性。由于是韵语，不可能像散文这般的曲折达意，于是常因文词晦涩而引起误解，此其一。又由于篇幅太短，不可能环绕一个中心问题而畅发议论，于是又不免因琐屑零星而不易掌握全篇的核心，此其二。杜诗六首，意思一贯，宗旨易见，但文辞毕竟简约一些，再加上后人的穿凿，更使明者转晦，所以问题在晦涩而引起误解。问题在误解，必先清理歧解，然后才能探索他的诗学理论。至如元诗三十首，虽也自成整体，但重在评论作家，所以各首之间并不要求意思的一贯，问题又在不易掌握全篇的核心。我们必须在每首个别具体事例中去体会他共同的一贯的疏凿微旨，然后才能论述他的诗学理论”[②]。由此再进一步，郭绍虞对杜、元二氏的诗学理论又采取了不同的论述方式：杜甫的《戏为六绝句》因为是“有为而作，则论点不妨稍偏，可以容许特别强调诗论中的某一点或某一面”[③]，所以研究杜甫的诗学理论，就不应只看到他所强调的一面，更应注意他所不曾强调或说明的一面，这样，才能理解杜诗本文与其诗论的完整面貌；而元好问的《论诗绝句三十首》，乃不甚经意之作，其诗学理论虽未明讲，但从他论述的具体事例中、与他

---

① 郭绍虞：《杜甫戏为六绝句集解·元好问论诗绝句三十首小笺》，人民文学出版社 1978 年版，第 85 页。

② 同上书，第 86—87 页。

③ 同上书，第 87 页。

的其他诗文中的有关材料相互印证，是很容易归纳、推求出他的诗学理论来的。如此，郭绍虞就将关注的视线深进到对杜、元二氏的诗学理论建构之所以然的探究，揭示出他们所以呈现出不同面貌的深层原因，亦即思想观念和学术方法的差异，进而使“问题”的解决成为可能。

这里，有必要提到1929年诞生于法国的一种全新的史学范型——年鉴学派。最早提出“问题史”书写范式的，就是法国年鉴学派。年鉴学派，得名于吕西安·费弗尔和马克·布洛赫1929年创建的《经济与社会史年鉴》杂志。吕西安·费弗尔是最早明确提出问题史研究方法的史学家，他指出：“提出一个问题，准确地说来是所有史学研究的开端和终结。没有问题，就没有史学。”① 马克·布洛赫更为明确地认为：“问题史研究有助于打破以往史学从起源上揭示事物本质的历史主义偶像。”② 年鉴学派全面突破了传统史学的藩篱，而成为20世纪西方史学发展乃至世界史学发展的主流。美国史学家斯托扬诺维奇说：“年鉴学派对史学研究和历史方法作出了重大贡献，在20世纪任何一个国家里，没有一个学者团体能望其项背。”③

相较于年鉴学派，在研究历史的方法上，传统史学是一种“叙述史学”，只要求历史学家对史料加以鉴别，然后将它如实地叙述出来。这种以叙述为唯一表述形式的史学，过分聚焦于历史细节的考证与玩味，使人们对历史的认识趋于表面化，缺乏历史解释力。年鉴学派则一改传统的面向叙述的史料编排原则，提出了“问题史学”的方法论原则，强调与凸显历史研究的“提出问题（创制对象）—解决问题（建构‘史实’）”之过程。英国现代著名历史学家杰弗里·巴勒克拉夫引述布洛赫和费弗尔的话说：“历史学家的工作最重要的是提出问题。布洛赫写道：‘一件文字史料就是一个见证人，而且像大多数见证人一样，只有人们开始向它提出问题，它才会开口说话。’因此，‘历史学研究若要顺利开展，第一个必要前提就是提出问题。’历史学家工作的好坏同提出问题的质量高低有直接关系。历史学的研究工作同其他任何学科一样，不能纯粹靠搜集和罗列事实来进行。‘过去’是不存在的，试图通过努力重组残篇断片，为‘一堆遗体’恢复生命，是一种错误的幻想。常规的历史学便是在这样的幻想中失足的。同科学家

① 转引自姚蒙：《法国当代史学主流——从年鉴派到新史学》，香港三联书店1988年版，第47—48页。

② 张广智、张广勇：《现代西方史学》，复旦大学出版社1996年版，第86页。

③ 斯托扬诺维奇：《法国史学方法：年鉴派模式》，转引自张广智：《克丽奥之路——历史长河中的西方史学》，复旦大学出版社1989年，第256页。

的工作完全一样，正是历史学家自己创造了自己的研究‘对象’。布洛赫毫不妥协地坚持，历史学如果不能提供‘合理的分类的不断提高的理解力以取代简单的、杂乱的而且实际上是无限的堆砌物的话’，便没有权利在严肃的知识形态中争得一席地位。”① 对布洛赫而言，历史学家所提出的问题，不但是历史研究的起点，也是从事历史研究的最重要的一环。他甚至认为，在历史研究的版图上，史学家最重要的贡献在于他在某一特殊的研究领域提出了什么具有重要意义的问题。

诚然，我们不能武断地说，郭绍虞是明显受了年鉴学派影响的，但他的确在某些方面与年鉴学派是暗合的。比如，关于中国文学批评史的分期问题。郭绍虞主张不按朝代先后，而以文学批评史的发展状况来划分不同的时段。他以“文学观念”为问题核心，把我国文学批评的发展分为三期八段：第一期是“文学观念的演进期”，第二期是“文学观念的复古期”，第三期是“文学批评的完成期”。第一期又分为三段，即：周秦“文学”与“学术”不分，是广义“文学”的时期；两汉“文学”与“学术”开始区分的时期；魏晋南北朝“文学”的含义接近现代的文学观念的时期。第二期又分隋唐与北宋两段。第三期则分南宋金元、明、清三段。显然，这样的分期，与年鉴学派反对按照历史事件前后相接的顺序去描述历史，而主张“建构史实”的阐释模式是异曲同工的。布洛赫就说过：“如果认为，史学家考察历史的顺序必须与事件的先后完全吻合，那真是个极大的错误。”② 历史研究就是现代历史学家根据可靠资料对过去的建构，即依主题的性质来建构历史分期的架构。

再如《文心雕龙》，郭绍虞将其提出的各项问题“纳入到南朝文学批评中所提到的各项问题中去”，不仅是出于“问题”意识，而且体现出一种整体批评史观。这又与年鉴学派所强调的整体史观不谋而合。年鉴学派主张，应当把社会历史作为一个整体来研究。他们认为，人类历史是许多现象相互作用的结果，是各个复合的产物，历史不是“单一的”，历史事实实际上成结构状态。他们否定了“事件史”——纯粹的“事件史”只是记述了一连串各个相异的事件，不能阐明历史上文明发展的原动力，就连事件本身之间的有意义的相互关系也没有描述。而《文心雕龙》的问世，在一定意义上亦可说是中国诗学批评史上一个历史“事

---

① 杰弗里·巴勒克拉夫：《当代史学主要趋势》，杨豫译，上海译文出版社 1987 年版，第 56 页。

② 马克·布洛赫：《历史学家的技艺》，上海社会科学出版社 1992 年版，第 37 页。

件”，如果专讲此书而不说清其与当时文学批评上一些“新鲜问题”的“有意义的相互关系”，如文笔问题、声律之说，那就不能把完整的历史呈现出来。所以，郭绍虞不“独辟专章”论析《文心雕龙》，并不是“以问题为纲”的编排法本身的问题，而是由郭绍虞的“问题意识”决定的，更不能说明郭绍虞对《文心雕龙》或钟嵘等人的轻视。王元化说的可谓深中肯綮：“(《中国文学批评史》)在章节上并不整齐划一，而是或以家分，或以人分，或以文体分，或以问题分。表面看来，全书很不一致，显得有些琐屑零乱，但实际上却是费过一番经营擘划的功夫。这种编例摆脱了形式上的构囿，更能勾出我国文学批评史的真实面目，触及它的深微之处。”① 其实，无论是以家分，以人分，还是以文体分，都可归结为“以问题分”，形散而神不散。用郭绍虞自己的话讲，“以问题为纲”，“纵的方面可以成史，横的方面可以成论，取之不尽，用之不竭，真所谓左右逢源，既有利于发现新问题，也有利于提出新见解”②。提出新见解，即是对问题本身形成了一种新认识。所以，我们不能将“以问题为纲”表面化地理解为提出某一概念、某一主张、某一命题，“以问题为纲”应是就对象本身作出富于启示性和批判性的新诠释。从历史维度看，这种对“问题”的诠释本身亦形成了一种思想史。

“在文学研究中，解决问题是一种科学性尝试的形式”③。不过，任何范式都不可能解决它提出的全部问题，“以问题为纲”肯定有它的有限性。正如库恩所说的：“我们必须认识到一个范式在它最初出现时，它的应用范围和精确性两方面都是极其有限的。范式之所以获得了它们的地位，是因为它们比它们的竞争对手能更成功地解决一些问题，而这些问题又成为实践者团体认识到是最为重要的。”④

二、诠释范式：“保存古人的面目”

库恩说，“给定范式之后，探究这一范式的事业的中心就是数据的诠释”⑤，同时，每种诠释都预设了一个范式。

---

① 王元化：《论郭绍虞》，见王元化：《思辨录》，上海古籍出版社 2004 年版，第 170 页。

② 郭绍虞：《我怎样研究中国文学批评史》，《书林》，1980 年第 1 期。

③ ［荷兰］D. 佛克马、E. 蚁布思：《文学研究与文化参与》，俞国强译，北京大学出版社 1996 年版，第 28 页。

④ 托马斯·库恩：《科学革命的结构》，第 21 页。

⑤ 同上书，第 111 页。

郭绍虞的诠释范式是什么呢？

学者黄念然曾指出，在20世纪众多的中国文学批评史著作中，历史叙述及其话语活动中所显现出来的解释范式大致有三种：还原型解释、机械型解释和有机型解释。此处不妨将其观点辑录如下：

所谓还原型解释，指的是批评史家认为只要他用详尽的考订和精确的描述客观地再现了中国文学批评发生发展的历史事实，他的历史叙述任务就算完成了。这种还原型的历史释义态度在陈钟凡、郭绍虞、罗根泽、朱东润等人的批评史著作中表现得十分明显，他们大都主张对中国文学批评史应作客观事实的重现，强调尽可能排除主观介入，对中国文学批评史上的重要概念、范畴、现象、思潮、运动等更多采取的是“以古释古”态度（或方式），虽然也在其历史叙述中涉及到与中国文学批评史相关的各种内部或外部条件的分析，但这些分析主要还是为了达到历史还原的目的。①

机械型解释是指批评史家从某一局部的基本法则（如政治法则、宗教法则、道德法则、经济法则甚至“路线斗争”法则等）来确定某种特殊“条件”对中国文学批评史的影响。这种解释范式在郭绍虞的《中国古典文学理论批评史》（上册）和黄海章的《中国文学批评简史》中表现得十分明显。②

有机型解释是指批评史家强调对批评史的叙述（或解释），应将各种与中国文学批评相关的内、外部条件相互联系起来考察。这种解释范式往往追求逻辑方法与历史方法的统一和“内部研究”与“外部研究”的统一，因而，在其历史叙述中也相应地示人以多角度、多层面、多结构的、“立体”的、“全方位”的话语姿态（或特征）。这在新时期以来的批评史著作中体现得尤为明显。③

黄念然认为：“郭绍虞的《中国文学批评史》可以说是历史绝对主义表现最为突出的一部著作”，“郭著具有极为明确的绝对主义的历史观”④。黄念然这样

① 黄念然：《中国古代文论研究的现代转型》，第255页。

② 同上书，第256页。

③ 同上书，第257页。

④ 同上书，第246页。

讲，主要依据的是郭绍虞《中国文学批评史》自序中的一段话。郭绍虞有云：

> 固然重在材料的论述，然亦时多加以论断的地方。……又所加论断，实际也等于说明，我总想极力避免主观的成分，减少武断的论调。所以对于古人的文学理论，重在说明而不重在批评。即使对于昔人之说，未能惬怀，也总想平心静气地说明他的主张，和所以致此的缘故。我想在古人的理论中间，保存古人的面目。①

仔细品味郭绍虞的这段话，所谓“我总想极力避免主观的成分，减少武断的论调”，其自谦的成分大于实际的操作。我们不能忽略的，是他所谓“未能惬怀”者。其“未能惬怀”处，“总想平心静气地说明他的主张，和所以致此的缘故”，正包蕴着郭绍虞的独立思考和诠释。这里，我们更应该注意的，倒是郭绍虞说的“保存古人的面目”。就郭绍虞而言，从总体上说，即使是“一时风气”之制约，在论述一些批评现象时，他的立场和范式也仍然保持了统一——即“保存古人的面目”。“保存”的前提首先是理解“古人的面目”，而“一个过去时代的本文，只有用现时的语言去解释之时，它才会被理解”②，于是，“保存”又意味着解释，在本文解释中去伪存真，还原历史。

（一）“保存古人的面目”与还原

“保存古人的面目”，显而易见的一层意思，是历史还原，但它未必就是历史绝对主义的。因为在绝对意义上说，历史是永远无法复原的，而在相对意义上，历史则可以从不同的维度无限地切近、把握和还原。我以为，所谓20世纪中国文学批评史的解释范式，还原型解释也好，机械型解释也罢，抑或是有机型解释，三者的根底都在“还原”，只是诠释的视角、立场和问题域有所不同。

从知识谱系看，“还原”是现象学的中心方法。胡塞尔说：“只有通过还原，我们也想把它叫作现象学的还原，我才能获得一种绝对的、不提供任何超越的被给予性。”③“现象学（向纯粹‘现象’，纯粹心理之物）的还原的方法在于：(1)对无论是在个别现象上，还是在整个心灵存在方面出现在心灵领域的客观设定进

---

① 郭绍虞：《自序》，《中国文学批评史》，商务印书馆1934版，第2—3页。

② 赫施：《解释的有效性》，王才勇译，生活·读书·新知三联书店1991年版，第293页。

③ [德] 埃德蒙德·胡塞尔：《现象学的观念》，倪梁康译，上海译文出版社1986年版，第40页。所谓事物的被给予，就是指事物在现象中这样或那样地显现自己。

行方法上的、严格彻底的悬置；（2）对杂多‘现象’和统一性的方法上的把握和描述，这现象是指其对象性的统一性的显现，这统一是指在这些显现中形成的意义存在的统一。”[①] 现象学的还原，要求按照事物的本来面目描述和处理事物，要去除各种偏见和成见，要把原先已经形成的各种观点和评价放在括号中“悬置”起来，并时刻提防自己做出超越事物本身的各种判断。通过还原，我们获得了一个纯粹的现象领域，之后通过对现象的描述和分析，确立现象的本质，揭示现象的意义。

现象学通过本质还原（悬置法）获得其本质。现象学有一句名言：“回到事物本身”。它的基本意思有二：一是“就事物的本来面貌研究事物”，二是“转入实质性问题”[②]。“回到事物本身”警惕任何理论的遮蔽，实际就是悬置和还原。也就是，不预设任何一种先入之见的哲学立场，而是从本身被直接给予的和先于一切理论活动的东西的整个领域开始，从一切人们可直接看到和把握的东西开始，去探寻真理。

初看起来，郭绍虞的“保存古人的面目”与现象学的“回到事物本身”颇为相似，它们都强调从事物本身出发，去直接研究事物或现象，二者之间的确有着对话的某种可能性。对现象学来说，还原是实践“回到事物本身”的必要手段和道路。“回到事物本身”即意味着现象学的根本：排除假定，强调直观把握。郭绍虞“保存古人的面目”，“重在说明而不重在批评”，亦是对古人的理论和观念作“原始要终”的客观描述和历史还原。比如，他对文学、道、神、气、格调、性灵、神韵等诸多概念和术语的考察，他对于中国文学观念和各种文学思潮发生、发展、演变及传承轨迹的清理，他对历代诗话等批评史料的整理、笺注和校释，都是以复原历史的面貌为原则的。换言之，历史还原是“保存古人的面目”的具体途径。在宽泛的意义上说，复原历史面貌也是中国古代文论研究的重要目的之一。罗宗强说：“古代文学思想史研究的第一位的工作，应该是古代文学思想的尽可能的复原。复原古代文学思想的面貌，才有可能进一步对它作出评价，论略是非。这一步如果做不好，那么一切议论都是毫无意义的。”[③] 因此，历史

---

① ［德］埃德蒙德·胡塞尔：《现象学》，倪梁康主编：《面向实事本身——现象学经典文选》，东方出版社 2000 年版，第 88 页。

② 张庆熊：《“朝向事物本身”与“实事求是”——对现象学和唯物论的基本原则的反思》，《哲学研究》，2008 年第 10 期。

③ 罗宗强：《宋代文学思想史·序》，见张毅：《宋代文学思想史》，中华书局 1995 年版。

还原的目的，就是要回到古人理论的历史原貌。

细绎起来，“保存古人的面目”与“回到事物本身”虽然都讲“还原”，但二者在观念形态和致思路径上，又是迥然有别的。在观念形态上，现象学所说的“事物”，并不是指客观存在的物理客体，而是指一个人所意识到的东西，或者说是呈现在一个人意识中的一切东西。胡塞尔把所有这些呈现在意识中的东西都称为“现象”，所以，所谓“回到事物本身”，实则是返回到纯粹意识领域。在致思路径上，现象学并不否认外部世界的存在，但是，现象学还原的目的，是要开辟一个纯粹意识体验的研究领域，展开先验的意识分析。为了进行分析，就要“把世界放进括号里”，进行“现象学悬置”。所以，现象学还原“被排斥的是相对于本质而言的事实性的东西，相对于可能性而言的现实性”[①]。按照胡塞尔的观点，没有可能性的地方，现实性也就无法显现、无法被给予；但如果没有现实性，却并不意味着可能性的不存在，可能性却无须依赖现实。所以，他所面临的第一性任务不是去关注、观察、收集、分析人类历史的各种事实，而是去认识和把握先验意识的本质结构和纯粹动机。[②] 胡塞尔认为，从历史事实中无法推导出最终的客观性，历史主义更是一种谬误，它使任何生活方式、任何宗教和哲学都失去了绝对的意义，它把真理置于具体的时间和空间之中，导致了相对主义、怀疑主义，削弱了真理的尊严；唯有现象学而不是世界观哲学才具有绝对真理性，才具有严密科学的资格。

这与郭绍虞的“保存古人的面目”是有内在区别的。

众所周知，历史意识是中国诗学批评和研究的独特思维模式。古人说“以意逆志”“知人论世”，都蕴含着历史还原的实践范式。郭绍虞在具体的批评史料辨析过程中，总是循着由考订而史述，由史述而论断的思维道路，以小见大，从现象观本质，给人以历史的真实感。这与现象学还原的先验观念主义是有根本区别的。当郭绍虞“平心静气地说明”古人理论的时候，就是尽可能地把古人的理论放置于历史文化语境中去考察，充分了解它赖以产生的条件和原因，揭示它的意思所在。他对于每一个批评家、每一个批评家的重要观点是什么，都是通读大量材料，经过慎重思考，在获得了较全面深入的认识后，才进行分析和论述。这又与胡塞尔对历史主义的批判态度不同。比如对于王渔洋标举神韵的动机，郭绍虞

① ［德］埃德蒙德·胡塞尔：《现象学的观念》，上海译文出版社 1986 年版，第 7 页。

② 参见倪梁康：《现象学及其效应——胡塞尔与当代德国哲学》，生活·读书·新知三联书店 1994 年版，第 272—275 页。

从王渔洋的书香门第、家学渊源，到其诗风与论诗主张的变化，再到其文坛地位和身后之评骘，通过对历史资料的科学考证和细致分析，一步步切近王士祯神韵说的历史真貌。他指出，王渔洋之标举神韵，早年是由于格调说的影响，晚年则是出于对宋诗流弊的纠正。“此二种动机不同，于是所谓神韵者也，即使是同一意义，也不能不异其作用。”[①] 后人只见到王渔洋晚年定论，所以一说到神韵便与盛唐王、孟之诗相联系，似乎神韵与才调格律等等全无关系了。郭绍虞批评说：“以神韵为王、孟家数的理论，而且以此为渔洋诗论的中心，赞成者主是，反对者诋是，纷纷纭纭，何从更见渔洋诗论之真。”[②] 不见渔洋诗论之真，便谈不上保存渔洋理论的面目。此一种历史还原，“即用客观的态度，直探到诗人的心志里”[③]。

应该说，努力探求古人理论的真相及其形成原因，是中国诗学研究所应具有的基本原则和科学态度。从学术研究的角度看，一个真正成功的研究者首先必须花大气力对被研究文本的语境、内涵、特征等作出尽可能准确、深入、客观、全面的理解和把握。在这个阶段，他“必须设身处地地体察古人的内心世界并接受他们的标准，竭力排除我们自己的先入之见”[④]，必须“使注意力回到历史本身，既回到作品的历史环境，也回到批评家的历史环境”[⑤]，而不是去揣度、臆测。在这方面，郭绍虞的“保存古人的面目”的确树立了一个很好的范式。

（二）“保存古人的面目”与阐释

文学批评史既是文学批评本身的历史，也是一种思想史。在思想史的范围内，任何经典的解读，都不可能完全回归到原典的本来面目，都不可避免地带着解读者的印记。德国解释学大师加达默尔说：“真正的历史对象根本就不是对象，而是自己和他者的统一体，或一种关系，在这种关系中同时存在着历史的实在以及历史理解的实在。”[⑥] 在加达默尔看来，理解无法超脱出历史的处境而达到纯粹的客观性，因此，所谓“历史意识”，一方面包含着“理解历史”，另一方面包

---

① 郭绍虞：《神韵与格调》，《照隅室古典文学论集》（上编），第 392 页。

② 同上书，第 393 页。

③ 郭绍虞：《先秦儒家之文学观》，《照隅室古典文学论集》（上编），第 154－155 页。

④ 雷·韦勒克、奥·沃伦：《文学理论》，第 33 页。

⑤ 弗雷德里克·詹姆逊：《快感：文化与政治》，王逢振等译，中国社会科学出版社 1998 年版，第 4 页。

⑥ 加达默尔：《真理与方法》“译者序言”，洪汉鼎译，上海译文出版社 1999 年版，第 8 页。

含着“历史理解”。前者代表着理解的对象构成——文本（Text），后者代表着理解的行为发生——当下（Gegenwart），“以历史意识进行的每一次与传统的交往，自身都会经历到文本与当下之间的张力关系”①。郭绍虞之“保存古人的面目”，同样包含着“理解历史”和“历史理解”两个方面，是历史视域与郭绍虞自身视域（当下视域）的视界融合，因为郭绍虞“固然重在材料的论述，然亦时多加以论断的地方”②。有“论断”处，即是显现自身视域，即意味着理解的可能性的不断增长，意味着认识的不断进步，意味着不断扩大问题域的广度和深度。郭绍虞有机地融合了进化观、纯文学观等新思想、新观念，这与传统的乾嘉学派的绝对主义观念有明显的区别。至少，郭绍虞不是完全的历史绝对主义。

必须承认，中国历代文学批评家理论观点之间纵的和横的历史联系，是客观存在的。要把这些历史联系揭示出来，就必须对批评家的理论及其意蕴作充分的推阐、创造性还原。德国哲学家恩斯特·卡西尔指出：“人们通常发现，‘历史’一词在两重意义上被使用着。一方面，它意味着过去的事实、事件、行为举止。而在另一方面，它又意味着我们对这些事件的重组和认识。”③ 海登·怀特说得更明确：“历史话语所生产的是对历史学家掌握的任何关于过去的资料和源于过去的知识的种种阐释。这种阐释可以采取若干形式，从简单的编年史或史实目录直到高度抽象的‘历史哲学’。”④ 在怀特看来，任何历史叙述必然包含着叙述者对历史的解释，“历史没有所谓的真相，只有更为合理的可能性”⑤。历史学家在其历史叙述中，总会采取特定的叙述形式或阐释方式来重组他所面对的历史史实或事件。而对郭绍虞来说，“保存古人的面目”所蕴含的，是一种历史叙述的基本姿态和阐释范型。

其一，郭绍虞之“保存古人的面目”是在一定的“历史理解”中进行的。此一种“历史理解”，一方面凸显为“进化论”的历史观，另一方面表征为文学观念正—反—合的历史发展过程。它们是一体两面的事。

郭绍虞的中国文学批评史研究一开始就浸润着“进化论”的历史想象，从第

---

① 倪梁康：《现象学及其效应——胡塞尔与当代德国哲学》，第 278 页。

② 郭绍虞：《自序》，《中国文学批评史》，商务印书馆 1934 年版，第 2 页。

③ 恩斯特·卡西尔：《符号·神话·文化》，东方出版社 1988 年版，第 14 页。

④ 海登·怀特：《“描述逝去时代的性质”：文学理论与历史写作》，见拉尔夫·科恩：《文学理论的未来》，程锡麟等译，中国社会科学出版社 1993 年版，第 45 页。

⑤ 海登·怀特：《元历史：十九世纪欧洲的历史想象》“导论：历史的诗学”，陈新译，译林出版社 2004 年版，第 1 页。

一步起就假定了一个“纯文学”的文学演进方向。这与现象学还原的搁置存在、强调不预设任何一种先入之见是判然有别的。郭绍虞说：

> 历史上的事实总是进化的，无论复古潮流怎样震荡一时，无论如何眷怀往古，取则前修，以成为逆流的进行，而此逆流的进行，也未尝不是进化历程中应有的步骤。盖在文学观念演进期中所讨论的问题，是以文学之外形为中心；而在文学观念复古期中所讨论的问题，则又以文学之内质为中心。此所以虽似复古，而实际则不过移转问题的中心而已。①

> 我们假使说文学观念演进期为“正”，则复古期为“反”，而本书下卷所述则为“合”。②

> 所以儒家虽多论文之语而意旨切实，不离于杂文学的性质；道家虽不论文而其精微处却转能攫得纯文学的神秘性。故所谓“神”的观念，由儒家言是其文学批评上的问题，由道家言则否；但论起在文学批评上的价值和影响，则道家所论固远胜于儒家。……后世时人或文人所论其意义近于纯文学的性质者，要皆出于庄子；文人或学者所论其意义偏于杂文学的方面者，则又出于孔子。③

从这些文字中，我们可以看出，“演进”与“复古”是构成郭绍虞《中国文学批评史》体系的支撑理念。比如，他将魏晋南北朝称为文学观念“离开传统思想而趋于正确”的时期，所谓观念“正确”，即意味着郭绍虞预设了一个“纯文学”的立场，即所谓“不为传统的道学观念所支配，而纯文学的进行遂得以绝无阻碍”④，“文学观念逐渐演进，逐渐正确，则文学批评的发展，也随之而逐渐进行”⑤。在郭绍虞看来，“演进”在一定程度上就是“进化”的意思。他说：“文学观念之演进与复古二时期，恰恰成为文学批评分途发展的现象。前一时期的批评风气偏于文，而后一时期则偏于质。前一时期重在形式，而后一时期则重在内容。所以这正是文学批评之分途发展期。至于以后，进为文学批评之完成期，则

---

① 郭绍虞：《中国文学批评史》上册，商务印书馆 1934 年版，第 10 页。
② 郭绍虞：《中国文学批评史》下卷，百花文艺出版社 1999 版，第 3 页。
③ 郭绍虞：《儒道二家论“神”与文学批评之关系》，《照隅室古典文学论集》（上编），第 132—133 页。
④ 郭绍虞：《中国文学批评史》上册，商务印书馆 1934 年版，第 8 页。
⑤ 同上书，第 9 页。

一方面完成一种极端偏向的理论，一方面又能善于调剂融合种种不同的理论而汇于一以集大成。由质言，较以前为精确为完备；由量言，亦较以前为丰富为普遍。"[①] 这样的判断，显然是符合进化论的观念的。但他又不是完全按进化论的观念来描述和阐释中国文学批评的历史的，他划分中国文学批评史发展阶段的根本依据是"纯文学""杂文学"观念的矛盾运动与演进，强调从文学的自觉到批评的自觉的发展历程，也即文学观念正一反一合的历史发展过程。这样一来，他实际上将批评史实与进化论判断合而为一了。或许正因为这一点，胡适、钱锺书都对此质疑。胡适从整体历史观出发，特别是对郭绍虞三个时期的划分和命名感到不满意，"因为从历史家的眼光看来，从古至今，都只是一个不断的文学观念演变时期；所谓'复古'期，不过是演变的一种；至于'完成'，更无此日"[②]。钱钟书则直指，郭绍虞不是在做历史的事实研究，因为"文学进化"不等于"事实进化"，"'文学进化'似乎在'事实'描写之外更包含一个价值判断"[③]。从郭绍虞《中国文学批评史》的文本出发，他们的批评确有几分道理："完成"，在一定意义上，意味着终结，但无论是历史的发展还是文学的演进，都不可能有完成时，而只有进行时；而文学观念的"演进"与"复古"，又多少显示出郭绍虞的本质主义观念。不过，话又说回来，"既然我们的认知往往受制于我们自身文化上的传统观念和主观意识的局限，那么，认知本身实际上可能被看作是另一种形式的误识，如同解释只是另一种形式的误译和误释一样"[④]。

从解释学立场看，美国文学理论家赫施将解释分为含义与意义两种："一件文本具有特定的含义，这特定的含义就存在于作者用一系列符号系统所要表达的事物中，因此，这含义也就能被符号所复现；而意义则是指含义与某个人、某个系统、某个情境或与某个完全任意的事物之间的关系。"[⑤] 艾柯则将这种不同的目的区别为"诠释文本"与"使用文本"，认为诠释文本时"必须尊重他那个时

---

① 郭绍虞：《中国文学批评史》上册，商务印书馆1934年版，第2页。

② 胡适：《郭绍虞〈中国文学批评史〉序》，《胡适全集》第12卷，安徽教育出版社2003年版，第238页。

③ 钱锺书：《论复古》，见钱锺书：《写在人生边上·人生边上的边上·石语》，北京三联书店2002年版，第329页。

④ 卜松山：《与中国作跨文化的对话》"作者自序：中国与西方的对话"（增订本），中华书局2003年版，第4页。

⑤ 赫施：《解释的有效性》，第16—17页。

代的语言背景”，而使用文本时“可以根据不同的文化参照系统得到的不同的解读”[①]。换言之，解释者所理解是东西，既不完全是其自身观点的产物，也不完全由文本原初含义所决定，而是两者的“视界融合”。含义与诠释文本指文本的客观性，而意义与使用文本则指对文本的主观阐释。郭绍虞所谓“用客观的态度，直探到诗人的心志里”即相当于诠释文本与探求含义，而他所谓“保存古人的面目”之“保存”则蕴含着对文本意义的使用。比如在谈到文学批评史的分期时，郭绍虞说：“我们应当以中国文学批评理论发展过程的本身为分期的标准”[②]。“中国文学批评理论发展过程的本身”（着重号为笔者所加）是什么？在郭绍虞眼中，它自然是文学观念的演进、复古与完成这样三个历史时期。这是郭绍虞的个人特见。正如董乃斌说的：“归根到底，分期标准的好坏（我以为，分期标准无绝对是非，只有好坏之分），主要是看著者对历史本体宏观把握的程度如何、水平高低。如果陷于材料堆中，不能对全史做高屋建瓴的审察，如果没有对历史进程核心问题的确切把握，就很难有自己对分期的独特看法，更不可能在分期中寓有阐发规律的意义。”[③]

其二，郭绍虞之“保存古人的面目”运用的是“以古释古”与“以今释古”共生的复合话语模式。

如前所述，黄念然认为郭绍虞对中国文学批评史的书写，历史绝对主义表现最为突出，其基本表征就是，“尽可能减少主观介入以恢复历史本真面目，追求的是一种绝对的历史客观性，方法上主要采用‘以古释古’（‘我注六经’）”[④]，因此特别强调原始材料的搜集整理。笔者以为，这话并不完全准确。说郭绍虞特别强调原始材料的搜集整理，这是确论，但从郭绍虞中国诗学批评研究的全貌看，“以古释古”，对原始材料的搜集整理，只是其批评史建设的一个层面，而不是其全部之话语形态。

简单地说，“以古释古”就是把古代文论放置于历史文化语境中去考察，充分了解它之所以产生的条件和原因，揭示它的意思所在，令它们以鲜活的样式呈现在我们面前，进而变成可以被人理解的思想。郭绍虞说：“古人的著作有古人

---

① 艾柯等：《诠释与过度诠释》，生活·读书·新知三联书店 1997 年版，第 83 页。

② 郭绍虞：《中国文学批评史的分期问题》，《照隅室古典文学论集》（下编），第 412 页。

③ 董乃斌：《郭绍虞中国文学批评史研究的成就与贡献》，王瑶主编：《中国文学研究现代化进程》，第 332 页。

④ 黄念然：《中国古代文论研究的现代转型》，第 245 页。

的环境，读古人书应明白古人立说的意义，和它当时所起的作用。所以要活看，不要死看。”[①] 我们不妨来看郭绍虞对于袁枚建立性灵说的阐释。郭绍虞先述旧礼教观念下赵瓯北、章实斋对袁枚的批评，继而从袁枚的为人、为诗论及其思想，为读者还原了一个独来独往的诗人和思想者：“人家看他是礼教的叛徒，他却有他自我的人生观”，“我们研究随园的思想，假使拘泥着看，假使偏执着看，也不会得随园之真的”[②]，须看他的为人，看他的思想，看他的学问，于是，才可以讲他性灵说的意义，才可以理解所谓“修正的性灵说”[③]。

再说“以今释古”。通常的情形，“以今释古”可能就是以今天的理论去硬套古人；或者是研究者先想好一个观点，然后在古人文论中找材料框套，于是古代的文学批评家成了今天的研究者的代言人。郭绍虞的中国诗学批评研究却不是这样的。虽然他也曾不止一次地用到过文学批评标准“真善美”的三分法、理论发展过程“正反合”的三阶段说，也曾运用过归纳法、分析法、赏鉴的批评、判断的批评、纯文学、杂文学乃至自然律、人伦律、宇宙观、人生观、为人生的文学、为艺术的文学等名词术语，也承认“用现代人熟悉的术语来说明古代的学术思想比较容易解决问题的”[④]，但他的运用新概念、术语，比起稍后的罗根泽来，还是要少得多。

学者傅伟勋曾在其《从德法之争谈到儒学现代诠释学课题》一文中建构了一个“创造的诠释学模型”，即五层次诠释理论。五层次诠释包括：（1）“实谓”——探问“原作者（或原典）实际上说了些什么?”（2）“意谓”——“原作者（或原典）想要表达些什么，它的真正意思是什么?”（3）“蕴谓”——“原作者可能想说什么?”或“原典可能蕴涵哪些意思意义?”（4）“当谓”——“原作者（本来）应该指谓什么?”或“我们诠释者应该为原作者说出什么?”（5）“创谓”——“为了救活原有的思想，或为了突破性的理论创新，我们必须践行什么，创造性地表达什么?”[⑤] 这是个颇具启发性、可操作性的模型，问题在于，面对具体问题，这五个诠释层次孰先孰后？它是线性的、层垒的，还是回环往复的？完全依此线路图，是否会导致机械离析？

---

① 郭绍虞：《怎样读书和怎样在读书中培养独立思考能力》，《照隅室杂著》，第 372 页。

② 郭绍虞：《中国文学批评史》下卷，百花文艺出版社 1999 版，第 530－531 页。

③ 参见郭绍虞：《中国文学批评史》下卷，百花文艺出版社 1999 版，第 531－540 页。

④ 郭绍虞：《关于〈沧浪诗话〉讨论的补充意见》，《照隅室古典文学论集》（下编），第 162 页。

⑤ 傅伟勋：《从德法之争谈到儒学现代诠释学课题》，《二十一世纪》，香港中文大学中国文化研究所出版，1993 年 4 月号。

可贵的是，郭绍虞之“释古”，不是死板地、机械地诠释，他更要深入古人内心，与古人交友。他说：

> 读古人书还应看出古人没有讲出来的话。可能有些话是为了当时当地的环境而说的，假使换一个地方、换一个时间，古人可能说另一种的话[①]。

这里，郭绍虞主张“应看出古人没有讲出来的话”，已超越了一般意义的“以古释古”。如果说“以古释古”是一种自足性解释模式表征，那么，“看出古人没有讲出来的话”就凸现为一种启发性、开放性解释模式。所谓“看出古人没有讲出来的话”，不仅要弄清楚古人已经说出来的话是什么意思，更重要的是要分析他的言外之意，揣摩他说话时的历史语境，更重要的，是要体验古人说话时的人生处境，深入主体心灵最深处。这是对古人之意的领悟与重构，是一种“说不可说”的诗思和灵境——它“举步前行，一直走向深处，却达不到终点”[②]。按照郭绍虞的方法，“看出古人没有讲出来的话”，意味着阐释和文本之间不是一种镜映关系。它是要恢复和发现古人的言外之意、文本背后所蕴含的规律，是在历史叙述之外来把握历史，是一种创造性还原，包含着“发现”和“建构”的双重因子。文本只是体现出某种意思的可能性，而这种可能性还需要结合到批评家进行批评时的环境和时空变迁之后才得以生成。古人表达了什么意思，体现了什么意义？它是古人自己要说的意思吗？古人的文本虽然已经存在，但我们的阐释并没有取代文本所表达的意思的当然合法性，它不过属于读解的一种可能途径。这就意味着所谓的中国文学批评史，其实是对材料意义的一种建构而已，或者说是在历史叙述中，叙述者自己留意于其中哪个方面更多而已。林格说：“解释者必须恢复和发现的，不是作者的个性和世界观，而是支配着文本的基本关注点，亦即文本力图回答并不断向它的解释者提出的问题。”“只有当解释者被主题推动着，在主题所指示的方向上作进一步的询问时，才会出现真正的对话。真正的提问总是包含着一种对于可能性的揭示和保持，从而悬置了文本和读者当前观点的假定的最终确定性。只有当我们找出文本提出的问题，我们才理解了文本向我们陈述的论题，在我们试图获得这种问题的过程中，在我们的提问中，不断地超越

---

① 郭绍虞：《怎样读书和怎样在读书中培养独立思考能力》，《照隅室杂著》，第 372 页。

② ［瑞士］H. 奥特：《不可言说的言说》，林克、赵勇译，生活·读书·新知三联书店 1994 年版，第 6 页。

文本的历史视域并把它与我们自己的视域相融合，由此就改变了我们的视域。”[①]阐释非作者意图之解，而是文本意义之解。解释者唯有通过面对文本的问题之思，才能真正使中国诗学批评史的意义得以彰显。郭绍虞“看出古人没有讲出来的话……”云云，与加达默尔关于文本阐释的目标不是著述者的意图而是历史文本自身、是存在自身的证明等等一系列见解不仅相合，而且还道出了所以然。

至于学者所提到的郭绍虞的《中国古典文学理论批评史》（上册）所存在的“机械型解释”，我们也应该实事求是地看。首先，郭绍虞是反对将问题简单化的，反对以义相绳和机械搬用。如书中说，现实主义和反现实主义的对立斗争，“问题不在这根贯穿文学史的红线，而在具体运用这根红线时是不是简单化”，如果能做到对具体问题不简单化、粗暴对待，“就算尽了贯串红线的任务”[②]。这是何其客观、圆融的态度！其次，《中国古典文学理论批评史》只写到司空图，是未完成品。我们是否可以凭一个未完成品来判断一个人的全部思考呢？或许，正因为郭绍虞已认识到“一时风气”对学术的“以义相绳”，使自己力有不逮，或者是事与愿违，所以这次改写只完成了上卷就不再继续了[③]。最后，20 世纪 70 年代末，中国进入思想解放的新时期，郭绍虞标举“民族化的马克思主义文艺理论的建设”，但他强调：“这样的理论就不能单纯地依靠本本，还必须从大量的文艺实践经验中，总结出客观的而不是臆造的规律来。……这就决定了我们进行理论总结的对象既要包括现代，又要包括古代。”[④] 显然，这是一种极富辩证意味的思维模式和理论主张。所以，综合地看，知人论世，在郭绍虞的诗学解释模型中，“机械型解释”作为一种现象，是客观存在的，却是他内心所拒斥的。

要而言之，“以古释古”和“以今释古”，一者是认识过去，是知识认识论；二者是以今人的眼光看过去。两者同声相应，同气相求，共同演绎着郭绍虞中国诗学批评研究的问题域。郭绍虞赞同古为今用：“博古必须通今，不切时宜，学古何用?”[⑤] 由是，郭绍虞为我们“建构”了一个以文学观念的演变为核心、以

---

① 汉斯-格奥尔格·加达默尔：《哲学解释学》“编者导言”，夏镇平、宋建平译，上海译文出版社 2004 年版，第 12 页。

② 郭绍虞：《中国古典文学理论批评史·绪论》，第 6 页。

③ 笔者以为，《中国古典文学理论批评史》前的《以诗代序》，无论话语模式，还是意义表达，都颇令人玩味。

④ 郭绍虞：《关于古代文学理论研究中的几个问题》，《照隅室古典文学论集》（下编），第 448 页。

⑤ 郭绍虞：《关于中国古典文学理论批评研究的问题》，《照隅室古典文学论集》（下编），第 544 页。

“保存古人的面目”为具体方法的诠释范式，在发现、还原“问题”的同时，力图回答并解决“问题”。从这个意义上说，郭绍虞所建构的诠释范式，是统摄在他“以问题为纲”的纲领性原则之中的。

三、意义范式：通向一种“文化诗学”

这个小标题的命名，直接取自美国学者斯蒂芬·葛林伯雷的一篇题为“通向一种文化诗学”（*Towards a poetics of Culture*）的演讲。这里的问题是，“文化诗学”的提出及其话语操作，不仅是西方的，而且是郭绍虞身后兴起的事，因此，以“文化诗学”沟通郭绍虞，其合法性在哪里，有效性又如何呢？

1986 年 9 月 4 日，美国加州大学伯克利分校英文教授斯蒂芬·葛林伯雷在西澳大利亚大学作了“通向一种文化诗学”的演讲，首次提出“文化诗学”的概念。一般认为，文化诗学“以文化人类学的方式把这个文化当作研究的对象，而不仅仅局限于研究文化中某些我们认为是文学的部分”，它大胆跨越历史学、人类学、艺术学、政治学、文学、经济等各学科的界限，注重历史文本化和文本历史化的操作原则，“强调历史和意识形态批评”，“注重对阐释语境的理解和分析”，更宣称批评者与文本之间的“同谋者”关系[①]。学者王岳川认为，“文化诗学”具有三个重要特征：“跨学科研究”性、文化的政治学、历史意识形态性[②]，这种概括应该说是比较准确的。

进一步说，按照葛林伯雷的看法，“文化诗学”是一种“实践”，而不是一种“教义”[③]。“教义”是一种宗旨或有系统的理论表征，实践往往受制于实践者个人的禀性、能力和研究范围，因而，文化诗学被称为“一个没有确切指涉的措词”[④]。既“没有确切指涉”，又与实践者的主体性密切联系，“文化诗学”这种内涵的流变性就为我们的再阐释、再发明提供了合法性前提。

结合学界的研究，笔者以为，在中国语境中，作为跨学科研究的“文化诗学”，至少应该包括三重品格：审美性品格、文化学品格、思想史品格。限于篇

① 张京媛主编：《新历史主义与文学批评》“前言”，北京大学出版社 1993 年版，第 2—4 页。
② 王岳川：《新历史主义的文化诗学》，《北京大学学报》，2007 年第 3 期。
③ 斯蒂芬·葛林伯雷：《通向一种文化诗学》，张京媛主编：《新历史主义与文学批评》，第 1 页。
④ 张京媛主编：《新历史主义与文学批评》“前言”，第 2 页。

幅，此处略作申述，不拟展开。

文化诗学首先应是“诗学”，即首先是研究“文学”问题的理论，直面的是“文学”；而审美则是文学的根底，也是人类得以“诗意栖居”的最后的家园。这似乎先天性地规定了文化诗学的“审美性品格”。我们不能像新历史主义那样泛化文本而失去审美性，恩格斯所倡导的“美学观点和历史观点”的衡量标准并未过时。文学文本可以也应该在审美维度和历史维度的文化空间中，在不断趋近历史的洞见中，得到多层面的阐释和重构。童庆炳就坚定地说：“我主张一种文化诗学，文化研究应该搞成文化诗学的研究。这种研究首先是诗学的，是文学的，是诗情画意的，而不是像西方那样反诗意。我们看一篇作品首先还是要从美学的标准来检验它，如果它不是美的，那它就不值得我们对它进行历史的文化的批评了。”①

其次，所谓文化学品格，是指文化诗学的文化阐释维度，注重分析文学现象、文学观念、文学理论形成和演变与其历史文化环境的因果关系。这不同于文化研究中“文本”的无限扩张。文化研究所带来的文本扩张，使文学文本被边缘化了，文学本身更为复杂的结构和审美形式被搁置了，影视、广告、摇滚乐、MTV、大众节日、购物中心、城市等则成了文化研究的中心。文学的独特性被消解了，文学成为只是在“意义”上被使用的文化文本。而笔者以为，与“审美性品格”密不可分的是，文学文本的独特性仍应是文化诗学的研究中心，“文化”只是一种参与因子和阐释视域。换句话说，文化诗学是要在文化总体中阐释文学文本，描述文学发展的历史，研究文学批评和理论。“这是一种把文本语境化（也就是历史化和文化化）的阐释方式，也就是说，不是就文本谈文本，而是要在一定的文化交往的历史和文化语境中来阐释文本。”② 质言之，作为一种批评实践的文化诗学，是诗学阐释与文化阐释的“视界融合”。

最后，思想史品格。中国向来有“文史不分家”的说法，文学史与思想史的关系也是中国学术界近年来热议的一个话题。文化诗学关注历史，历史文本化，文本历史化，不仅令文学研究走出自身的封闭疆界，而且走向一种社会文化批判和人文关怀，走近思想史，从而使文学史（包括文学批评史、文学理论史）与思想史边际交叉，十分鲜明地呈现出文化诗学的跨学科研究特征。不过，文化诗学

---

① 童庆炳：《我所理解的“文化研究”：问题意识与文化诗学》，在“文艺学与文化研究”学术研讨会上的发言，2000 年 5 月。

② 陈太胜：《走向文化诗学的中国现代诗学》，《文学评论》，2001 年第 6 期。

的思想史品格是潜在的，是通过文学（批评）文本之审美形式的研究所阐发出来的“思想”，而不是超越或绕开文学文本形式，或者从外部强加给文学文本的“思想”，即“非文学的思想”[①]。比如，“文化诗学”所关注的古今问题，就不同于思想史界所要解决的古今问题。

既然文化诗学“没有确切指涉”，我们就可以打破其后现代文化生成语境的藩篱，以中国本土习见的文学现象和固有文学经验为对象，形成新的思维习惯和话语形态。有学者认为，郭绍虞的诗学探索，既坚持了“本土文化”的诗学立场，又融入了“西方诗学观念”，并使之具有一种“现代文化意识”，而且能够“创造性地解释”中国文学艺术，我们可以将之称为“文化诗学”[②]。的确，郭绍虞终其一生，始终处在古与今、中与西多元文化的交往和碰撞中。他自觉将民族意识与现代文化意识融合在一起，致力于古典诗学的重估、反思和重建，又注意吸收外来文化、异质文化（包括马克思主义），在很大程度上构建了具有鲜明民族特色的文化诗学。

（一）世界主义的文化视野与民族性的坚守

世界主义的文化视野是郭绍虞的思想根基，由此又生发出对西方文学理论和批评方法中国化、建设现代性和本土化的文学批评理论等问题的现实思考。

20 世纪伊始，西学大炽，中国文学理论进入由传统文论到现代文论的转型异变历程。郭绍虞是受五四精神感召和浸染的新一代知识分子，他说：“当时人的治学态度，大都受西学影响，懂得一些科学方法，能把旧学讲得系统化，这对我治学就有很多帮助。”[③] 1920 年，郭绍虞加入新潮社，并被推为新潮社干部部的干事之一[④]。新潮社《发刊旨趣书》明确地将引导中国文化“同浴于世界文化之流”作为其责任之一。同年 11 月，郭绍虞与茅盾、郑振铎、叶圣陶、王统照等人共同发起成立“文学研究会”[⑤]。文学研究会“以研究介绍世界文学、整理

---

① 参赵宪章：《也谈思想史与文学史》，《中华读书报》，2001 年 11 月 28 日。

② 李咏吟：《诗学解释学》，上海人民出版社 2003 年版，第 319 页。

③ 郭绍虞：《我怎样研究中国文学批评史》，《书林》，1980 年第 1 期。

④ 郭绍虞后来回忆说：“那时顾颉刚在北大也是新潮社的主要人物。叶圣陶和我都为新潮社写稿，颉刚也就介绍我俩入社。”郭绍虞：《我是怎样学习中国文学批评史的》，周谷城等：《怎样学好大学文科》，第 2 页。

⑤ 据说，文学研究会酝酿之初，本没有茅盾、叶圣陶，还是郭绍虞提名介绍的。吴中杰：《与古人交友的人——记郭绍虞先生》，《海上学人》，广西师范大学出版社 2005 年版。

中国旧文学、创造新文学为宗旨”（《文学研究会简章·第二条》）。1921 年，郭绍虞翻译了日本汉学家盐谷温《支那文学概论讲话》第六章，编译为《中国小说史略》单独出版。这三件事，初步表明了郭绍虞自觉的世界主义文化视野。这种世界主义文化视野不仅影响着他的世界观，而且深刻而久远地影响了他一生的学术活动与著述。

1921 年，郭绍虞发表《谚语的研究》，世界主义的文化视野和中外文化比较构成其基本话语形态。就谚语的释义来说，郭绍虞将我国古代典籍中谚语的释义与日语、英语、法语、德语中谚语的意义相对照，在比较分析中，归纳出一个“大概完备”的定义。他指出：“谚是人的实际经验之结果，而用美的言语以表现者，于日常谈话可以公然使用，而规定人的行为标准之言语。”[①] 这个定义未必周全，但它是由不同国家的“谚”字的语义综合而建立的，关于谚的主要性质，可说都包括在内了。在剖析谚语“富于道德的色彩”的属性时，郭绍虞将《说文解字》与德语互参互证，说明谚语能指导人的行为，规定人的趋向。他说：“《说文解字》谓‘谚字从彦言，可知寓教于文’，则谚语含有教训的意思，正与德语 Sprichwort 的语义相同。……都是人事上一种规律。”[②] 论及谚语“以简短为要素”的语言形式，郭绍虞又列举了我国民间古谚与日本、英国、德国的谚语。他说：

> 吾人通观各国的谚语，普遍都是一句或二句，三句以上的已经很少了。例如我国旧时的谚语：“生相怜，死相捐”，“生东吴，死丹徒”（意谓吴地多产可以摄生，丹徒土坚可以安葬），“让一寸，饶一尺”等都是很短的语句。其他如日本谚语“恋，闇”（意谓易为爱情所蒙蔽，即英国谚语“Love is blind”之意），英国谚语“Time is money”（时间是金钱）等，都极简约。至德国的谚语则往往只以两个单词连缀而成，寓意深，音律尤妙，而简洁更甚。如“Voll，toll”（盈满是狂愚）等，往往用两个单词说明他的关系，语句虽短，意义是很深的[③]。

郭绍虞认为，通过比较研究，可以发现，谚语不仅具有地域文化色彩，还可以推知各国国民性的不同，所以成其为民众哲学和民众文学。这就由单纯的语言

---

① 郭绍虞：《谚语的研究》，《照隅室古典文学论集》（上编），第 3－4 页。
② 同上书，第 6 页。
③ 同上书，第 11 页。

研究升华到语言文化研究，可以说是我国语言文化学的滥觞。郭绍虞相信，“学术本无国界的区别”[①]，这样，他广泛征引世界其他民族的谚语现象，意图很明显，就是要找出具有普适性、共同性的谚语的语义特征和语用价值。这不仅表现出鲜明的世界主义文化视野，更透露出其对民族性问题的现代思考，也成为郭绍虞写作《中国文学批评史》的翔实资料。

我们知道，文学批评史本身就是个外来词汇，它是五四时期在西方学术特别是文学观念影响下而形成的。在当时，学术界的趋势，往往以西方观念为范围去选择中国的问题。郭绍虞虽然使用了“文学批评”的名称，但他很少用西方的观念来组织中国的材料，而是扎根于中国文学悠久深厚的思想土壤，中西互参，探原立论。比如，对于中国文学演进趋势的阐述，郭绍虞自谓之“全本马尔顿monlton之近世文学研究中所作表以立论”，并将中国文学与西洋文学的演进相对照：“由西洋各国韵文演进的先后而言，最早是叙事诗，次抒情诗，又次为剧诗。但就中国最初的文学而言，抒情诗较多佳构，叙事诗则罕见流传。所以疑中国文学演进的先后，独成为例外。”[②] 通观郭绍虞的阐释，除了借用“叙事诗”“抒情诗”“剧诗”等几个现代文体术语之外，其所以立论者，完全本于中国古代的文献记载而参以刘师培、章太炎的论述，由风谣而进于诗、赋、小说、戏曲、辞令；其阐释目的，即在于说明中国文学演进之“独成为例外”处。所以，郭绍虞诗学批评的根底，是中国文学经验和文学问题，而其世界主义的文化视野和探索路径，似乎也可以证明，郭绍虞是中国比较诗学的早期探路者之一。

近代以来，中国文学家对中国文学问题的大讨论，始终或隐或显、或明或暗地与古今之争、中西之争纠缠在一起。这是毫不奇怪的，因为中国现代文学的发展、反思，中国文学理论的建构，总是与对古代文化、外来文化的态度和评价密不可分。这实际上反映了中国文学现代化进程的曲折艰难。作为在五四精神浸染中成长起来的一代知识分子，郭绍虞不仅亲历了这些曲折艰难，而且积极投身于中国文学的现代化进程。在漫长的学术生涯中，他始终关注着西方文学理论和批评话语的中国化与建立具有中国民族特点的现代文艺理论等问题。

一般地讲，任何两种异质文化相遇，都必然会产生文化上的冲突，只是冲突的强烈程度不同罢了。特别是具有强烈中心主义特征的文化间的冲突，不可能是

---

① 郭绍虞：《中国文学演化概述》，《照隅室语言文字论集》，第13页。

② 郭绍虞：《试从文体的演变说明中国文学之演变趋势》，《照隅室古典文学论集》（上编），第32页。

一方立即战胜进而取代另一方，而只可能是逐步的“涵化”（acculturation）过程[①]。对于中国这样一个具有强烈中心主义文化传统的国家来说，对本民族文化的维护与守持就更为强烈。郭绍虞就认为，中国文学理论遗产的整理在草创时期，许多文艺理论的珍品没有得到充分发掘，此时，我们沿用外国的理论体系，借鉴外国的经验，是必不可少的；但这也使得我们建立的理论缺乏自己民族的特点，更不了解我们在理论上究竟有哪些独特的贡献。他说：“研究中国古典文学理论，确是应当参考西方的文艺理论。但在走这条途径时，必先弄清它的含义，然后再和中国原有的理论批评相比较，才能正确运用这些术语”[②]。可见，郭绍虞对外来术语与中国问题的语境差异是很警觉的，因为外来术语产生的历史环境并不与中国的历史环境完全相适合，“用外来术语来说明中国学术思想上的问题，总有一些距离，不会完全适合的”[③]。比如，关于“形象思维”，他指出，说中国人没有形象思维的观念，这固然不对，但简单地以比兴物色为形象思维，也多少有些牵强，反易引起误会；中国的诗，确有合于形象思维的地方，这体现了文化的共同性，但中国文化亦有其特殊性，中国的诗也有不合于形象思维的地方。

郭绍虞并不反对洋为中用，但是“求洋为图益中，于中无补，徇洋何益?”[④]而中国古代的文学理论遗产又是极其丰富的，甚至如魏晋时期集中出现的《典论·论文》《文赋》《文章流别论》《文心雕龙》《诗品》等，更是同时期的西方所不能比拟的。因此，“只要我们对这些理论遗产加以认真的总结，把它补充到世界文艺理论的宝库中去，这就不只是对中国也是对世界的文艺理论建设的一个巨大贡献”[⑤]。看得出来，郭绍虞十分重视中国文学理论的文化身份，他的民族主义批评立场是明确而坚定的。这与后殖民主义文学批评对“身份”的呼唤何其神似！“身份绝非根植于对过去的纯粹的‘恢复’，过去仍等待着发现，而当发现时，就将永久地固定了我们的自我感；过去的叙事以不同的方式规定了我们的位置，我们也以不同方式在过去的叙事中给自己规定了位置，身份就是我们给这些不同方式起的名字。”[⑥] 拥有了身份，我们在世界文艺理论的宝库中才是独立的

---

① 张世保：《西化思潮的源流与评价》，华东师范大学出版社 2004 年版，第 39—40 页。

② 郭绍虞：《关于中国古典文学理论批评研究的问题》，《照隅室古典文学论集》（下编），第 544 页。

③ 郭绍虞：《关于〈沧浪诗话〉讨论的补充意见》，《照隅室古典文学论集》（下编），第 162 页。

④ 郭绍虞：《关于中国古典文学理论批评研究的问题》，《照隅室古典文学论集》（下编），第 542 页。

⑤ 郭绍虞：《关于古代文学理论研究中的几个问题》，《照隅室古典文学论集》（下编），第 449 页。

⑥ ［英］斯图亚特·霍尔：《文化身份与族裔散居》，见罗钢、刘象愚：《文化研究读本》，陈永国译，中国社会科学出版社 2000 年版，第 211 页。

文化个体，才可能成为他者观察、注目、研究的对象，显出自己的存在和价值。1939年，针对当时新诗过于欧化的弊病，郭绍虞明确提出，文艺的创新“不是如何欧化的问题，乃是如何土化的问题”①。所谓“土化”，就是本土化、民族化，“显出本土语言之精神”②。后来的中国文学发展也证明，中国现代诗学的真正成就，即是以民族话语形式参与着世界诗学的交流与重建。

（二）文学批评与社会文化批评的融通

从文化诗学的思想史品格看，文学批评一个重要的思想维度是对文学理论的历史性生存过程和社会政治文化生活的反思性观照。也就是说，把文学批评的自身构成与文论家的历史时代密切关联起来，重视历史文化特征、历史文化生活现象，使文学批评从文化批评中得到支持，达成对诗学本身的深度与广度认知及意义呈现。

起初，郭绍虞研究文学批评史，“只想从文学批评史以印证文学史，以解决文学史上的许多问题”③。这就是说，早期的文学批评史是作为文学史的一个分支而出现的，基本上可以归为知识系统，所以“重在材料的论述”，“保存古人的面目”；但另一方面，文学批评史又是一个意义和价值系统，具有不断被再阐释的无限丰富的可能性，所以“亦时多加以论断”，“应看出古人没有讲出来的话”。如果说，对知识系统的研究可以采取实证性方法，以事实为根据，揭示其客观性；那么，对意义系统则只能采取阐释学的方法，需要主体性的介入。而“文化诗学”这个概念，实质上就是倡导一种阐释方法，将阐释对象置于更大的文化学术系统之中进行考察。以此观之，郭绍虞是深契文化诗学之意味的。

比如，关于扫除文盲。这本是一个教育问题、技术性问题，但郭绍虞却把它与中国文字特点、社会组织等问题联系起来看，而不仅仅是具体计划的制订。他认为，中国的文字不是拼音文字，而是单音缀的方方的方块，口语的演进常常停留在单音缀的阶段，复合语词则可以伸缩分合、颠倒变化；而且，中国的复音语词在文辞中的应用流动性也极大。正由于口头语与书面语截然不同，中国文学遂有语言型的文学（如语体文）与文字型的文学（如骈文）之分。这不仅造成了与口语绝不相同的骈体，即使是近于语言化的散文也为文字的牵制而与语体不同，

---

① 郭绍虞：《新文艺运动应走的新途径》，《语文通论（正编）》，上海开明书店1941年版，第117页。

② 同上书，第115页。

③ 郭绍虞：《中国文学批评史》，商务印书馆1934年版，第2页。

何况还有欧化的翻译句式的语体。“所以在推行拼音文字的前夕，除掉审定语汇之外，更须从事于语法的研究，使之不致前后混淆，发生意义上的误解。”[①] 其一，这是从中国文字与中国文学本身特点看问题，提出解决问题的思路。其二，扫除文盲的障碍还在于中国社会组织的问题。中国还处在农业社会阶段，内地许多偏僻的乡村，往往“一去二三里，烟村四五家”，散居独处，交流不畅，此种状况，欲扫除文盲，将会事倍功半。可见，郭绍虞是从语言、文学的演进与社会文化两方面来讨论扫除文盲的主张的可行性的，得出的结论自然也会令人信服：“文字不改革，文盲似乎没有扫除的可能。”[②]

文化诗学认为，阐释的语境起码有三层：写作的语境、接受的语境、批评的语境[③]。“写作的语境”包括作者的意图、传记、社会文化、政治境遇和它们的意识形态与话语。我们无法直接了解写作的语境，只有通过具体文本或实践的媒介才能接触到，所有的语境必须根据文本所提供的证据而重新得到组成。郭绍虞说“中国的文学批评既重在理论，也就必然和当时的哲学思想有关联”[④]，“而所以形成这思想的又各有其背景，所感既殊，所应亦异”[⑤]，这样一来，所谓“保存古人的面目”，就不仅仅是恢复和解释一个已经存在了的文本，它“更需要识别文本中由整个文本组成的关系网，以及当时写作的话语与学者本人的话语”[⑥]。这方面，郭绍虞的《中国文学批评史上文与道的问题》就是一个例证，代表了一种足以垂范后世的古典诗学解释学的意义范式。他认为，贯串中国文学批评史始终的问题，都不外乎文与道的关系之讨论，但不同时期，自有其性质和程度上的差异。他将“道”与文学观念、文化思想、时代风气联系起来考察，上钩下联，对“文以贯道”与“文以载道”虽壁垒森严却成为文学批评史上最精彩一幕的发展轨迹作了精微的论析。从文学观念看，唐人主文以贯道，宋人主文以载道，贯道是道必借文而显，载道是文须因道而成；从文化思想看，“其实则道的含义至不一致，有儒家所言之道，也有释老所言之道，各人道其所道，故昔人之文学观，其于道的问题，虽以儒家思想为中心，而也未尝不受释老言道之影响”[⑦]，

---

① 郭绍虞：《关于扫除文盲》，《照隅室杂著》，第 367 页。

② 同上书，第 368 页。

③ 参见张京媛主编：《新历史主义与文学批评》前言，第 6 页。

④ 郭绍虞：《中国古典文学理论批评史・绪论》，第 6 页。

⑤ 郭绍虞：《谚语的研究》，《照隅室古典文学论集》（上编），第 24 页。

⑥ 张京媛主编：《新历史主义与文学批评》前言，第 7 页。

⑦ 郭绍虞：《中国文学批评史上文与道的问题》，《照隅室古典文学论集》（上编），第 171 页。

如三苏文论中“风水相遭”“致其道”的说法，即是将老庄及释家之道和“文”糅合在一起而悬置了孔孟之道的所谓“道统”；从时代风气看，文统与道统之建立、贯道说与载道说之完成，都是受了宋人“好立门户以为党争”的社会风气的浸染。细细察去，郭绍虞认为，文统与道统、贯道与载道并非绝对壁垒森严、各不相下，这便是“文以明道”。“是故言文以明道，则可以包括贯道载道二者：言载道，则只成为道学家的文论；言贯道，也只成为古文家的文论。只可惜贯道之说虽始于唐人（李汉《昌黎文集序》云：‘文者道指器也。’），而唐人之论道，总是泥于儒家之说，所以觉得模糊影响，似乎只以道为幌子，而不能与文打成一橛。至于苏轼，则在道学家看来，本以异端视之者，故其于文与道的观念，转很受庄与释的影响，于是文与道遂相得益彰，不复是离之则双美了。”[1] 归结到一点，中国文学批评史上的文与道，必须在“文学—文化”的交叉研究中才能分辨得清楚。

文化诗学所谓“接受的语境”，就是要研究本文如何被不同的社会组织、社会机构、读者群所阅读、利用或者滥用。这是一种批判性阅读。只有通过批判性的阅读我们才可以了解在特定语境中文本的接受过程。比如，对于袁枚诗论在当时诗坛的接受，郭绍虞分析，随园诗论颇为一般人所误解，原因可能有四个方面：“（一）由于他的为人，放诞风流，与旧礼教不相容，于是轻视其诗，于是抹煞其诗论。……（二）由于他的为诗，淫哇纤佻，与正统派不相容，于是以其诗为野狐禅，而诗论遂也连带遭殃了。……（三）由于他的诗话，收取太滥，不加别择。……因此，论诗之语亦不复为人所注意。（四）由于他的为学，随园虽喜博览，也谈考据，然不免芜杂，不免浮浅。”[2] 这就是说，对袁枚诗论的接受与否，表面上是因为袁枚个人的为人、为文，实际上反映了当时的社会伦理道德实践、文学理想等整体性文化观念对诗学所起到的巨大作用力。由此，郭绍虞提醒我们考察袁枚的诗论：“应当注意两点：（一）为什么在其身后遭到后人的攻击、诋毁？这即是我们上文所论述的。除了这点，我们更应注意（二）为什么在他生前却又遭到时人的拥护，却不见当时的论难，却只见他的摧败他的论敌？‘笔阵横扫千人军’，在当时，整个的诗坛上，似乎只见他的理论，其他作风，其他主

---

① 郭绍虞：《中国文学批评史上文与道的问题》，《照隅室古典文学论集》（上编），第175页。此段文字直接被引入《中国文学批评史》（上卷），上海商务印书馆1934年版，第325页。

② 郭绍虞：《性灵说》，《照隅室古典文学论集》（上编），第467－468页。

张，都成为他的败鳞残甲。这更是值得注意的一点。"[①] 这就是说，对袁枚诗论的接受，其身前和身后，在性质和程度上，都有巨大的语境差异，读者应仔细分别，探寻其时代的、社会的、心理的、文化的原因，因为"人类的思想不是常住不变，一时代所奉为真理的，于又一时代或以为非理"[②]。

文学研究需要有文学之外的参照系。文化诗学的重要意义之一，就在于以关联性方法的研究，将文本带回到它由之产生的文化历史空间，拓宽文学理论研究的学术空间，展现文学全部复杂性、丰富性的无穷魅力。郭绍虞"往往在纵向上注意前后的继承发展关系，在横向上注意同时代文论的相互影响关系，在涉及背景时又注意说明文论与文学创作、哲学思想的关系"[③]，在这种有意而为的研究范式中，恰又不自知地表现出一种文化诗学的价值走向。

---

① 郭绍虞：《性灵说》，《照隅室古典文学论集》（上编），第 470 页。

② 郭绍虞：《俄国美论与其文艺》，《照隅室杂著》，第 185 页。

③ 王运熙：《中国文学批评史·前言》，郭绍虞：《中国文学批评史》，百花出版社 1999 年版，第 2 页。

第四章　郭绍虞中国诗学批评的思想谱系

20世纪80年代初，很多人建议郭绍虞写回忆录。此时，年近九旬的郭绍虞很洒脱地说："我的事实很简单，即用'象牙塔里，故纸堆中'八字可以了之。要写回忆录，实在想不起什么。无已，只能就思想深处，挖掘根源。"[①] 在我看来，这几句话，清楚地告诉我们：其一，"象牙塔里，故纸堆中"是郭绍虞治学特色的自我总结，但它不足以概括郭绍虞学术生涯的整体特征。郭绍虞说道："钻入故纸堆中是一回事，但象牙之塔却不可能始终保持着的。"[②] 郭绍虞的一生，并没有钻入故纸堆中而不能自拔。他之参加"新潮社"[③]，他之参加"文学研究会"[④]，他之译介马克思和外国文艺思想[⑤]，雄辩地证明其对新思想、新潮流、新文艺的倡导、推崇，并成为新文艺的积极实践者[⑥]。所以，所谓的"钻到故纸堆中"，不过反映了郭绍虞的学术兴趣罢了，是其在一定文化环境下的学术选择。其二，"只能就思想深处，挖掘根源"，在郭绍虞，是回忆人生，是反思自

---

① 郭绍虞：《艺术谈》，《照隅室杂著》，第1页。

② 同上书，第2页。

③ 新潮社1918年11月15日正式成立，社刊《新潮》月刊，以"唤起国人对于本国学术之自觉心""导引此'块然独存'之中国同浴于世界文化之流"（《〈新潮〉发刊旨趣书》）为宗旨。先后由傅斯年、罗家伦、周作人等主编，并得到李大钊、陈独秀、蔡元培的支持，郭绍虞1920年加入新潮社，被推为新潮社干部部的干事之一。侧重于发表新文学作品和译介西方文学名著。

④ 1921年，郭绍虞与茅盾、郑振铎、叶圣陶、王统照等12人发起成立了"文学研究会"，郭绍虞会员编号为6。

⑤ 1919年，郭绍虞翻译了《马克思年表》（北京《晨报》副刊，12月1日）。这是中国较早关于马克思的资料，为当时研究马克思主义提供了珍贵的参考价值。1920年，郭绍虞译述了日本学者高山林次郎编撰的《近世美学》，发表了《俄国美论及其文艺》（《小说月报》第十二卷"俄国文学研究"专号号外）。

⑥ 郭绍虞1922年有《期待》等新诗16首辑入作为"文学研究会"丛书之一的新诗合集《雪朝》，1939年发表《新文艺运动应走的新途径》（《文学年报》第五期），1940年5月发表《新诗的途径》（《燕园集》，5月15日），等等，皆可佐证之。

我；在我们，则是审视、研究郭绍虞的必由之路。沿此思路，本章从发生学的角度，以实证性研究，解析郭绍虞学术个性的生成、转变与文化传承，考察其中国诗学批评的思想脉络与谱系。

一、“狷”而时“狂”的知识分子人格

钱锺书说过：“大学问家的学问跟他整个的性情陶融为一片，不仅有丰富的数量，还添上个别的性质，每一个琐细的事实，都在他的心血里沉浸滋养，长了神经脉络，是你所学不会，学不到的。”① 以此语与郭绍虞相对看，钱先生的话的确是不二之论。郭绍虞浸润着传统与现代意识的知识分子人格和性情，深深地影响着他的一生，影响着他的学术探索方向。

郭绍虞出身于书香之家，祖父乃前清举人，父亲鲁卿公虽未获过功名，但亦是经纶满腹，尤擅书法，先后做过文书、校对、塾师等。由于家道清寒，幼年的郭绍虞仅在蒙养义塾读了几年书。在塾师陆尹甫、陆雨庵的指导下，郭绍虞勤奋好学，阅读面宽广，尤喜阅读明末遗民著作。课余，郭绍虞时常到裱画店、古玩摊、旧书摊上游览，耳濡目染中，广泛接受了中国传统文化的熏陶②，养成了自己温良恭俭的传统知识分子的人格性情。他晚年回忆自己治中国文学批评史，总是说自己是个“笨拙”的人，“悟性又不高”，“只能采用笨拙的办法，按一个问题一个问题的次序写去”③，甚至说自己是“一个学问根基非常浅薄的人”④。他回忆 20 世纪二三十年代在燕京大学任教时，环境优越，“只须他们不强我信教，也就安之若素，尽我教书的职责”⑤。这都是典型的传统知识分子谦逊、内敛与“独善其身”的处世模式。据吴中杰回忆，郭绍虞住在复旦庐山村时，客厅里挂着一幅水墨立轴，是他自己的全身画像，长袍布鞋，手持书卷，面带笑意，敦厚

---

① 钱锺书：《谈交友》，《文学杂志》第 1 卷第 1 期，1937 年 5 月。

② 参见陆承曜：《学海苦舟——漫谈郭绍虞先生的治学精神》，《苏州杂志》，2005 年第 1 期。

③ 郭绍虞：《我怎样研究中国文学批评史的》，《书林》，1980 年第 1 期。

④ 郭绍虞：《我是怎样学习中国文学批评史的》，《怎样学好大学文科：专家学者治学经验谈》，第 1 页。

⑤ 郭绍虞：《艺术谈》，《照隅室杂著》，第 2 页。因燕京大学是教会私立大学，故有“不强我信教”云云。

学者的风采跃然纸上，非常传神[①]。

但另一方面，作为沐浴着五四新文化、新思潮的新一代知识分子，郭绍虞并没有以“独善其身”束缚自己，不全然认同“达则兼济天下，穷则独善其身”的传统知识分子的处世哲学。他说：“我尝以为由狷而进于狂，是最为理想的标准。不进于狂，则逃避现实，很难脱掉旧日隐士的意识。……若不是由狷而进于狂，则狂者进取，又很容易成为自私自利，流于英雄主义，甚且倒行逆施。”[②] 五四时期，郭绍虞结识了郑振铎，并成为知交。他俩不喜欢在斗室中闷坐，经常徘徊于沙滩，边走边谈，“有时恬适，有时感慨，甚至有时也吐些狂言”[③]。这或许算得上是“由狷而进于狂”的生活的写真了。

郭绍虞的人生历程充满着这样的心灵体验。1927 年大革命失败以后，郭绍虞应冯友兰的邀约，到燕京大学当教授。从这时起，他开始钻进了“象牙塔里，故纸堆中”，像文学研究会中一些成员，如他的老朋友朱自清、俞平伯等一样，走进了书斋，过着学者生活[④]。但在那风云变幻的历史时期，郭绍虞不可能也不愿意过着真正超脱政治的隐居生活。1937 年“七七事变”后，北平沦陷，日伪“华北作家协会”瞒着郭绍虞将他的名字列入委员的名单，郭绍虞知道后，一反其平日的温和，不顾安危，愤然去信责问，日伪作家协会最终删去了他的名字。1941 年太平洋战争爆发后，燕京大学被日军占领，日伪将他关押两天，以胁迫他任教伪北大。获释后，他毅然离开北平。走之前，他在燕京大学的“最后一课”为学生讲解《诗经》中的《黍离》，当读到“知我者谓我心忧，不知我者谓我何求”时，台上台下，唏嘘不已[⑤]。

1945—1946 年，在抗日战争即将胜利及胜利后不久，郭绍虞以为情况要好转了，然而接触到的现实，依旧一片漆黑，依旧看不到国家社会的前途。这一时期，郭绍虞先后写作了《人类的隔阂》（《正言报》1945 年 1 月 14 日）、《民主与狂狷精神》（《民主周刊》1945 年创刊号）、《有为与有守》（《民主周刊》1945 年第 2 期）、《论狂狷人生》（《民主周刊》945 年 10 月）、《论八股》（《大晚报》1945 年 12 月 3 日）、《论乡愿所凭藉的儒家思想》（《教育与文化》1946 年第 1 期）、

---

① 吴中杰：《与古人交友的人——记郭绍虞先生》，《海上学人》，广西师范大学出版社 2005 年版。

② 郭绍虞：《忆佩弦》，《照隅室杂著》，第 523—524 页。

③ 郭绍虞：《“文学研究会”成立时的点滴回忆——悼念振铎先生》，《照隅室杂著》，第 528 页。

④ 乐齐：《学海扬帆七十春——记郭绍虞教授》，《读书》，1981 年第 6 期。

⑤ 陆承曜：《学海苦舟——漫谈郭绍虞先生的治学精神》，《苏州杂志》，2005 年第 1 期。

《从文人的性情思想论到狷性的文人》（《文艺复兴》1946年第1期）[①]、《论勇与狂狷》（《教育与文化》1946年第2期）、《真理的力量》（《人民世纪》1946年第2期）、《儒家思想的新检讨》（《中国建设》1946年第5期）等一系列时政性随笔，从文化上、思想上对现实的社会、政治和传统伦理道德提出了尖锐的批评，大力提倡为人民、为实现民主而写作，宣扬狂狷精神。在郭绍虞眼中，经过抗战的磨难，中华民族山河变色，日月无光，在此时代，处此环境，需要狷者精神，更需要狂者精神。他说：

孔子所谓“狂者进取”，正是须有一种“知其不可为而为之”的精神，才能奋勇前往。

由狷者精神以言操守，即不钻营，不谄媚，不贪墨，不软熟，清介廉洁，圭璧自持，可以一扫官僚污浊之风。由狂者狷者精神以言操守，则肯负责，肯努力，敢作敢为，敢言敢议，有热肠，有苦心，有强项，有刚骨，以实心行实政，又可一扫政界苟且姑息脂韦骫骳之习。充狷者精神至少可以廉洁；充狂者精神可以有建立，可以有作为，可以发为事功。[②]

（我们）不主张中行而主张狂狷；……不主张专制而要求民主。所以狂狷精神可以促成民主，争取民主；也只有民主制度才可以培养狂狷精神，发扬狂狷精神。[③]

这是一个现代学者对狂者精神、狷者精神的深刻思考和鼓吹，是一个思想者对刚健顽强的民族文化的深沉呼唤，对民族命运的终极关怀，凸显出干预社会、追求自由和民主的现代人文精神。1947年，郭绍虞加入上海大学教授联谊会，即“大教联”，并任“大教联”同济大学分会主席，积极投身民主运动，支持学生的爱国行动，成为著名的民主教授。此时的郭绍虞，已然从“故纸堆”中跃出，是站在“象牙塔”上而非从“象牙塔”里面看世界了。他是一位治学严谨的学者，更是一位富于正义感的爱国教授。他激赏朱自清的由“狷者”而变为“斗

---

① 《文艺复兴》1946年1月创刊于上海，郭绍虞、郑振铎、茅盾、巴金、朱自清、钱锺书、臧克家等为主要撰稿人。其《发刊词》说：“我们不仅要继承了五四运动以来未完的工作，我们还应该更积极的努力于今后的文艺复兴的使命；我们不仅为了写作而写作，我们还觉得应该配合着整个新的中国的动向，为民主，为绝大多数的民众而写作。”

② 郭绍虞：《论狂狷人生》，《照隅室杂著》，第294—295页。

③ 郭绍虞：《民主与狂狷精神》，《照隅室杂著》，第292页。

士”——“不必定以斗士姿态出现而仍不失为斗士的人”[①]。这种对“斗士”的向往，张扬的正是现代知识分子的批判精神、反抗精神，完全超越了知识分子传统的温良恭俭。

郭绍虞对狂狷精神的推崇，不仅使其内化为自己的某种思想行为，而且将其作为一种学术精神和价值评判的参照物。比如，郭绍虞认为，明代文学批评的特征重在偏胜，它“为狂、为怪、为极端”，虽然有不顾一切的自由解放的大胆精神，但文学革新也于无形中沾上了“法西斯式”的作风，不相附和，互相攻击乃至抹杀一切，最终可能导致文坛的荒落。郭绍虞的价值倾向十分明显，那就是，在各种流派互争的风气之下，文学批评的确需要一种泼辣的霸气，“能有自己的立场，同时也有容纳异己的雅量，这才是文坛的民主精神”[②]。这就是由“狂”而“狷”了，“狷”就是涵容异己，就是要百花齐放、百家争鸣，不唯我独尊，在“狂”与“狷”的动态平衡中推进文学的发展。这似乎不是单单在评价古人了，它实则深层次地触及了文学发展的内在规律，并积淀为郭绍虞的一种学术无意识，在特定的文化环境中又被激活为显在的学术批判立场。最有代表性的事情是，在“文化大革命”中，郭绍虞就敢于对“十六条”中“反动学术权威”一词提出不同意见，根本不承认中国文学批评史是什么反动的学科。他说，“权威”一词不妥，没有人会自称为权威。自封为权威，也就限制了自己的努力；自认为权威，也就表示努力的停顿。真是学者，决不会自称是权威的，除非是强加在自己头上的。再有，“反动学术权威”，究竟是指“反动的学术权威”还是指“反动学术的权威”？如果是前者，如果不能举出他的反动言论和行为，他不会承认；如果是后者，他教的是古典的中国文学史之类的课，它反动在什么地方[③]。这一连串的叩问、质疑，实则是郭绍虞“有时也吐些狂言”的无意识彰显。所以，王元化说郭绍虞“是一位不知文过饰非而敢于展露自己胸襟的长者”[④]。

再有一件事，郭绍虞之著述《汉语语法修辞新探》，则可见出他的“狷性”。“文化大革命”中，郭绍虞本在修订《中国文学批评史》（只完成了上卷），但以评法批儒的意识形态思维去改写，实在是以义相绳，自己无法完成，于是，他毅然放弃继续修订《中国文学批评史》，尽力远离评法批儒的意识形态话语体系，

---

① 郭绍虞：《由“狷者”变为斗士——怀念朱自清先生》，《文汇报》，1978年8月13日。

② 郭绍虞：《明代文学批评的特征》，《照隅室古典文学论集》（上编），第516－517页。

③ 参郭绍虞：《我是怎样学习中国文学批评史的》，《怎样学好大学文科：专家学者治学经验谈》，第3页。

④ 王元化：《记郭绍虞》，《思辨录》，第172页。

转而选择了“性之所近而力之所勉者”，研究起汉语语法修辞，写成了《汉语语法修辞新探》。这样，对方无机可乘，自己也坚守了独立的学术立场[①]。这是“有所不为”，是“狷性”精神的智性坚守。“必须以狷者精神为之体，于是狂者进取，不致成为小人而无忌惮；必须以狂者精神为之用，于是狷者有所不为，……如是则可以与社会合作，而不致同流合污；也可以在社会奋斗而不是奔竞钻营。”[②] 郭绍虞把狂与狷、有守与有为看作是理想人格的有机构成，认为：“狂与狷，理智与情感是一个理想的典型所必具的品格。德与才，有守与有为，又是一个理想的典型人物所必具的条件。”[③] 文化人的重要，就在于“有思想，有主义，才足以维系或推进民族之文化”，其思想与性情必须“打成一片”；思想与性情打成一片，便有了狷者精神。“又必须此种思想足以维系或推进民族之文化，于是此种性情为真挚永久而不是发于‘小我’的性情。”[④] 可见，文人不能没有思想。

进一步说，像中国文学批评史这类人文学科，本身就是对人类精神文化的研究，自然更应该包蕴着学者个人对人类生存、社会发展乃至学科自身意义的思考。有当代学者认为，“文学批评”所以能成为一门独立的学科，能在大学占据一席之地，就在于它是“寻求抵抗现代精神危机的灵丹妙药所在”[⑤]，有着强烈的现实性和人文精神。在20世纪90年代的人文精神讨论中，也有人指出：“批评只能是个人的一种求道方式……道是无处不在的，求道也不必非选择批评不可，但批评却只有在被当作一种求道方式时，才具有一种崇高的意味。”[⑥] 所谓“崇高的意味”，指的是某种超越实在的终极价值；所谓“求道”，就是对这种终极价值的追寻。1994年的“全国文学批评学讨论会”就明确宣称：“文学批评应该关心人的精神存在与生存状态……就文学批评学的建构而言，对人文精神的关怀应该成为一切批评的核心支点。”[⑦] 这直接点明了文学批评的核心就是人文关怀，而拯救批评危机的关键也在于人文关怀。比如，王晓明虽然认为20世纪90年代初、中期的文学批评是在沼泽里奔跑，稍不留神就容易出问题，但他同时指

① 陆承曜：《学海苦舟——漫谈郭绍虞先生的治学精神》，《苏州杂志》2005年第1期。

② 郭绍虞：《论用与狂狷》，《照隅室杂著》，第322页。

③ 郭绍虞：《有为与有守》，《照隅室杂著》，第328页。

④ 郭绍虞：《从文人的性情思想论到狷性的文人》，《照隅室杂著》，第340页。

⑤ 陈晓明：《第三种批评：出路还是误区?》，《文论报》，1997年8月1日。

⑥ 王晓明等：《沼泽里的奔跑——关于十年来的文学批评》，《文艺理论研究》，1994年第5期。

⑦ 凌燕：《关于文学批评学研究的对话与整合——全国文学批评学讨论会综述》，《作家报》，1994年6月18日。

出："今天中国的批评要想真正走出沼泽地，从批评家这面讲，恐怕关键就在他们是否能够重新返回对生命意义的追寻，是否能够在这仿佛是无望的追寻中长久地坚持下去。"①"对生命意义的追寻"就是深厚的人文情怀，说明了人文关怀在文学批评中的重要性。由此观之，郭绍虞之主张"以狷者精神为之体""以狂者精神为之用"，骨子里流淌着的，正是一股人文精神的血液，它使郭绍虞保持了学术观念、学术选择和研究态度的独立性，既不拾古人牙慧，也不仰今人鼻息。如果缺乏坚毅的人格与自由的精神，缺乏对文化传统的强烈责任心和具有追求真理的勇气，就不会有独立的学术品格和严谨的学风。陈寅恪在为王国维纪念碑所作的铭文中说："士之读书治学，盖将以脱心志于俗谛之桎梏，真理因得以发扬。"所以，真正的大学问家，不仅是像王国维那样"能开拓学术之区宇，补前修所未逮""转移一时之风气，而示来者以轨则"（陈寅恪《王静安先生遗书序》）的人，最根本的是要对民族、人类文化抱有终极关怀的人。在郭绍虞扎实严谨、心无旁骛的研究里，不仅洋溢着纯粹的学术品格，而且时时流露出深切的人文关怀，形成了开一代学术风气、难以为他人所替代的学术个性。

二、"整理国故"与新思潮的碰撞

郭绍虞撰写《中国文学批评史》，其成功得益于两个方面：一是深厚的国学知识，"如刘师培之论文，王国维之论词，以及经史子集各方面的学问"②。"没有必要的国学基础，就会陷入架空议论。没有必要的理论素养，就会把文学思想史写成资料长编"③；二是搜集材料用功之勤，他"着手研究批评史时，从浩如烟海的古籍中搜罗剔抉，收集这方面的材料，加以融会贯通，也费过一番经营擘划"④。除《四库全书》诗文评类外，他还广罗各种选集别集中的序跋评注、诗话词话、论诗诗、笔记、评点甚至书牍传志等。以此为前提，他又运用一些"科

① 王晓明等：《沼泽里的奔跑——关于十年来的文学批评》，《文艺理论研究》，1994年第5期。

② 郭绍虞：《我怎样研究中国文学批评史的》，《书林》，1980年第1期。

③ 罗宗强《我与中国古代文学思想史》，《学林春秋三编》，朝华出版社1999年版，第123页。

④ 郭绍虞：《中国文学批评史·再版前言》，上海古籍出版社1979年版，第1页。

学方法”[①]，以一种新的价值观念重评、重构传统诗文评，“建立起一个新的系统来”[②]。郭绍虞所言的“科学方法”，与我们今天理解的“科学”不完全相同，而与郭绍虞身处的社会思潮密切相关，其最直接者，即是“整理国故”。

五四时期整理国故的潮流中有两个阵营：一是以胡适、顾颉刚等为代表的新文化派人士，提倡训诂、考据的汉学风格，追求“为学术而作工夫”的研究态度，注重揭示国故真相，进而批判国故；二是以梁启超、柳诒徵、顾实为代表的文化保守主义人士，倾向于“学问之非为学问，必有益于社会国家”，更注重挖掘国故的精粹和有益于社会的内容，注重“保存国粹”“扬我国光”，“阐扬古昔之典籍，昌明世界之公理”[③]。郭绍虞是属于第一个阵营的人。这不仅在于他聆听过胡适的课，跟随胡适笔录、整理过杜威访华时的演讲录，与胡适算得上是师生关系[④]，也在于他与顾颉刚交好[⑤]，而就其根本，则在于他《中国文学批评史》“在古人的理论中间，保存古人的面目”的研究范式所遵循的“科学方法”。

五四时期，科学主义思潮盛行，在新文化派看来，研究国故可以养成科学的思维和态度，其第一篇比较有影响的文章，就是毛子水的《国故和科学的精神》。毛子水提出，不是用科学的方法，一定不能整理国故；整理国故，“能够使人生成‘重征’、‘求是’的心习，这种心习，是研究各种科学的根本”[⑥]。所谓科学的方法，“大旨就是从前人所说的‘求是’。凡立一说，须有证据，证据完备，才可以下判断。对于一种事实，有一个精确的、公平的解析；不盲从他人的说话，不固守自己的意思，择善而从”[⑦]。1919 年 8 月，胡适写了《论国故学——答毛子水》，11 月，发表《新思潮的意义》，提出了“研究问题，输入学理，整理国故，再造文明”的主张，从而把“整理国故”运动引向深入。胡适把科学的态度

① 郭绍虞的《我怎样研究中国文学批评史的》提道：“当时人的治学态度，大都受西学影响，懂得一些科学方法，能把旧学讲得系统化，这对我治学就很有帮助。”

② 朱自清：《评郭绍虞〈中国文学批评史〉上卷》，《朱自清古典文学论文集》（下），第 540 页。

③ 参见刘黎红：《“五四”时期两种整理国故活动的比较》，《东方论坛》，2006 年第 3 期。

④ 1920 年，郭绍虞从胡适、冯友兰，在北京大学哲学系旁听。杜威 1919 年到华，在华共居住两年零两个月，足迹遍及 11 个省及各大城市，全面系统地鼓吹其实验主义哲学。胡适朝夕相从，为其翻译。1919 年 11 月，杜威在北京大学作题为“思想之派别”的讲演，即由胡适口译、郭绍虞笔录整理发表。

⑤ 郭绍虞的《我是怎样学习中国文学批评史的》写到：“那时顾颉刚在北大也是新潮社的主要人物。叶圣陶和我都为新潮社写稿，颉刚也就介绍我俩入社。”郭绍虞、周谷城等：《怎样学好大学文科》，复旦大学出版社 1982 年版，第 2 页。

⑥ 毛子水：《国故和科学的精神》，《新潮》，1919 年第 1 卷第 5 号。

⑦ 毛子水：《〈驳新潮国故和科学的精神篇〉订误》，《新潮》，1919 年第 2 卷第 1 号。

和方法与清代汉学联系起来，认为清朝的“汉学家”所以能有国故学的大发明者，正因为他们用的方法无形之中都暗合科学的方法。如“钱大昕的古音之研究，王引之的《经传释词》，俞樾的《古书疑义举例》，都是科学方法的出产品。这还是‘不自觉的’科学方法，已能有这样的成绩了。我们若能用自觉的科学方法加上许多防弊的法子，用了研究国故，将来的成绩一定更大了”，所以要“把‘汉学家’所用的‘不自觉的’方法变为‘自觉的’”[①]，应用到对国故的整理中去。在胡适看来，“中国旧有的学术，只有清代的‘朴学’确有‘科学’的精神”[②]，他们运用假设、例证、归纳、演绎等科学方法，在文字学、训诂学、校勘学、考订学等四个方面表现了清代学者做学问的真精神。胡适提出，对于旧有的学术思想，积极的态度只有一个，就是“整理国故”。“整理就是从乱七八糟里面寻出一个条理脉络来；从无头脑里面寻出一个前因后果来；从胡说谬解里面寻出一个真意义来；从武断迷信里面寻出一个真价值来。”“若要知道什么是国粹，什么是国渣，先须要用评判的态度，科学的精神，去做一番整理国故的工夫。”[③]陈独秀也赞成以科学方法“研究、说明一切学问（国故也包含在内）”，认为只有这样，“才免得昏天黑地乌烟瘴气的妄想、胡说”[④]。曹聚仁则说：“此方法于现代学术影响綦多，现代学术之曙光，皆造端于斯。”[⑤]

刘绍谨教授认为，胡适所坚持的科学方法和批判精神“是中国古代文论研究的现代转型所急需的”，“整理国故”运动对传统文化的“整理和研究超越了古典形态而成为现代范性的肇祖”，郭绍虞的中国古代文论研究与“整理国故”思潮有着深层的联系[⑥]。刘教授提出，中国古代文论研究在 20 世纪 30 年代中后期和整个 40 年代的大兴盛，其最为直接的催化剂，就是发起于 1919 年、而极盛于 1923—1927 年的“整理国故”运动。笔者以为，这的确打破了一些习见之论，其创见在于，他不只是简单地提升了“整理国故”运动的文化史、思想史地位，更重要的是，他以翔实的资料，令人信服地证明了“中国文学批评”学科的现代转型期必须往前推进，而不是人们常说的，中国文学批评史作为一门新学科，

---

① 胡适：《论国故学——答毛子水》，《胡适文存》（一集），黄山书社 1996 年版，第 322 页。

② 胡适：《清代学者的治学方法》，《胡适文存》（一集），第 285 页。

③ 胡适：《新思潮的意义》，《胡适文存》（一集），第 532 页、第 533 页。

④ 陈独秀：《新文化运动是什么?》，袁伟时：《告别中世纪：五四文献选粹与解读》，广东人民出版社 2004 年版，第 101 页。

⑤ 曹聚仁：《春雷初动中之国故学》，《国故学讨论集》（一），上海群学书社 1927 年版。

⑥ 刘绍谨：《“整理国故”与中国古代文论研究的兴盛》，《学术研究》，2001 年第 8 期。

"它是五四运动的产儿"①，"首先应归因于五四新文化运动和文学革命的沾溉"②。不过，笔者以为，郭绍虞致力于中国诗学批评，其本身就是在做"整理国故"的功夫，而不仅仅是与"整理国故"思潮有着"深层的联系"——"联系"即使是"深层的"，也不能与"身体力行"同日而语。换言之，郭绍虞不仅仅对"整理国故"是"持支持和拥护态度的"③，他实际就是"整理国故"的具体实践者。

第一，在思想观念上，浸润着科学、民主的时代精神。郭绍虞不仅认识到"整理国故"的重要价值，更提出："于'国粹'之外再顾到'国渣'，同时也于'国渣'中间整理出'国粹'；这才是国故学的重要。"④"于'国渣'中间整理出'国粹'"，这比起胡适的"先须要用评判的态度，科学的精神"来使人知道"什么是国粹，什么是国渣"，要深入许多。"于'国渣'中间整理出'国粹'"，意味着"国渣"与"国粹"不仅是相反相成、互为对照的，甚至可能因为文化时空的不同、接受主体的不同而转换性质。郭绍虞打破了历史绝对主义的思维规制，超越了胡适的"捉妖"论、"打鬼"论⑤，真正是"青出于蓝胜于蓝"了。他肯定不"十分相信'烂纸堆'里有无数的老鬼，能吃人，能迷人，害人的厉害胜过柏斯德（Pasteur）发见的种种病菌"⑥，所以才甘愿"钻入故纸堆中"。前文，笔者征引了郭绍虞1927年发表的重要论文《中国文学批评史上之"神""气"说》，其开端就是：

> 中国文学批评中的主要问题，不是乌烟瘴气闹什么"文以载道"的说法，便是玄之又玄玩一些论神论气的把戏，前者是儒家思想之发挥，后者是道家思想之影响。这两家思想在中国文学批评史上竟产生了这样大的影响。

这里，"乌烟瘴气""玄之又玄玩一些论神论气的把戏"，完全是否定的语调和态度，大概就是所谓的"国渣"了。然而，郭绍虞偏能从这"国渣"中整理出"国粹"来。由此文发端，他又陆续发表了一系列论"神"、论"气"的文章，详细辨析了"神""气"说的演进历程，认为道家所谓"神"的观念，"精微处却与

---

① 陆海明：《古代文论的现代思考》，北岳文艺出版社1998年版，第1页。
② 张海明：《回顾与反思：古代文论研究七十年》，北京师范大学出版社1997年版，第25页。
③ 刘绍谨：《"整理国故"与中国古代文论研究的兴盛》，《学术研究》，2001年第8期。
④ 郭绍虞：《序》，刘修业：《国学论文索引四编》，中华图书馆协会1936年版。
⑤ 胡适：《整理国故与"打鬼"》，《胡适文存》（三集），第105页。
⑥ 同上书，第105页。

文艺的神秘性息息相通”[①]，成为纯文学发展之助力。由对纯文学的肯定，进而肯定道家之于中国文学批评有着独特贡献，这是郭绍虞与当时其他文学批评史写作者的显著不同。

第二，在研究方法上，郭绍虞的中国诗学批评，几乎就是胡适所指明的“整理国故”的方法、路径的落实。他是“自觉的”把“整理国故”作为一种科学方法，应用到中国诗学批评实践中去的。略举几例以证之。

郭绍虞对于传统文化不像陈独秀等人持彻底批判的态度，而是认真地整理资料。他写作《中国文学批评史》，“费了好几年的时间，从事于材料的搜集和整理”[②]。这是胡适所说的“整理国故”的第一步，即“条理系统的整理”[③]。第二步，胡适说“是要寻出每种学术思想怎样发生，发生之后有什么影响效果”。郭绍虞充分注意到了文学批评与文学演变、学术思想演变的内在联系，认为：“只有在历史的联系中，才能正确判断一种理论见解的价值，评论一种文艺现象的意义，才能认识实践中出现了什么新事物理论上有什么新发现。”[④] 他之论“格调”说颇为典型。“格调之说，何自起乎？起于《沧浪诗话》之所谓气象。……盖明人所谓格调是合沧浪所谓第一义之悟与气象之说体会得来。重在第一义，所以只宗汉、魏、盛唐，重在气象，所以又于汉、魏、盛唐中看出他们的格调。这是格调之说之所自起。”[⑤] 至于“格调”说的影响、效果，郭绍虞将其与“神韵”说互参互照，认为二者都讲求气象，格调说重在气象，神韵说更是建筑在气象之上的；二者都给人以朦胧的印象，但格调说所给人以朦胧印象的是风格，神韵说所给人以朦胧印象的是意境。“读古人诗而得朦胧的印象这是格调，对景触情而得朦胧的印象这是神韵。悬一风格而奔赴之，所以成为摹拟，悬一意境而奔赴之，则只有能到与否的问题，不会有能似与否的问题。”[⑥] 第三步，胡适主张：“要用科学的方法，作精确的考证，把古人的意思弄得明白清楚。”郭绍虞也意识到，研究中国文学批评史者，首先的难题，“就要辨析这些抽象名词的义界，不使它模糊，亦不使它混淆”[⑦]。为此，“即使对于昔人之说，未能惬怀，也总想平心静

---

① 郭绍虞：《儒道二家论“神”与文学批评之关系》，《照隅室古典文学论集》（上编），第 132 页。
② 郭绍虞：《自序》，《中国文学批评史》，商务印书馆 1934 年版，第 1 页。
③ 胡适：《新思潮的意义》，《胡适文存》（一集），第 533 页。
④ 郭绍虞：《关于古代文学理论研究中的几个问题》，《照隅室古典文学论集》（下编），第 451 页。
⑤ 郭绍虞：《神韵与格调》，《照隅室古典文学论集》（上编），第 410 页。
⑥ 同上书，第 411 页。
⑦ 郭绍虞：《中国文学批评史上之“神”“气”说》，《照隅室古典文学论集》（上编），第 46 页。

气地说明他的主张，和所以致此的缘故”[①]。这在郭绍虞的中国诗学范畴研究中表现得十分明显。他论庄子之所谓“神”，就是从“神化说”“神遇说”两方面来说明庄子给予后世文学创作和艺术鉴赏的影响，而“不是说庄子之文学观即是如此”[②]。“第四步是综合前三步的研究，各家都还他一个本来面目，各家都还他一个真价值。”这是“整理国故”的目的与效果。前文提到，郭绍虞《中国文学批评史》：“固然重在材料的论述，然亦时多加以论断的地方。……我总想极力避免主观的成分，减少武断的论调。所以对于古人的文学理论，重在说明而不重在批评。我想在古人的理论中间，保存古人的面目。”[③] 1934 年 10 月 17 日，就在《中国文学批评史》出版后不久，钱锺书在《大公报·文艺副刊》上撰文《论复古》，直指郭绍虞推崇进化论、主张的“‘纯文学’才是‘正确’的文学观念”，是“依照自己的好恶”，“不能算是历史观”[④]。10 月 24 日，郭绍虞以“谈复古”为题，回应钱锺书说，他提出“纯文学”与“杂文学”、“复古”与“演进”之分，并无褒贬之意，“不过取其容易表示这两种相反的倾向而已”；他所以不欲重在批评者，“正以言各有当”，“正以持论宜平”[⑤]。唯其如此，纯文学与杂文学、复古与演进之分，才成为进行材料取舍和判断文学价值的标准，才可以此构建《中国文学批评史》的写作架构。可见，“在古人的理论中间，保存古人的面目”实质就是“重征”“求是”的科学精神的直接应用。

有研究者说，在方法上，“整理国故”中“以中证西”的研究并非“是中国古代文论研究的现代转型所急需的”，反而产生了很多流弊，给中国古代文论研究带来了很多负面影响。在郭绍虞后期的中国文学批评研究中，“整理国故”的“以中证西”味道表现得更为明显，如修订后的《中国文学批评史》称儒家文论为“现实主义”的，视艺术性的文学观点为“形式主义”“反现实主义”的，郭绍虞也把有此流弊的一些论文收入《照隅室古典文学论集》中，可以看出他把此间的一些著述纳入整个研究过程中来，作为整个过程中的一个阶段[⑥]。笔者以为，郭绍虞“把有此流弊的一些论文收入到《照隅室古典文学论集》中”，本意并不是出于保持研究过程的全貌、将其作为整个过程中的一个阶段的目的。前文

---

① 郭绍虞：《自序》，《中国文学批评史》，商务印书馆 1934 年版，第 2—3 页。
② 郭绍虞：《中国文学批评史上之“神”“气”说》，《照隅室古典文学论集》（上编），第 48 页。
③ 郭绍虞：《自序》，《中国文学批评史》，商务印书馆 1934 年版，第 2—3 页。
④ 钱锺书：《论复古》，钱锺书：《写在人生边上·人生边上的边上·石语》，第 330 页。
⑤ 郭绍虞：《谈复古》，《照隅室杂著》，第 199 页。
⑥ 李咏吟主编：《多维视野中的百部经典·文艺学卷》，浙江古籍出版社 2004 年版，第 273—274 页。

提到过，1957 年，郭绍虞曾作《从“文”和“文学”的含义说明现实主义和反现实主义的斗争》，载于《跃进文学丛刊》第一期。1958 年该文再次刊载时，他特别附注说：“对于此文也不够满意，本拟删去，现仍，不过表示自己在当时思想潮流之下的一些想法而已。”[①] 显然，“不过表示自己在当时思想潮流之下的一些想法”，只是出于保存历史原貌的想法，因而“如旧录存”，并无微言大义。这恰恰与整理国故“各家都还他一个本来面目，各家都还他一个真价值”的“求真”精神一脉相承，与“整理国故”运用新观念、新思想积极改造传统文化的态度也是相一致的。在这个意义上，王先霈说郭绍虞的治学路数“更多属于国故文献之学”，也是符合实际的。

第三，在实践成果上，以科学精神为内驱力的“整理国故”思潮推动了传统文化改造和新文化运动的深入。杨杏佛在 20 世纪 20 年代就指出：“自科学思想输入中国以来，惟整理国故一方面略有成绩。”[②] 有学者提出，“整理国故”的成绩可以概括为三个方面[③]：一是古籍整理工作。整理、校勘、标点了一批古籍，北京大学还开设了考古研究室，并对清内阁档案进行整理。二是开辟了专门史研究领域。胡适提出，可以从民族史、语言文字史、经济史、政治史、国际交通史、思想学术史、宗教史、文艺史、风俗史、制度史等 10 个方面，对中国文化作专史式系统研究[④]。这方面的成果主要有：梁启超《先秦政治思想史》、鲁迅《中国小说史略》、陈顾远《中国古代婚姻史》、王振先《中国古代法理史》、柳诒徵《中国文化史》等。三是变革了传统的思想方法。以胡适的“大胆假设、小心求证”为准则，“整理国故”论者强调怀疑思想、科学方法，广泛地运用进化论、运用分析综合比较种种方法去整理“国故”，开创了学术研究的新天地。

以上述三方面成绩为标本，粗略梳理一下郭绍虞的中国诗学批评研究，我们发现，郭绍虞所取得的学术成就，甚或就是 20 世纪 20 年代“整理国故”运动的延续。我们不妨将二者作些一一对应式的比附。其一，古籍整理工作。于郭绍虞来说，这集中体现在文学批评史学科的史料学建设方面。本书第一章对此有细致检视，兹不赘述。其二，专门史研究。毫无疑问，郭绍虞之写作《中国文学批评史》、研究汉语语法修辞，都是在做专史式研究，而且，一生勉力耕耘，须臾不

---

① 郭绍虞：《照隅室古典文学论集》（下编），第 86 页。

② 吴文祺：《重新估定国学之价值》，《国故学讨论集》（一）。

③ 参见李子文：《“整理国故”与传统文化改造》，《史学集刊》，1995 年第 1 期。

④ 胡适：《〈国学季刊〉发刊宣言》，《胡适文存》（二集），第 10 页。

曾脱离过这两个领域。如果再参照胡适“专史之中，自然还可分子目”[①]的主张，那么，郭绍虞之研究中国诗话，就是在《中国文学批评史》的专史系统内再做子目研究。本书第二章对此有详细阐发，亦不赘述。其三，传统思想方法的变革。朱自清在1934年就说过，郭绍虞的《中国文学批评史》“虽不是同类中的第一部，可还算得是开创之作；因为他的材料与方法都是自己的”，他用“分析意义”的方法，“建立起全书的系统来”，使文学批评成为一门独立的学科[②]，其筚路蓝缕之功，足以垂范后人。在对诸多问题的历史考察中，郭绍虞有机融合了进化观、纯文学观等新思想、新观念，以纯文学观作为中国文学观念演进的内在尺度，以进化观作为中国文学批评演变的历史尺度，对中国文学批评的演变作出了“正—反—合”式的解释。以纯文学观作为内在尺度考察中国文学观念，他认为：“至魏、晋、南北朝，论思想则道家之外益以释家，论学术则两汉经生孜孜致力之训诂章句诸学又皆中止，此实是儒家学术思想最为消沉的时期。因此文学方面亦尽可不为传统的卫道观念所支配，而纯文学的进行遂得以绝无阻碍，文学观念亦得离开传统思想而趋于正确。”[③] 所谓“趋于正确”，表明郭绍虞所秉持的“文学”观是“纯文学”的，并以其作为价值判断的标准。这的确是十分个性化的解释，所以引起了钱锺书的反诘，认为“文学进化”不等于“事实进化”。但郭绍虞坚定地认为，这并非是自己在主张魏晋文学观念，因为“自周秦以至南北朝，由当时一般人对于文学的认识而言，实在不能不承认是演进，而自唐至宋恰又是正走了相反的倾向”[④]，“历史事实”如此，自己只是在“客观的叙述而加以公平的论断”，“根本用不到藐视与尊崇”。这里，郭绍虞充分彰显了“整理国故”中的科学精神。

以进化观考察中国文学批评，郭绍虞认为：“历史上的事实终究是进化的。作家虽受复古说的影响，无论如何终不会恢复古来的面目，维持古来的作风。非唯如此，作家因受这种影响，反足以变更当时的作风，反因复古而进化。”[⑤] 因此，所谓文学观念的演进与复古，只是两种相反的倾向，而所谓载道与贯道云者，也只是这种倾向进行中的阶段。“无论复古潮流怎样震荡一时，无论如何眷怀往古，取则前修，以成为逆流的进行，而此逆流的进行，也未尝不是进化历程

① 胡适：《〈国学季刊〉发刊宣言》，《胡适文存》（二集），第11页。

② 朱自清：《朱自清古典文学论文集》（下），上海古籍出版社1981年版，第539—542页。

③ 郭绍虞：《中国文学批评史》，商务印书馆1934年版，第8页。

④ 郭绍虞：《谈复古》，《照隅室杂著》，第198页。

⑤ 郭绍虞：《自序》，《中国文学批评史》，商务印书馆1934年版，第2页。

中应有的步骤。”[①] 进化论及其在文学批评史领域的应用，使郭绍虞和当时许多中国知识分子（如鲁迅、陈独秀、胡适、早期的周作人等）一样，形成了现代性的时间观念，即线性的、发展的和不可重复的时间观念。这种时间观念使他得以重新审视历史，以传统与现代、进步与落后等二元对立的结构模式构成现代的发展主义的历史观。有趣的是，在郭绍虞那里，进化论出现了“自我解构”。郭绍虞把进化分为“循环式的进化”和“波浪式的进化”，对后者，他作了以下界定：“他不是如循环然的周而复始的，后人的复古决不仍是以前的古而是后人的古，所谓后波逐前浪，后波的起伏同于前波的起伏，而后波决不便是前波，这是所谓波浪式的进化。”[②] 稍稍作些解析：首先，“后人的复古决不仍是以前的古而是后人的古”这句话是说，后人的复古所谓的“古”是后人眼中的“古”，是后人对“古”的想象，或者是古人阐释过的“古”，因而绝不是前人之“古”。既然如此，又何来“复古”之说？复古被彻底消解了。其次，“后波的起伏同于前波的起伏，而后波决不便是前波”，这即是说，后波与前波起伏演变的轨迹是相同的，但在内容上、精神特质上，二者绝不相同。既然如此，“复古”也不存在，谓之“重构”或许更恰当，“复古”同样被消解了。如此两种情形，“波浪式的进化”实际上也被解构了。进化，要么变成断裂，要么变成标新立异，“一切历史都是当代史”。无意之间，郭绍虞闯进了“后现代”的领地。这说不清是郭绍虞的矛盾处，还是他的先锋性?!

三、西方文艺美学思想的涵容

1919年，郭绍虞的长篇美学论文《艺术谈》，开始连载于北京《晨报》，至1920年6月结束。这篇论文，虽然只是提纲的性质，也称不上精致，但作者在中西美学思想之间自由穿行，触类旁通，基本形成了较完整的理论框架。这几乎是郭绍虞一生中唯一的一篇完全意义上的中西美学比较论文，同时也可算得上是中国现代文艺思想史上较早的一篇中西美学比较论文。到了晚年，郭绍虞依旧十分看重这篇论文，坦承“《艺术谈》的重印，也可以表示我思想上的一致性，看

① 郭绍虞：《中国文学批评史》，商务印书馆1934年版，第10页。

② 同上书，第216页。

作我的回忆录”，“也可说是此后研究中国文学批评史之开端”[①]。这即是说，郭绍虞之研究中国诗学批评，一开始就被放置在中西方美学思想交流与对话的学术视域下，所以他的《中国文学批评史》中才会有中西美学思想互参互证的灵光乍现，闪烁着不同于前人的现代性光芒。

有研究者指出，郭绍虞以进化观作为历史支撑，以纯文学作为文类基础，借鉴康德的先验之知发现庄子思想之精髓，此三者担负着《中国文学批评史》的写作架构，形成郭绍虞版本的文学批评史的独特之处[②]。这为我们评价郭绍虞确实提供了新的参照系，但仅仅论者所及的这三者，是否就完全担负起郭绍虞《中国文学批评史》的写作架构呢？笔者以为，在郭绍虞那里，进化论的历史观和“纯文学”的文学观是知识论来源，借鉴康德的先验之知发现庄子思想之精髓则是属于实践论意义上的事；如果说前者处于形而上的一端，后者就居于形而下的位置。单个的形而下的形式，是不足以支撑丰富的形而上内容的，它无法赅尽蕴含在郭绍虞中国诗学批评本文中丰富的架构理念和价值取向。看得见的事实是，郭绍虞的中国诗学批评研究，无论是架构理念和还是价值取向，都与他对西方自希腊以来的文艺美学思想——包括马克思主义美学思想、俄国文艺美学思想——的接受与涵泳密不可分。

首先，我们来看郭绍虞的文学观。

有人提出，从郭绍虞《文学观念与其含义之变迁》一文，“基本可以说他所持的乃是科学主义的文学观”[③]。的确，郭绍虞的《中国文学批评史》是以“纯文学”作为文学观念演化的“正确”导向的，甚至以纯文学观作为标准来进行材料取舍，以“纯文学”与“杂文学”的分野来立论，但这不是他的独创，而是与当时的历史气候相呼应的。

“五四”以前，在传统文学观的支配下，学者们编写中国文学史，与传统学术的距离很近。经、史、子、集都是其论述的主要对象，大部分中国文学史虽名为文学史，但更像是文化史、国学史，乃至金石碑帖、文字学、目录学也被包罗进去。例如，1915年出版的被列为“师范学校新教科书”的张之纯的《中国文学史》仍然包括了文字、诸子、诏敕、疏议、书牍，以及诗词、小说、戏曲等，

① 郭绍虞：《艺术谈》，《照隅室杂著》，第3页。

② 闫月珍：《郭绍虞与西方文学思潮——〈中国文学批评史〉研究范例论析》，《文学评论》，2010年第1期。

③ 李咏吟主编：《多维视野中的百部经典·文艺学卷》，第267页。

论述范围非常广博[①]。此时，有些文学史家的文学观念虽然在西方、日本学术的影响下发生了一些变化，但从根本上说，中国传统文学观念仍占主导地位。像黄人，以西方文学为参照，在中国文学史中论及了戏曲与小说，但仍将历史、科学归入文学史，也论述了许多制、诰、策、音韵文字及金石碑帖等非文学的东西，从而被认为是“集中国文化之大成的书”[②]。谢无量的《中国大文学史》融会中西文学观，既取中国传统的文学观念，也吸收西方的文学观，将小说、戏曲与经、史、子、集一并而论，论述的重点无法全部集中于真正的文学作品上，文学史所涵盖的范围依旧庞杂[③]。这也说明，从强大的中国传统文学观念向现代的文学观念演变，必然要经历一个漫长的过程。在这个过程中，狂飙突进的“五四”新文化运动成了助推剂，加之西方近代文学观念的影响，中国传统的文学观念终于发生了质的转变：文学表达情感的功能被凸显出来，文学与情感之间的联系被大大加强。这种转变的标志，就是“纯文学”概念的流行。它使中国传统的“文学”概念的外延发生了相应的变化，“纯文学进来，非文学出去”，一“进”一“出”之间，“纯文学”的观念在中国最终得以确立，以“纯文学”观念去编写中国文学史遂成为一种普遍现象。胡适于 1928 年出版的《白话文学史》（上卷）便是一部开风气之先的著作。旷新年说：“文学革命之后，以胡适的《白话文学史》为代表的新的文学史著作成为一种纯文学史。”[④] 其时，文学史家们在编写中国文学史时，有一个共同的模式，就是在进入文学史的正文之前，总是不厌其烦地列举古今中外关于“文学”一词的界定，并试图给文学下定义，然后从定义出发，给中国文学划定范围，作为讨论的对象；其后，再言归正传，展开对文学史的叙述[⑤]。如 1932 年出版的刘麟生的《中国文学史》就说：“文学是什么？要回答这句话，不得不分文学为广义的或狭义的两种，广义的文学，是指一切文字上的著述而言。狭义的文学，是指有美感的重情绪的纯文学。”[⑥] “文学史是研究什么文学呢？当然是研究纯文学。”[⑦] 至此，中国开始涌现出许多从内容到形式都符合现代标准的文学史著作。

---

① 陈玉堂：《中国文学史书目提要》，黄山书社 1986 年版，第 9 页。

② 同上书，第 1 页。

③ 谢无量：《中国大文学史》，上海中华书局 1918 年版。

④ 旷新年：《现代文学观的发生与形成》，《文学评论》，2000 年第 4 期。

⑤ 参见杜志国：《文学观念的变革与“纯”文学史的兴起》，《齐鲁学刊》，2002 年第 2 期。

⑥ 刘麟生：《中国文学史》，上海世界书局 1932 年版，第 1 页。

⑦ 刘麟生：《中国文学史》，第 7 页。

郭绍虞是从文学史研究转到文学批评史研究的。他在大学里讲中国文学史开始注意到中国文学批评史的问题，他撰写《中国文学批评史》是出于研究中国文学史的需要。他在《中国文学批评史》自序中说："我只想从文学批评史以印证文学史，以解决文学史上的许多问题。因为这一文学批评是与文学之演变最有密切的关系的。"撰写《中国文学批评史》，首先要解决的就是文学观念的问题。感受着时代的新思潮，郭绍虞摈弃了旧的传统的文学观，选择了"纯文学"的文学观。这不是看他如何解释中国"文学"观念与其含义之变迁，而是要看他如何来界定"文学"。郭绍虞说：

> 文学是最单纯最率直最直接表示我们情感的东西……[①]
>
> 文艺是精神的反映，是人格的反射。[②]
>
> 诗本是感情方面的产品，比较的不重理知。[③]
>
> 艺术的生命，应得以情感为主体以求发挥他的性情……只应很自在地充分抒写他所受的情感，好如摄影一般的能摄出真性情来，这可算是艺术的正宗。[④]
>
> 艺术的最足以抒写情感的莫过于诗。诗足以叙述人生种种感情，一无遗漏，不单是感情如此，即义理的深微的亦可借此发挥。[⑤]
>
> 他人观赏艺术家的作品而惊叹其美，若徒以为形似逼真，犹不能理会作者的精神。真能观赏者，必能对此作品，引起与作者同样的感情。这即是作者与观赏者精神融洽处。作者所怀的情感愈浓挚，其表现于其作品中者亦愈浓挚，而足以感动观赏者亦愈有力。[⑥]

不难看出，郭绍虞是从创作和鉴赏两个层面来规定文学的"情感"特质的，可以说是一种情感本体论文学观。从创作方面说，文学是表达情感最单纯最率直最直接的工具，文学家"应得以情感为主体以求发挥他的性情"，应很自在地充分抒写他的"真性情"；从鉴赏方面看，读者应"理会作者的精神"，与作者在情感上达到融洽。他不仅摈弃了旧的强调文学教化功能的文学观念，重视文学表达

---

① 郭绍虞：《试从文体的演变说明中国文学之演变趋势》，《照隅室古典文学论集》（上编），第 31 页。

② 郭绍虞：《艺术谈》，《照隅室杂著》，第 65 页。

③ 同上书，第 119 页。

④ 同上书，第 133 页。

⑤ 同上书，第 156 页。

⑥ 同上书，第 156 页。

情感的功能，而且说明了文学之所以要“抒写情感”的接受学价值——文学“是精神的反映，是人格的反射”，作者所怀的情感越浓挚，其感动读者就越有力。这无疑丰富了“纯文学”观念的理论内涵。

“纯文学”一词，梁实秋认为最早可能见于王国维1905年出版的《静庵文集》。旷新年也指出：“王国维最早提出了‘纯文学’的概念，是第一个强调文学独立的价值、肯定文学具有自身独立的价值的人……中国现代的纯文学观念是通过王国维在德国古典美学的基础上建立起来的。”① 随着“纯文学”的观念的建立，学者们开始界定文学的范围和性质。胡适在谈到文学的性质时说：“语言文字都是人类达情表意的工具；达意达的好，表情表的妙，便是文学。”② 表情达意是文学的基本作用。郑振铎则指出：“文学是人类情感之倾泄于文字上的。他是人生的反映，是自然而发生的，他的使命，他的伟大的价值，就在于通人类的感情之邮。”③ 谭正璧1929年出版的《中国文学进化史》也认为“文学是属于情感的”④。朱星元在1935年出版的《中国文学史外论》中更将文学界定为：“文学是本乎社会时代的意识，通过作者的想象感情趣味的思想之文字的表现；而使读者的心的深处，起了一阵共鸣的感觉，和欣赏的快感。”⑤ 从时间上说，郭绍虞的上述言论，发表于1920—1926年，其时，正是中国文学史学科的草创时期。因此，郭绍虞之认同“纯文学”观念，重视文学之情感表达的定义，也是代表了当时大部分文学史家对文学的看法，确是得风气之先的。他的《中国文学批评史》在论述南朝文学时，就以此“情感”作标准了。他说：“热情腾涌而喷薄出之以流露于文字间者，当时的批评家往往称之为性情或性灵。这是文学内质的要素之一——情感。”⑥ 郭绍虞按新的、“纯文学”观念来编写文学批评史，以批评史印证文学史，更能揭示文学批评自身内在的发展规律，更能显示文学的艺术特性。

郭绍虞不仅标举“纯文学”观念，高扬情感美学大旗，而且借鉴康德美学知、情、意的三元架构，对艺术与诸种情操作了简练的离析。他认为，当时一般

---

① 旷新年：《现代文学观的发生与形成》，《文学评论》，2000年第4期。
② 胡适：《建设的文学革命论》，《胡适文存》（一集），第43页。
③ 郑振铎：《新文学观的建设》，《郑振铎全集》（第3集），花山文艺出版社1998年版，第435页。
④ 谭正璧：《中国文学进化史》，上海光明书局1929年版，第6页。
⑤ 朱星元：《中国文学史外论》，上海东方学术社1935年版，第18页。
⑥ 郭绍虞：《中国文学批评史》，商务印书馆1934年版，第120页。

学者所区分的知的情操、美的情操、伦理的情操、宗教的情操，这四种都与文艺有关系。知的情操指向真伪，美的情操指向美丑，伦理的情操指向善恶，宗教的情操指向皈依，艺术家的作品，“若能进而合于真的美与合于善的美”，其价值就必然益发提高。要之，艺术作品应该是真、善、美的融合一体。但郭绍虞又说：“知及美的情操是属于个人的，伦理及宗教的情操是属于社会的。”[①] 美的情操既然是“指向美丑”的，那么，美、丑却是具有很强的社会性内容的，往往通向道德伦理判断。郭绍虞自己也说：“由艺术的美亦可以进于道德的美。”[②] 他更创造性地提出了“丑育”的概念。所谓丑，郭绍虞特别从中国传统文人的审美心理、文化取向的角度指出，它是存在于人生——社会界“种种卑污龌龊的事情”。他反对旧时所谓名士的“独善的个人主义”，因为他们“于社会的功德，置诸不报，社会的丑恶，置诸不顾了”，“对于丑恶，只知道避免而不能深切的挚厚的引起同情。因此提倡隐遁，提倡饮酒，轻轻的把社会的责任都卸去了”[③]。丑育，就是“对丑的同情”，它包含着对丑的“充分理解、奋斗的精神”与“积极的改革”，其社会性内容、人文关怀的特征十分显著，绝不单纯是“属于个人的”。这里，郭绍虞再一次表现出了某种矛盾性。

其次，我们来看郭绍虞的文学发展观。

在这方面，郭绍虞比较早地接受了马克思主义文艺美学思想，并把它融汇到中国诗学批评研究中。1919 年，郭绍虞在担任北京《晨报》副刊特约撰稿人时，就翻译了《马克思年表》，发表《劳动起源问题》，成为中国较早介绍马克思主义的学者之一。

郭绍虞以马克思主义唯物史观来解释文学的发生、发展。关于文学的起源，他直接采用了马克思的“劳动起源”说。他说：“文学起于劳动实践。在劳动实践过程中，产生了相互表达思想情感的语言，同时也发展了对客观世界的认识和感受的能力。……所以我们欲探究文学之原始，不能泥于他所使用的工具，以为只有用文字写成的才是文学作品。不论语言或文字，只须含有文学的性质，都可以称之为文学。”[④] 文学起于劳动实践，这是一个漫长的发展过程，语言是其中

① 郭绍虞：《艺术谈》，《照隅室杂著》，第 125 页。

② 同上书，第 90 页。

③ 同上书，第 46 页。

④ 郭绍虞：《试从文体的演变说明中国文学之演变趋势》，《照隅室古典文学论集》（上编），第 30—31 页。

介。劳动促进了人类语言的发展，语言作为交际工具，则可以用来“相互表达思想情感”。这里，郭绍虞不仅把文学看成是表达思想情感的语言的艺术，更萌生了一个重要的概念——“文学性”，即“不论语言或文字，只须含有文学的性质，都可以称之为文学”。这似乎可以说是他把中国文学区分为语言型、文字型两种存在形态的理论依据——只要“含有文学的性质”，就不妨碍将文学分为语言型文学和文字型文学两种类型。然而，何为“文学的性质”，或者叫“文学性”？郭绍虞没有作进一步阐述，我们也不能说它就是雅各布森所说的文学之为文学的本性，但它确乎显现了本质主义的精神基质。循着本质主义的思想逻辑，就会推导出一个形而上学的“文学”观念，各种具体的文学类型不过是这种观念的化身。拥有这种本质，文学才成其为文学。很大程度上，“纯文学”的观念是符合这种本质主义观点的征候的。由“纯文学”的观念看，郭绍虞所说的“文学的性质”就径直指向了“情感”和“美”：“诗（文学）是感情的产品”，“美”是艺术的主体①。

郭绍虞虽然标举“纯文学”观念，但并不主张“为艺术而艺术”的唯美主义文学。他不赞成斯宾塞的“游戏”说。斯宾塞把游戏看成是一种活动，与实际生活没有关系，不过是维持生活之外的“余力”的宣泄，这是不全面的。郭绍虞承认社会发展到某种程度时，是有一种余力，但它只有通过科学和艺术两种途径去宣泄。“艺术的发展，并不是一两个艺术家所能为力……国民的生活，若是卑陋和简单，个人的精神，亦决不会达到思想的高潮。所以社会没有余力之时，艺术的发展总是很困难的。”② “艺术的发生本在于人情的自然，并非由于外铄。”③“既有所感于中，便不能不谋有以抒于外。”④ 这是基于其情感本体论的文学观的。

郭绍虞反对蓝逊的艺术独立论。他运用马克思主义的社会发展理论，分析文学与社会经济之间的密切关系。一方面，艺术与经济很有关系，“经济组织不曾改变，个人没有充分发展个性的自由，所谓艺术独立，亦不过只成其为一种主张罢了”⑤。郭绍虞列举了希腊文学、莎士比亚和我国唐、宋中期及五代戏剧发展

---

① 郭绍虞：《艺术谈》，《照隅室杂著》，第 85 页。郭绍虞说：“艺术的主体，不须明讲，自然只在于‘美’。”主体，意即本质。

② 郭绍虞：《艺术谈》，《照隅室杂著》，第 10 页。

③ 同上书，第 131 页。

④ 郭绍虞：《试从文体的演变说明中国文学之演变趋势》，《照隅室古典文学论集》（上编），第 30 页。

⑤ 郭绍虞：《艺术谈》，《照隅室杂著》，第 9 页。

的史实，认为一个多数者贫少数者富的社会，必然会阻碍文学的发展；相反地，“膨胀的时代，艺术才有发展的幸运，物质上不谋充实，精神上亦决不会旺盛的”①。因此，艺术要获得发展，就必须改造贫富不均的社会制度，“于是艺术批评的任务，不必论其艺术的作品有合于美学的理论与否，只须视其描写人生是真实与否”②。显然，这与他作为文学研究会发起人之一、主张“为人生的文学”是密切相关的。他“从艺术发展上企图社会的改造”，将改造人生和社会的希望寄寓于文学批评，正是文学研究会“整理中国旧文学”的文化使命。另一方面，艺术来源于生活，来源于艺术家的生活体验，艺术家要能发挥自己的主体性。郭绍虞说：“艺术由社会而规定，同时又规定社会。”③“艺术家要能随意旅游各地，领略自然界的美景，然后用他纯熟敏活的手腕，运以高尚雅洁的理想，发表为种种美术。”④ 他鼓吹，文学要从创作和批评两方面“参与社会的进化”⑤：“社会的改善，文学亦肩其责任，而文学的发达，又不仅在创作一方面更须赖有正确忠实的批评者。吾人一想到中国文学正在筚路蓝缕之时，创作方面固须注重，批评方面亦不可忽视。为中国文学的前途计，对于光明的指导者，其渴仰的希望为何如！”⑥

最后，从批评观念看。基于对以情感为内质的文学观的理解，郭绍虞的文学批评观可以说是审美主义批评观。郭绍虞对艺术批评的理解，明显受到康德的影响。康德美学的核心概念是“趣味判断”。“趣味判断”其实就是“审美判断”，是属于人的情感活动领域的问题，这种情感活动主要涉及我们的“趣味”“喜好”等，因此叫“趣味判断”。也即是说，我们关于一个事物“美”或者“不美”的判断，是一种情感活动。康德认为，虽然“趣味判断”是具体的、当下的、无概念的、主观的，但它与事物的规律有关，是合乎事物的本性的判断。郭绍虞说，批评艺术的困难，一在于美的标准的不完全，二在于批评家的判断不一致，因为“美的判断，是趣味的判断”⑦，但是，艺术的批评还并不是没有可能性。他反对“古典的批评”，认为它依据古人传说的标准，拘泥于偏颇的形式上的法则，束缚

---

① 郭绍虞：《艺术谈》，《照隅室杂著》，第 10 页。

② 郭绍虞：《俄国美论与其文艺》，《照隅室杂著》，第 193 页。

③ 郭绍虞：《艺术谈》，《照隅室杂著》，第 45 页。

④ 同上书，第 9 页。

⑤ 同上书，第 45 页。

⑥ 郭绍虞：《俄国美论与其文艺》，《照隅室杂著》，第 197 页。

⑦ 郭绍虞：《艺术谈》，《照隅室杂著》，第 74 页。

于狭隘的旧套，视旧时法度为金科玉律，只看拟得像不像，不是趣味判断，因而也不是“美的判断”。与“古典的批评”相反的，是“感情的批评”：“前者是推理的，后者是感情的。……所以前者可谓为客观的批评，而后者可谓为主观的批评。”[①] 虽然二者之间很难清楚地区别，但郭绍虞还是主张“主观的批评”的。“这种批评，重印象玩赏感情趣味，所以于美的判断之先，必先有丰富的，浓挚的感情。”[②] 这种重感情的态度，应用到艺术方面，更为重要，因为“艺术家的作品，即是艺术家的精神所蕴藏的所在，所以若于主观的心中并没有一种感受，而徒以模拟为能事，自然消灭作者的个性，而观赏者亦不起同样的情感了”[③]。感情的批评，其实就是要激起艺术家和读者之间的情感共鸣，实现作者、读者之间的平等对话与交流。这是五四新文化运动倡导的自由、平等思想在艺术批评领域的映射。

郭绍虞又将他的审美主义批评观运用到其他领域，乃至衍生出颇具现代性意味的审美文化批评。他的《艺术谈》中就出现了这样的章节：“二十九、职业的艺术化”，“四十一、艺术的理想化”，“五十八、生命的艺术化”，审美批评已经穿越到日常生活中。如论“职业的艺术化”一节，文字虽然是从叶圣陶的信中摘出来的，但实际是在讨论问题，是借他人之口抒自已胸中之情而已。

> 我想万事都要求他艺术化，在现在还是理想时代，不得不望之将来。这个的根本仇敌，便是现在的经济制度。经济制度改了，一切利生的机械，可以充量制造，代替人力。大家有了汽车坐，大家有了轮船乘，自然用不着有车夫、船人了。所余的劳动，只有驾驶机械，改造机械，增进效益的几端——后面两端，尤其重要。这已接近于艺术方面了。若因机械之效率猛进，劳动时间减至最低，以是余暇，悉从事于纯艺术之生活，这才合了我们的理想了。[④]

这简直就是在讨论今天学者们热议的“日常生活审美化”问题了，而且更真实、更具有人文关怀精神。“一切利生的机械，可以充量制造，代替人力”，这显然与我们今天只是在所谓的精英阶层中讨论问题不同，它面向更广泛的社会阶层。当然，这确是一个遥不可及的浪漫想象而已。

---

① 郭绍虞：《艺术谈》，《照隅室杂著》，第 81 页。
② 同上书，第 82 页。
③ 同上书，第 82 页。
④ 同上书，第 49—50 页。

进一步说，郭绍虞的审美主义批评观也时时透出浪漫主义的趣味。以想象和情感作为文学的特质，是近代西方浪漫主义运动的直接后果。伊格尔顿考察西方文学概念的发展时指出："只有在所谓'浪漫主义时期'开始之后，我们对于文学的总概念才开始有所发展。"[①] 浪漫主义运动赋予了想象和情感以无可比拟的优越性，这无疑影响了郭绍虞的"文学"观念。郭绍虞说，想象作用与艺术有很大的关系，"适当的想象所表现的艺术作品，既不大悖于时人的心理，又不取悦于凡庸，所以能有永久的价值"，"适当的想象，是融合现实主义与理想主义的要素，是艺术上创作的根苗"[②]。他在比较了希腊艺术和东方艺术的诸多不同之后，指出："艺术不论为诗歌、为音乐、为建筑、为绘画，总以超于自然而不离自然，趋于理想而不偏理想，最足发挥其真谛。"[③]

概括起来说，在20世纪30年代，郭绍虞能够"引领风气之先"，开创性地进行中国诗学批评研究，其狷而时狂的知识分子人格、心无旁骛的治学态度、对中国古代文化与文学发展的整体把握起了奠基性作用。同时，如果没有置身于当时文化潮流的前列，没有对外来文化的接受和涵泳，不在"整理国故"上下一番功夫，没有始终不渝的科学精神，他的中国诗学批评研究可能超越不了考订、校勘和辑佚的层面而成为纯粹的资料书了。陈寅恪说得好："其真能于思想上自成系统，有所创获者，必须一方面吸收输入外来之学说，一方面不忘本民族之地位。"[④] 但另一方面，郭绍虞对西方文艺美学思想的接受与涵泳，亦显示出某种驳杂，这或许与他"欲专必先求博"的治学理念有关，我们不好苛求。正是思想谱系的转换、知识场域的融合，促进了郭绍虞中国诗学批评的现代性转向，最终指向"建立具有中国民族特点的马克思主义文艺理论"的至高追求。

---

① ［英］特雷·伊格尔顿：《二十世纪西方文学理论》，陕西师范大学出版社1986年版，第21页。

② 郭绍虞：《艺术谈》，《照隅室杂著》，第60页。

③ 同上书，第62页。

④ 陈寅恪：《中国哲学史》下册，华东师范大学出版社2001年版，第441页。

第五章　郭绍虞对中国文论建设的建构意义

郭绍虞凭其厚实的中国文学理论素养和材料功夫，在上起周秦、下迄清代的宏大历史跨度里，爬梳出各种人物、文学思潮、理论范畴，推阐其意蕴，辨析其原创性的理论主张，又积极吸收新鲜的、现代的文艺思想资源，将本土和外来的理论并置于一个话语体系内，内化于运思、行文中，其中有融洽处，亦有不甚融洽处，有得意处，亦有不得意处，同时也呈现出无法避免的矛盾和局限。反思导致其矛盾和局限的可能因素，彰往察来，或许可以给当下的中国文学理论建构带来另一种思考。

一、郭绍虞的矛盾

有研究者曾指出，郭绍虞“以文学本体论为核心，将周秦至清代的文学批评划分为文学观念演进、复古和完成三个阶段，在当时有很大反响。但郭著其实是受到当时文学史类编纂的直接影响，而文学史的编纂又一直在西方的模式中运行，因此很难体现出古代文学批评体系的民族特色，不免有机械和简单之弊”，而且，“由于受到整个学科研究基础以及研究观念和方法论的制约，还不能运用历史唯物主义和辩证唯物主义的态度与方法，去分析和评述批评史上出现的种种现象，所以在本体阐释和价值评估上缺乏深入的开掘”[①]。这显然是就郭绍虞的《中国文学批评史》来说的。本书接下来讨论这个问题，试图跨越中国文学批评史的学科界域，在中国文学理论发展的总框架内，从郭绍虞的学术整体立论，探究其矛盾处与局限性，思考其对中国文学理论建设的启示意义。

---

① 彭玉平、吴承学：《中国文学批评史研究的回顾与展望》，《中国社会科学》，1997 年第 5 期。

如果说，郭绍虞中国诗学批评研究的初始目的，是“只想从文学批评史以印证文学史，以解决文学史上的许多问题”，还是“更多属于国故文献之学”[①]，那么，新中国成立后，郭绍虞继续着力于中国诗学批评领域，则越来越清晰地表现出中国文学理论的建构意识。1964 年，郭绍虞主编的《中国历代文论选》三卷本出版。作为文学批评史的史料学建设的力作，对于材料的取舍，《中国历代文论选》确立的总原则就是：“力图使文论的编选有利于总结文学理论发展的历史规律，有利于为社会主义新文学的发展提供历史借鉴，有利于具有民族形式的马克思主义文学理论的建立。”[②] 晚年，郭绍虞仍在呼唤“建立具有中国民族特点的马克思主义文艺理论”。我们可以说，“建立具有中国民族特点的马克思主义文艺理论”就是郭绍虞孜孜以求的至高学术理想。此一理想之最终未能实现，则是由不断变化的时代语境与郭绍虞主体个性及其学术选择之间一时无法弥合的间隔造成的，从中亦折射出郭绍虞的某种局限。

前文说过，20 世纪二三十年代，郭绍虞就接受了马克思主义哲学和文艺美学思想。其基本特点是，直接采借马克思主义的唯物史观、社会发展观、阶级学说等，比较多地阐述艺术与社会的关系、艺术的阶级属性等诸问题。比如阶级分析，他说：“贫富的区别也可看作阶级的斗争，在现时代是很显著的事实。其在谚语中间则这种冷酷的、猜忌的、嫉视的暗示亦很可找出不少例证。”[③] 在《中国语词之弹性作用》中，他更明确提出，在文学史研究方面“必须重视阶级观点和历史观点”[④]。如此看来，如果我们还认为 20 世纪 50 年代以后郭绍虞运用阶级分析的方法研究中国诗学，是特殊环境的产物，是“一时风气使然”，那就没有顾到郭绍虞全人了。大致说来，在 20 世纪二三十年代，对郭绍虞来说，马克思主义诗学更多的是属于知识论范畴的。由于批判旧制度、旧文化，建设新制度、新文化的迫切的时代要求，郭绍虞们还来不及消化马克思主义的丰富思想，又没有把它转化为一种研究问题的方法，在实际应用中就不免会出现偏差。比如，在艺术与社会的关系问题上，郭绍虞只注意了二者之间的正相关性，如认为平民阶级“为经济制度所束缚，困于衣食”，“不能发展其艺术的才能，于是在艺术界中

① 王先霈：《中国文学批评史研究中的创新和继承——郭绍虞等人治学经验及其现实启示意义》，《华中师范大学学报》（人文社会科学版），2000 年第 6 期。

② 郭绍虞：《中国历代文论选・前言》（第一册），上海古籍出版社 1979 年版，第 2 页。

③ 郭绍虞：《谚语的研究》，《照隅室古典文学论集》（上编），第 19 页。

④ 郭绍虞：《中国语词之弹性作用》，《照隅室语言文字论集》，第 110 页。

占有势力的不得不属于贵族方面"[1]，这似乎忽略了艺术生产与社会发展之间存在的不成比例关系。

20世纪50年代以后，郭绍虞两次改写《中国文学批评史》，多说是"一时风气使然"。对此，我们应该把它理解为一种大时代语境，并不意味着郭绍虞是"被改写"。郭绍虞"用现实主义与反现实主义为线索贯串整个文学批评史的发展"，希望自己能用马克思列宁主义的文艺理论重新阐发中国古代文学理论，的确并非仅仅由于政治形势所导致。他紧跟时代潮流、除旧布新的学术愿望，与20世纪二三十年代一样，是发自内心的。《中国古典文学理论批评史》的"以诗代序"："自经批判认鹄的，能从阶级作分析。如聋者聪瞽者明，如刳肠胃加漱涤。又如觅路获明灯，红线条条遂历历。心头旗帜从此变，永得新红易旧白。"[2]从诗中，我们看到，郭绍虞和当时许多知识分子一样（如朱光潜、曹禺等），对自己所接受的"批判"是心悦诚服的。"自经批判认鹄的，能从阶级作分析"，其中意味，或许是说：在此之前，郭绍虞虽然也接受马克思主义的阶级学说，但只是在研究某些具体问题时偶有采借，思想还是模糊的；经过这次思想改造，"我"豁然开朗，"如聋者聪瞽者明，如刳肠胃加漱涤"，终于认识到马克思主义不仅仅是知识论，更是一种真理性（"鹄的"）和方法论，自己也能运用阶级分析的方法去研究问题了。明乎此，郭绍虞的心中自然充满了赤诚、豪情和自信。

然而，在当时，马克思主义在中国的接受已出现了教条主义和经验主义的偏差。毛泽东曾指出："教条主义脱离具体的实践，经验主义把局部的经验误认为普遍真理，这两种机会主义的思想都是违背马克思主义的。"[3]教条主义和经验主义，不是把马克思主义哲学看作一种运思方式，看作一种思维能力，而是看作一堆死的知识，而且这些知识作为"灵丹妙药"可以到处套用。于是，出现僭越马克思文本的机械解释、过度解释不可避免地大量泛滥。不幸的是，郭绍虞们豪迈地举起的"旗帜"，恰是马克思本人也反对的"教条主义的旗帜"[4]，而他们却不以为意。比如，同样是讨论"文"和"文学"含义的变迁，20世纪30年代郭绍虞写过一文，1957年再写时，讨论的问题虽同，内容却并不一致——郭绍虞要从"文"和"文学"含义的变迁上"看出现实主义和反现实主义的斗争"。他

---

① 郭绍虞：《艺术谈》，《照隅室杂著》，第151页。

② 郭绍虞：《中国古典文学理论批评史·以诗代序》，人民文学出版社1959年版。

③ 《毛泽东选集》第2版第3卷，人民出版社1991年版，第1094页。

④ 早在1843年，青年马克思在给卢格的一封信中就已明确提出："我不主张我们竖起任何教条主义的旗帜"。《马克思恩格斯全集》（第1卷），人民出版社1986年版，第416页。

相信："在中国文学史或文学批评史上讲现实主义和反现实主义的斗争，在以前认为是机械地搬套公式的教条主义。现在认识到这不是公式化，因为所谓'公式'，正是从许多具体事例中概括出来的结论，所以可以运用这种理论来研究问题。"[①] 这里，不知是有意还是无意，郭绍虞却犯了逻辑上的偷换概念的错误："公式"是从许多具体事例中概括出来的结论，因为公式正确，所以"公式化"也正确？我们知道，"公式"一旦成立，那就是定理，是知识对象；而"公式化"则是一种运思的方式，是动态的认识过程，两种完全不是同一个概念。以郭绍虞的智慧，说他看不出这样明显的逻辑小错误，似乎不太令人信服。那么，问题何在？问题恐怕还在郭绍虞的心理：既然是真诚地接受思想改造，既然是"永得新红易旧白"，那么，"新红"如何体现？"旧白"又如何改易？这是必须有所交代的。不过，很快地，第二年，郭绍虞就坦然承认："此文……乃一时风气使然，也将使中国文学批评史的研究纳入现实主义和反现实主义的斗争规律之中，但写到古文运动又觉得不能以此义相绳……更觉此问题只是某些社会主义国家中提出的一项新课题，这对于中国文学的发展，当然有其共同之点，可以照样搬用；毕竟出于问题本身的简单化，未获文艺界人士一致同意。"[②] 遗憾的是，对这个具体问题的反思，并没有改变郭绍虞此时的思想惯性。他一方面觉得"所谓现实主义和形式主义、唯物主义和唯心主义这些术语，在中国古代的用语中间是很难找到这样绝对化的词汇的"，另一方面又认为："但就某一时期某一部分的某种倾向来讲，又不能说没有这种现象，所以用来比附说明也还是可能和需要的。"[③] 如说李卓吾、金圣叹之批评《西厢记》《水浒传》，都"不脱形式主义的手法，不能走上文学批评的正常轨道"[④]。这可能与当时对形式主义的批判、对金圣叹"反动文人"的身份的批判相合拍，却远离了文学批评的本来面目。

看起来，此时，郭绍虞固有的独立思考的学术品格已被悬置。而实际上，郭绍虞思想独立的火种并未熄灭。依然是讨论"文"和"文学"的含义，他说："我们从汉人对辞赋有不同的看法，不同的评价，就可以看出现实主义的理论批评已对反现实主义的风气展开了斗争。这样讲，固然不免稍微夸大一些，但指出

① 郭绍虞：《从"文"和"文学"含义说明现实主义和反现实主义的斗争》，《照隅室古典文学论集》（下编），第67页。

② 同上书，第86页。

③ 郭绍虞：《关于〈沧浪诗话〉讨论的补充意见》，《照隅室古典文学论集》（下编），第162—163页。

④ 郭绍虞：《中国古典文学理论批评史》，第3页。

有这种倾向还是勉强说得过去的。”[①] “夸大”“勉强”云云，实际反映了郭绍虞对用现代术语比附古人的做法是持审慎态度的，字里行间亦透露出几缕无奈。一方面，他相信“任何人都不能不受时代的影响，更不能不受阶级的限制”[②]，自己无法逃离、更不可能打破强大的现实语境，“也想用儒法斗争的观点去修改《中国文学批评史》”[③]；另一方面，他骨子里又不肯曲学阿世，不知文过饰非，痛恨于“一窝蜂”“学时髦”的趋时之病。“固然，我们不能不赶上时代，但是假使以一窝蜂式的与学时髦式的态度去迎合时代，也很有些危险。”[④] 他不想欺骗自己，也不想欺骗别人，最终，他选择了智性疏离——悄悄地、暂时退出文学批评史领域，转向甚少受主流政治话语干预、也是自己熟悉的另一个领域——语法修辞研究。

必须承认，无论是新中国成立前，还是新中国成立后，郭绍虞对马克思主义哲学和文艺美学思想的接受都未能达到自觉自为的融洽程度。如果说，新中国成立前郭绍虞更多的是取拿来的态度，那么，新中国成立后，则是因为发自内心的信任与佩服，“真诚地相信应改造自己跟上时代的步伐”[⑤]。两种态度，对郭绍虞来说，马克思主义都没有经过自己的思想熔铸，都还是被动地接受外界的灌输。尤其是新中国成立后，面对已孕为时代强音的马克思主义文艺理论的检验和评判，文艺理论家们要站在国家立场而非以往的个人立场来发言，习惯了“象牙塔”内自由生活的郭绍虞，仅靠内心的真挚和自我改造就去追赶时代潮流，是想追赶而追赶不及的。因为社会本身在运用马克思主义立场分析、解决问题时，已经出现了许多合法的“偏见”，而越来越紧张的政治气氛又不允许人们作出自己的辨别。

我们可以拿以群主编的《文学的基本原理》来印证。这部文学理论教材，1963年初版，1979年再版，1983年三次修订。该著绪论中，关于文学性质的论述，一方面承认文学的历史性，承认文学性质是变化的，指出“万古不变的文学原理是不存在的”，文学理论研究要“把具体的历史经验联系起来加以考察”[⑥]；

---

① 郭绍虞：《从“文”和“文学”含义说明现实主义和反现实主义的斗争》，《照隅室古典文学论集》(下编)，第74页。

② 郭绍虞：《沧浪诗话校释·校释说明》，人民文学出版社1961年版，第2页。

③ 王元化：《记郭绍虞》，《思辨录》，第172页。

④ 郭绍虞：《论八股》，《照隅室杂著》，第287页。

⑤ 王元化：《记郭绍虞》，《思辨录》，第172页。

⑥ 以群主编：《文学的基本原理》，上海文艺出版社1983年版，第2页。

另一方面又把中外历史上各种各样的文学观点统统归入“唯心”与“唯物”两种，也就是“真理”和“谬误”两种，实际上否定了文学理论与文学本质的多元性。它依据马克思主义的社会结构理论，把文学与文学理论都看成是一种意识形态，认为“对于文学性质的认识的分歧与斗争，往往是与现实的阶级斗争密切联系在一起的，这也是为中外文学发展史所证明的一条客观规律”[①]；资产阶级的文学与文学理论是资产阶级利益的反映，因而是一种“虚假意识”。同时，它又不承认无产阶级的文学理论也是特殊的阶级利益的表现，相反，它坚信无产阶级的文学理论并不因为它是特殊阶级利益的表现而失去其不容置疑的客观性、科学性、真理性。也就是说，在各种各样的对于文学本质和规律的认识中，只有无产阶级是正确的、科学的，因为无产阶级的利益与立场是超越自己利益的，是与全人类的利益一致的，因而是普遍的、科学的与客观的。有一点我们不能忽略，就是上述这些观点，是出现在《文学的基本原理》1983 年修订版中的。此时，中国社会已经进入了思想解放、改革开放的新时期，而在可称为权威的文学理论教材中，仍然存在立场如此坚定的意识形态话语，可见郭绍虞们当时面对的主流意识形态和政治话语的力量是多么强悍。

从郭绍虞个人来说，他一生基本处在文化剧烈动荡、思想变革频繁的时代，却能坚守自己的学术个性和知识分子人格，追求超越“小我”之性情，是值得人们景仰的。他尚未探得马克思主义文艺理论的真精神，亦未能将其内化为自身诗学探索的逻辑构架，就选择了撤退。这是他学者的良知、个人固有的狷性性格的本真表露。如他所言：“我们不要看轻这有所不为的消极之勇，须知能做到此，也正是不容易的。”[②] 作为一个坚守学术立场和独立人格的学者，郭绍虞的撤退是无奈的选择，我们应该给予充分理解。但对学术发展来说，放弃与主流文化、主流思想的交往，不去自觉自为深入把握马克思主义文艺思想的理论内核，岂不是与实现自己的学术理想越来越远了？这是郭绍虞未能实现“建立具有中国民族特点的马克思主义文艺理论”的学术理想的个人原因。

实际上，我们知道，郭绍虞的“建立具有中国民族特点的马克思主义文艺理论”的学术理想，不是他个人的，而是近一个世纪以来整个中国文艺理论界勉力追求却至今未能实现的理想。这样一来，我们反思郭绍虞的矛盾与局限，就有了

① 以群主编：《文学的基本原理》，上海文艺出版社 1983 年版，第 9 页。

② 郭绍虞：《从文人的性情思想论到狷性的文人》，《照隅室杂著》，第 344 页。

建构中国文学理论的现实性意义。

从时代发展的角度看，郭绍虞的矛盾启示我们，时代应该允许文艺理论家存在世界观与方法论的矛盾，“不强迫他接受先进世界观，允许他葆有自己的精神栖息地”[①]。刘勰讲“宗经”“征圣”“原道”，世界观与方法论并不在同一水平线上，但这并没有妨害《文心雕龙》成为文艺理论的超时空经典。文艺理论家有权利享有掌握自己精神世界和学术探索的自由，要允许和包容理论家的缺陷。没有一个理论、一个范式可以解释所有的问题。即便是面对剧烈的社会变革，时代也不能强迫理论家去改变自己，而应该为他提供充分发挥其个性才能、展示其思想理论的空间。列宁曾这样评价托尔斯泰：“革命是一个非常复杂的现象；在直接进行革命、参加革命的群众当中，有许多社会分子也显然没有了解正在发生的事情，也避开了事变进程向他们提出的历史任务。如果我们看到的是一位伟大的艺术家，那么他就一定会在自己的作品中至少是反映出革命的某些本质方面。”[②]这话虽是针对文学家说的，对文艺理论家同样有价值。政治文化的急功近利对创作是有害的，对文艺理论建设也只会产生负效应。

从理论家个体来说，郭绍虞的矛盾又启示我们，文艺理论家若做不到超越时代，超越现实的政治文化语境，不如对时代取一种切近的、同情的态度。理论在什么情况下才可以有创新的可能？是在现实和历史的语境中，与主流思想、主流文化互相激发、交锋、竞争的情况下。真正创造性的理论贡献，必然是在某些方面与主流文化、主流思想谐调共生的。对我们来说，革除思想积弊，马克思主义文艺理论还是有价值的、有生命力的，问题在于如何“中国化”——是用马克思主义文艺理论“化”中国，还是用中国“化”马克思主义文艺理论？郭绍虞实际也给我们作了有价值的提示：“我并不想把古人的近于辩证的思想与马克思主义的辩证唯物论画上等号。假使这样做，就近于穿凿附会，似是而实非了。但是说中国人一些没有这种思想，却同样不合事实。”[③]“社会主义文艺的建设离不开理论的指导，离不开民族化的马克思主义文艺理论的建设。而我们要建设这样的理论就不能单纯地依靠本本，还必须从大量的文艺经验中来，总结出客观的而不是

---

① 廖奔：《曹禺的苦闷》，《文学评论》，2011 年第 2 期。

② 列宁：《列夫托尔斯泰是俄国革命的镜子》，《列宁选集》（第 2 卷），人民出版社 1960 年版，第 369 页。

③ 郭绍虞：《骈文文法初探》，《照隅室语言文字论集》，第 399 页。

臆造的规律来。”[①] 由此，“中国化”之“化”首先应是实践性的，即“从大量的文艺经验中来”。它是积极的动态过程，而不是名词性的、停留于“在中国”这样的外在关系上。换言之，“中国化”的结果一定是“中国的”马克思主义文艺理论，而不仅仅是或主要是马克思主义文艺理论“在中国”。它有两个层次：一是变成中国的，内在地成为中国的，为中国人所接受并被运用于中国文艺现实；二是进入“化境”，即出神入化，变成一种内在的能力，而不是教条和本本。质言之，“中国化”的要义在于，对于中国人来说，马克思主义文艺理论已不再是一种知识，而是内化为一种运思能力和运思方式，解决中国当下的文学实践问题、文学理论与文学批评问题。

当然，郭绍虞的矛盾所能带给我们的启示，应不止于上述种种，此处只是撮其显要者，略陈浅见。如果不停留于郭绍虞的矛盾，放眼郭绍虞的学术整体，我们还可以发现郭绍虞更多的意义。此处暂举一例。前文说过，郭绍虞的文学批评史研究，一开始就被放置在中西方美学思想交流与对话的学术视域下，然而，郭绍虞在中西诗学比较方面并未取得什么有影响的成果，为什么？除了个人的因素外，一个重要的原因，就是如何把握好全球化视野与本土化立场之间的关系。在当时，对郭绍虞们来说，主要就是民族形式与马克思主义文艺理论之间的关系，而“极左”思潮的泛滥，也使马克思主义文艺理论本身被许多合法的“偏见”所遮蔽。于是，民族形式与马克思主义文艺理论之间对话的平台坍塌了。现在，学者也常常说类似这样的话：“中国文论与西方文论之间应建立起对话关系，我们应该一方面充分吸收西方文论的理论营养，另一方面又保持自身独特的文化立场而不被西方文论所同化。”[②] 可事情为何总是没有多大起色？笔者以为，一个很重要的问题是，中、西方在同时想象对方。我们只是抱怨说，西方中心主义话语对我们的言说总是充满有意无意的想象，甚至是偏见。这固然不是妄言。可扪心自问，我们脱口而出或是深思熟虑讲出的“西方”，又有多少不是我们想象出来的？改革开放三十多年，相对于中国庞大的文化与学术研究队伍，能够走出国门的还是少数派；能够留下来，住上三年五载，去潜心品味西方的，就是绝少数了，更遑论像朱光潜、宗白华、钱锺书辈那样深深浸润着西方文化了。郭绍虞更是初中辍学，以后则自学成才，一生的黄金阶段基本处在国家动荡、思想文化剧烈变革中，几乎没有走出国门。这自然也影响到他的理论建树。晚年，他竟将写

---

① 郭绍虞：《关于古代文学理论研究中的几个问题》，《照隅室古典文学论集》（下编），第448页。

② 党圣元：《新世纪文论转型及其问题域》，《北方论丛》，2009年第3期。

于 20 世纪 20 年代的《艺术谈》看作个人回忆录的替代作，或许就是因为《艺术谈》中丰富的西方文艺美学思想寄寓着他遥远的梦想！真是“知我者谓我心忧，不知我者谓我何求”！

二、郭绍虞对中国文论建设的若干意义

郭绍虞曾说：“大抵一般人对于批评家的要求，本有二种：一是文学作品的指导者，一是文学原理的建设者。”[①] 纵观郭绍虞的一生，他所要做的，是“文学原理的建设者”。晚年，他又把这个目标升华为建立“具有民族形式的社会主义内容的文艺”和“建立具有中国民族特点的马克思主义文艺理论”。遗憾的是，郭绍虞勉力一生，大部分时间都经受着中国历史和思想文化剧烈变化的洗礼，身心难得安顿，直到 20 世纪 70 年代末，历史的天空开始晴朗，但生命的肌体已渐渐不能支撑，郭绍虞的理想目标终究未能实现。这不是郭绍虞个人的遗憾，因为它至今也还是中国文学理论界未完成的一个任务！当然，如前文所述，个中原因是多方面的，它提供给中国文学理论建设的经验也是多重的。本书试着从郭绍虞中国诗学批评的问题域出发，从郭绍虞中国诗学批评的范式出发，从郭绍虞、也是中国文学理论界的至高理想出发，离析出三个主要问题：（1）由郭绍虞之辨析“文学”观念的演变，反思文学的“疆界”；（2）由郭绍虞“保存古人的面目”的阐释范式，思考中国古代诗学的“创造性还原”；（3）基于文学批评史“可以指引将来的路”的作用，反思中国文学理论建设的可能路径。

毋庸讳言，如果把上述三个问题看成是郭绍虞带给中国文学理论建设的启示，那是有局限的。在一定意义上，这只是我们切近郭绍虞经验世界所推开的三扇窗户，是我们接受郭绍虞文本所选择的三种参照路径。若有偏见，我也希望它是“合法的”偏见。“合法的”偏见可以立足当下的文学语境，同时必须限定在郭绍虞文本所提供的可能性空间所许可的范围之内，否则就会产生“过度阐释”。

---

① 郭绍虞：《诗话丛话》，《照隅室杂著》，第 272 页。

（一）从“文学”观念的演变看文学的“疆界”

这个问题的提出，好像与郭绍虞并无多少直接关系。的确，文学的“疆界”问题是21世纪初，在西方后现代文化语境中，随着“日常生活审美化”研究在中国大陆的兴起，一些学者不满意于文艺学的学科现状，反思文艺学的“疆界”，进而延伸到文学的“疆界”。就这个问题本身而言，郭绍虞黄鹤已去，没有经历过这样的问题域，不可能参与其中的讨论，但我们今天认识的“文学的边界是历史生成的”的道理，郭绍虞不仅早有体认，而且在运思方式上，在知识论层面上，都具有理论先导意义。在辨析“文”和“文学”的含义及其演变轨迹时，他指出，“大抵学术用语恒随时代而变其含义，只须细细体会，犹可得其梗概”①，人们要“看到各时代对于文学见解之不尽相同”②。由是，把郭绍虞对中国古代“文学”观念演变趋势的辨析，作为我们反思文学“疆界”问题的足资参照的知识资源，就算不得是牵强附会了。

“文”“文学”等观念是中国诗学的元范畴，“文学”观念的演进，“实是中国文学批评史上的重大问题”。郭绍虞《中国文学批评史》上卷以“文学批评之分途发展”为主轴，大部分篇幅是在辨析“文”“文学”“文章”“文笔”等概念在不同历史时期的演进及其负载的不同意义，描述它们的形成过程、存在的环境、承受的纠缠不清的矛盾。虽然受到进化论和“纯文学”观念的影响，郭绍虞的梳理与结论依然具有经典性、权威性。如他总结说：“文学之名，始见《论语》。《论语·先进篇》讲到孔门四科，有‘文学子游子夏’之语。邢昺《论语疏》谓：‘文章博学则有子游子夏二人。’我以为这样解释，比较适合当时历史事实。文章博学在后世可分为二科，在当时则无此需要，可以统摄在‘文学’一词之中。大抵初期的文学观念，亦即最广义的文学观念；一切书籍，一切学问，都包括在内。”“用单字则称‘文’，用连语则称‘文学’。这样，文学一语，当然兼有博学之义。这是文学观念演进中第一期的见解。”“时至两汉，文化渐进，一般人亦觉得文学作品确有异于其他文件之处，于是所用术语，遂与前期不同。用单字则有‘文’与‘学’之分，用连语则有‘文章’与‘文学’之分。以含有博学之意义者，称之为‘学’或‘文学’；以美丽而动人的文辞，则称之为‘文’或‘文

① 郭绍虞：《文学观念与其含义之变迁》，《照隅室古典文学论集》（上编），第95页。

② 同上书，第88页。

章’。如此区分，才使文学与学术相分离。”[①] 郭绍虞的梳理与辨析，至细至详，“使人格外明了文学变迁的理论的背景”，“明了中国文学理论演变的痕迹”[②]。这对我们反思文学的“疆界”问题有着直接的方法论意义。

从中外文学经验看，文学“疆界”的变动不居是恒定的，所谓“纯文学”概念，却是相对而言的。就迄今为止世界文学观念的整体发展趋势而言，大致经历了从“杂”到“纯”再到“泛”的过程，因而，当下时髦的“泛审美”话语亦不过是文学观念、美学观念漫长发展长河中的一朵浪花，它会迅速被其他朵朵浪花所淹没，还是会自然凝成一支流，恐怕都不是人力所能左右的。笔者不赞成所谓的文学本质主义，正如有学者所指出的，本质主义文学观的弊病在于“把文学艺术理解为具有‘普遍规律’、‘固有本质’的实体，热衷于生产‘普遍有效’的文艺学‘绝对真理’”，“以各种关于‘文学本质’的元叙事或宏大叙事为特征的、非历史的本质主义思维方式严重地束缚了文艺学研究的自我反思能力与知识创新能力”[③]。笔者也认为，文学的发展应有其内在的规定性，这种“内在的规定性”指向过去，也应指明未来。我们意识到的“内在的规定性”，或许是阐释性的，但它的好处是，可以为文学大致划出一个“疆界”，使人们确知文学的存在，哪怕真有一天，文学消亡了，我们也可以知道它是如何消亡的，因何而消亡。这与“普遍规律”“固有本质”不一样。我们所谓的“普遍规律”“固有本质”，其实也是阐释性的，但它更多的是基于对过去的认知和总结，我们想象着它能指导未来，却往往事与愿违。这方面的文学教训，我们经历了很多。文学的发展变化是必然的、永久的，“规律”“本质”既成“普遍”“固有”，岂不意味着“文学”是已经定型且不存在内部差异、矛盾和裂隙的实体？我们如何确知若干年之后文学会依然故我，焉能肯定我们所谓的“普遍规律”“固有本质”依然有效？我们必须承认，人类的认知亦是有局限的，不可能穷尽历史和未来，原来认为科学的东西，现在变成了非科学，现在我们认为是科学的，将来也可能成为谬误。文学的“疆界”问题，根本在于“文学是什么”的问题。就像柏拉图说“美是难的”一样，要回答“文学是什么”更难，至少自然界的美、风景的美，是人人都易感知的，而文学是作家主体的智性创造物，是精神产品，优秀的作品又彼此不雷同。我们与其硬要在仁者见仁、智者见智的“文学是什么”的抽象问题上做统一答

---

① 郭绍虞：《文学观念与其含义之变迁》，《照隅室古典文学论集》（上编），第 89—90 页。

② 胡适：《胡适全集》第 12 卷，季羡林主编，第 237 页。

③ 陶东风：《大学文艺学的学科反思》，《文学评论》，2001 年第 5 期。

案，不如在诸如文学的语言形态、思维方式、形象性、情感性、想象性等一些具体问题上凝聚更大的共识，不作结论，把问题敞开，未必就妨碍了文学的发展。

现在，我们来看在文学的“疆界”问题上的当代论争。我们不妨简略回顾一下这次论争的来龙去脉。

2001 年 12 月中国人民大学中文系与《文学评论》杂志社联合主办了“人的全面发展与文艺学建设”理论研讨会，陶东风在会上发言论及“审美的泛化与日常社会生活的审美化”问题，明确提出了“日常生活的审美化”这一概念，并将会议论文整理为《日常生活的审美化与文化研究的兴起——兼论文艺学的学科反思》一文，发表在《浙江社会科学》2002 年第 1 期上。他从文艺学科建设的角度肯定了日常生活的审美化现象，认为审美活动和美学因素已经大举进入日常生活空间，打破了艺术和审美的自律，文艺学学科及其研究者应该关注这一现象，寻找美学新的生长点，建构新的美学原则。一时间，“审美的日常生活化”和“日常生活的审美化”成了我国学界的热门话题。接下来，《文艺争鸣》杂志 2003 年第 6 期发表了一组由陶东风、王德胜、金元浦、朱国华、魏家川、黄应全等人撰写的总题为“新世纪文艺理论的生活论话题”的文章，中心论题是日常生活审美化，旗帜鲜明地提出“日常生活审美化”是一种“新的美学原则”的崛起，引起了文论界的强烈争议，支持与批评的声音几乎同时出现在全国各地的学术期刊中。论争中，肯定的一方以陶东风、王德胜、金元浦等人为代表，否定的一方则以童庆炳、鲁枢元、毛崇杰等人为代表，对日常生活的审美化能否作为一种新的美学原则提出怀疑。随着讨论的深入，论争从对美学原则的重新考量扩展到了文艺学学科的边界之争。北京师范大学文艺学中心于 2004 年召开了“文艺学的边界”学术会议，集中讨论关于“日常生活审美化”的问题和文艺学的学科边界问题。2004 年 5 月 16 日中国中外文学理论学会与北京师范大学文艺研究中心共同主办“中国文学理论的边界”学术研讨会等，把对这一问题的争论推向高潮。2004 年 6 月，中外文艺理论学会与中国人民大学等单位召开“多元对话语境中的文学理论建构”国际学术讨论会，文艺学的边界问题依然是讨论热点。2004 年 10 月，由东北师范大学文学院主办、《文艺争鸣》杂志社协办的“全球化语境下的中国文学理论及文学批评发展状况”学术研讨会同样将“日常生活审美化”与文艺学的边界问题列为讨论重点。童庆炳著文《“日常生活审美化”与文艺学》（《中华读书报》，2005 年 1 月 26 日），陶东风著文《也谈日常生活的审美化与文艺学》（《中华读书报》，2005 年 2 月 26 日），对日常生活审美化所延伸出来的文艺学的学科边界问题展开激烈的讨论。其间，各样文章层出不穷，如阎景娟的《从日常生活的文艺化到文化研究——论文艺学的“划界”、“扩界”与“越界”》、马大康的《从“鉴赏”到“消费”——消费文化与文艺学研究范式变革》和杜书瀛的《文艺学向何处去》等等。论争中，一方认为，今天的文学已被边缘化、泛化。“日常生活的审美化以及审美活动日常生活化深刻地导致了文学艺术以及整个文化领域的生产、传播、消费方式的变化，乃至改变了有关‘文学’、‘艺术’的定义。……总之，我国文化艺术场域发生了整体转型，它不再是原来意义上的‘文学’和‘艺术’了。它在越界、在扩容、在转型，经过‘大学科联合’的交叉、突破，重新选择和确定自己的对象和边界。”① 甚至有人断言：“在中国，文学的终结在未来可能是一个难以逃脱的劫数。”② 一部分学者对此心有不甘，他们参与论争的目的似乎就是“救赎”，就是使文学重返生活的“中心”。

本书并不想再去讨论文学的“疆界”究竟如何，而是想就论争者身上所折射出的运思方式，从“他者”的视角谈些观感。现在来看，我以为，对于文学理论争论，我们不能仅仅作文学现象分析，谁主张谁举证，谁的举证多，谁就有说服力。文学论争不是法律诉讼，我们更应该追问的是：“文学”“艺术”的定义改变了，它的根基也挪动了吗？“文学”的边界因何而变化？它是如何变化的，是外延式变化，还是内涵式变化？变化的是什么？影响到文学的精神和根底了吗？审美的经验形态扩大了，文学的样式发展了，文学就自然可以“扩界”吗？最直接的问题是，如果文学真的是被边缘化或泛化了，这究竟是被逼无奈，还是文学发展的趋势使然？

在这场热烈的文学论争中，最本原的问题其实只有一个，那就是文学的价值问题，而不是文学的“本质”问题。至于文学理论的学科定位问题，乃是个衍生性问题。马歇雷曾有这样的分析，“因为‘什么是文学？’是一个虚假的问题。为什么呢？因为这是一个已经包含着答案的问题。它意味着文学是某事物，文学作为物而存在，是带有某种本质的永恒不变的事物”③。所谓“文学本质”只是被

---

① 金元浦：《别了，蛋糕上的酥皮——寻找当下审美性、文学性变革问题的答案》，《文艺争鸣》，2003年第6期。

② 朱国华：《中国人也在诗意地栖居吗？——略论日常生活审美化的语境条件》，《文艺争鸣》，2003年第6期。

③ 弗朗西斯·马尔赫恩编：《当代马克思主义文学批评》，刘象愚等译，北京大学出版社2002年版，第61页。

“自定义”的某种“虚构”，在“为文学规定了几乎独立的领域和功能”与“不加任何区别地把文学一股脑纳入其它社会活动之中”这两个极端之间①。

在文学的价值问题上，笔者以为，郭绍虞辈所进行的文学批评史梳理，还是给我们提供了足可利用的学理资源。在中国人的文学观念中，“文以载道”的文学价值观是根深蒂固的，甚或成了一种集体无意识。既然是“载道”，而且是维系社会稳定的儒学之“道”，文学成为社会生活的“中心”就有了某种必然，所谓“盖文章，经国之大业，不朽之盛事”是也。然而，“文以载道”，或者是“文学为什么服务”，并不是文学的“本然”价值，充其量只是文学的“应然”价值。文学本来就不是“真理”唯一的言说方式，文学的根底，除了再现现实、反映现实之外，还应为当代人绘制出“生活的可能性”地图。所以，与其说文学被边缘化、泛化，不如说文学正在走向“纯化”，在向文学的“本然”面貌回归。换言之，文学的边界不是在扩容，而是在退守，扩容的是人们体验生活、认知世界和审美方式的可能性。

从中国文学发展看，由魏晋以前作为“杂文学”的“文章”到六朝时期的“文”“笔”之分，其实就是不断剔除附丽在文学身上的“杂质”，使文学“纯化”。而所谓“文”“质”之辨，“文”是在形式上辨明文学的本然面貌，“质”是在功能上辨明文学的本然价值（教化的或审美的），二者在根本上是要使文学纯粹化。由此，“文”“质”之辨，焉知其不是古人的“扩容”与“边界”之争？再者，中国文学由诗歌而散文、小说、戏曲，何尝不可以说是文学的一次次“越界”，而这“越界”的背后，又未尝不可以说是人们体验生活、认知世界及审美可能性的一次次扩充与拓展！在这个意义上说，诗歌、散文、小说、戏曲……与其说是不同的文学体裁和样式，不如说是人们在创造不同的体验生活、认知世界及审美方式的可能性。古往今来，也没有哪一部文学作品在人们改造世界的实践活动中产生过现实的价值。虽然有一些文学作品曾经振奋过人们的精神，鼓舞过人们的斗志，但“一代有一代之文学”，洗尽历史的尘埃，那种文学家热盼的文学轰动事件也只留存在人们的记忆中，那种以某种权威力量来制造某一文学运动（如曾经的“民歌运动”）的荒谬更是历史的笑谈。说得更直白点，离开了文学，人类依旧在发展，人们照样有生活。“不在中心”或许正是文学的本然价值，因

① 伊娃·库什纳：《文学的历史结构》，马克·昂热诺等：《问题与观点：20世纪文学理论综论》，百花文艺出版社2000年版，第147—148页。

为人类生活不是为了“文学”，也就不存在所谓的“去中心”。事实就是这样简单。那么，文学是否也是简单的呢？这似乎是个问题。

简单地说，文学并不天然地处在时代的“中心”，甚至也从来没有成为过“中心”。看看文学史吧。屈原、“三曹”、李白、杜甫、苏轼……都是不朽的诗人、文学家，但文学（诗歌）显然不是他们的生活中心，积极介入政治甚至成为操持政治中心话语的人物（如屈原的“美政”理想、杜甫“致君尧舜上，再使风俗淳”的抱负），似乎才是他们的生活志趣。这正应了鲁迅的那句名言：“然而美底愉乐的根底里，倘不伏着功用，那事物也就不见得美了。”[①] 即便是人文学者和现代知识分子倍加推崇的文艺复兴运动，文学同样不是那个时代的“中心”。美国历史学家罗兰·斯特龙伯格教授这样说：“在这个世纪里（指文艺复兴——笔者注），不论我们怎么大谈校园里的哲学家和文学方面的专家，其实对老百姓的生活影响最深的是基督教。它渗透进生活的每一方面，……基督教还影响了建筑和艺术的形式以及民众思想的基本结构。”[②] 前文提到，20 世纪初，处于草创期的《中国文学史》著作，不少都将历史、科学归入文学，论述了音韵文字、金石碑帖、目录学等许多非文学的东西，因而更像是文化史、国学史。若以此参之，“日常生活审美化”论者所谓的“大学科联合”，不过是古已有之的文化现象。操持着消费主义文化语码的“日常生活审美化”，似乎又显出了几分复古主义色彩。或许，在中国文学经验中，貌似后现代的“日常生活审美化”，更像是一种文化想象。

（二）中国古典诗学的“创造性还原”及其限度

郭绍虞之从事中国诗学批评，贯穿着“保存古人面目”的解释学思想，其显而易见的一层意思，是历史还原，但它未必就是历史绝对主义的。因为在绝对意义上说，历史是永远无法复原的，而在相对意义上，历史则可以从不同的维度无限地切近、把握和还原。我以为，所谓 20 世纪中国文学批评史的解释范式，还原型解释也好，机械型解释也罢，抑或是有机型解释，三者的根底都在“还原”，只是诠释的视角、立场和问题域有所不同。

必须承认，中国历代文学批评家理论观点之间纵的和横的历史联系，是客观

---

① 鲁迅：《〈艺术论〉译本序》，《鲁迅全集》第 4 卷，人民文学出版社 1981 年版，第 208 页。

② 罗兰·斯特龙伯格：《西方现代思想史》，中央编译出版社 2005 年版，第 16 页。

存在的。要把这些历史联系揭示出来，就必须对批评家的理论及其意蕴作充分的推阐、创造性还原。德国哲学家恩斯特·卡西尔指出："人们通常发现，'历史'一词在两重意义上被使用着。一方面，它意味着过去的事实、事件、行为举止。而在另一方面，它又意味着我们对这些事件的重组和认识。"① 海登·怀特说得更明确："历史话语所生产的是对历史学家掌握的任何关于过去的资料和源于过去的知识的种种阐释。这种阐释可以采取若干形式，从简单的编年史或史实目录直到高度抽象的'历史哲学'。"② 在怀特看来，任何历史叙述必然包含着叙述者对历史的解释，"历史没有所谓的真相，只有更为合理的可能性"③。历史学家在其历史叙述中，总会采取特定的叙述形式或阐释方式来重组他所面对的历史史实或事件。

那么，什么是"创造性还原"？如何创造性还原？学者傅伟勋曾在其《从德法之争谈到儒学现代诠释学课题》一文中建构了一个"创造的诠释学模型"，即五层次诠释理论。五层次诠释包括：（1）"实谓"——探问"原作者（或原典）实际上说了些什么？"（2）"意谓"——"原作者（或原典）想要表达些什么，它的真正意思是什么？"（3）"蕴谓"——"原作者可能想说什么？"或"原典可能蕴涵哪些意思意义？"（4）"当谓"——"原作者（本来）应该指谓什么？"或"我们诠释者应该为原作者说出什么？"（5）"创谓"——"为了救活原有的思想，或为了突破性的理论创新，我们必须践行什么，创造性地表达什么？"④ 这是个颇具启发性、可操作性的模型，问题在于，面对具体问题，这五个诠释层次孰先孰后？它是线性的、层垒的，还是回环往复的？毕竟，创造性还原不是"搭积木"。

在中国文学理论界，20世纪90年代提出"古代文论的现代转换"可以被视为创造性还原的一种范式，它"把古代文论的一些概念、命题和思想经过创造性

---

① 恩斯特·卡西尔：《符号·神话·文化》，东方出版社1988年版，第14页。

② 海登·怀特：《"描述逝去时代的性质"：文学理论与历史写作》，见拉尔夫·科恩：《文学理论的未来》，程锡麟等译，中国社会科学出版社1993年版，第45页。

③ 海登·怀特：《元历史：十九世纪欧洲的历史想象》"导论：历史的诗学"，陈新译，译林出版社2004年版，第1页。

④ 傅伟勋：《从德法之争谈到儒学现代诠释学课题》，《二十一世纪》，香港中文大学中国文化研究所出版，1993年4月号。

的还原和阐发，使其从一种历史性的文化存在，转化为今天所需要的文学理论和美学元素”[①]。创造性还原的运思模式是多样化的，学界的讨论不可谓不多、不可谓不详，略举几例。蒋凡在 90 年代初即提出古文论研究应具备现代意识，具体包括“历史意识、现实意识、世界意识、未来意识的内容”[②]。刘保忠、古风认为要两方面着手：“一是要‘转’，带着现代文论的问题，到古代文论的宝库中去寻找参照或答案”；“二是要‘换’，即用现代文论的观念和思想，对古代文论进行新的发现、开掘和阐释”[③]。张海明提出古代文论的现代转换“一是以现代意识为参照系对古代文论的价值重新评估，找出其中仍具理论活力的部分；二是对之作现代阐释，使之得以和现代文论沟通”[④]。陈伯海认为比较和分解是转换过程中的两个关节点：“首先必须放在古今与中外文论沟通的大视野里来加以审视，这就形成了比较的研究”，“比较研究是古文论现代转换的前提，而要实现这一转换，还有赖于对古文论进行现代诠释，使古文论获得其现代意义”[⑤]。党圣元认为：“在诠释与建构的过程中，第一要做到视界融合；第二要彰显对象隐藏的内在意蕴；第三尝试运用传统文论概念范畴进行思维。”[⑥]

总体来看，上述观点各有见地，但也还有一些问题需要廓清。除了学者已经提到的“谁在‘转换’”的问题，笔者以为，可以追问的还有：转换什么？向谁转换，或者说转换成什么？如何评判转换的成功？等等。比如，有学者提出：“中国古代文论的转换，即是向中国现代文论转换，即是现代化。”[⑦] 那么，这就出现了问题：中国现代文论是什么？它是如何建构的？我们知道，所谓的中国现代文论，本就是多元话语共生的，有西方诗学思想，有马克思主义诗学，亦有中国传统诗学精神，三方抑或是多方共构，谁是主脑？有没有主脑？主脑未必就是

---

① 杨文虎：《“释放过去的能量”——古代文学理论的原创性还原和现代文论建设》，《东方丛刊》，2006 年第 1 期。

② 蒋凡：《中国古代文论研究与现代意义》，《人文杂志》，1991 年第 1 期。

③ 刘保忠，古风：《是谁在“转换”——再谈中国古代文论的现代转换》，《延安大学学报》，1998 年第 3 期。

④ 张海明：《古代文论和现代文论——关于建设有中国特色的马克思主义文艺学的思考》，《文学评论》，1998 年第 1 期。

⑤ 陈伯海、黄霖、曹旭：《中国古代文论研究的民族性与现代转换问题》，《文学遗产》1998 年第 3 期。

⑥ 屈雅君：《变则通，通则久——“中国古代文论的现代转换”研讨会综述》，《文学评论》，1997 年第 1 期。

⑦ 刘保忠，古风：《是谁在“转换”——再谈中国古代文论的现代转换》，《延安大学学报》，1998 年第 3 期。

“现代化”的一方，那么，谁是？婆婆多了，媳妇就无所适从，何况还没有一个主事的婆婆？当然，这个例子可能有些极端，但它至少给了我们某种启示，即：古典诗学的创造性还原，不是无限扩大的，而是有限度的。这是本书要重点思考的问题域，以下作些申述。

笔者以为，古典诗学的创造性还原，可能会受限于三个方面：一是还原者的思维方式；二是还原者的表达方式；三是还原对象的选择。

第一，就思维方式来说，进行创造性还原的主体必须持一种现代思维，因为古代文论是古人文学经验的总结与提炼，以其原生形态是无法进入现代生活的，必须通过某种阐释，在意义的生成、生长中实现现代转换。比如郭绍虞之文学批评史。文学批评史既是文学批评本身的历史，也是一种思想史。在思想史的范围内，任何经典的解读，都不可能完全回归到原典的本来面目，都不可避免地带着解读者的印记。德国解释学大师加达默尔说：“真正的历史对象根本就不是对象，而是自己和他者的统一体，或一种关系，在这种关系中同时存在着历史的实在以及历史理解的实在。”[①] 在加达默尔看来，理解无法超脱出历史的处境而达到纯粹的客观性，因此，所谓“历史意识”，一方面包含着“理解历史”，另一方面包含着“历史理解”。前者代表着理解的对象构成——文本（Text），后者代表着理解的行为发生——当下（Gegenwart），“以历史意识进行的每一次与传统的交往，自身都会经历到文本与当下之间的张力关系”[②]。郭绍虞之“保存古人的面目”，同样包含着“理解历史”和“历史理解”两个方面，是历史视域与郭绍虞自身视域（当下视域）的视界融合，因为郭绍虞“固然重在材料的论述，然亦时多加以论断的地方”[③]。有“论断”处，即是显现自身视域，即意味着理解的可能性的不断增长，意味着认识的不断进步，意味着不断扩大问题域的广度和深度。如前文所说，郭绍虞有机融合了进化观、纯文学观等新思想、新观念，以纯文学观作为中国文学观念演进的内在尺度，以进化观作为中国文学批评演变的历史尺度，对中国文学批评的演变作出了“正—反—合”式的解释，这与传统的乾嘉学派的绝对主义观念有明显的区别。有人说郭绍虞是历史绝对主义，笔者认为，郭绍虞至少不是完全的历史绝对主义，我们不能因为他提出的某些形而上的观念就给他贴标签。

---

① 加达默尔：《真理与方法》“译者序言”，洪汉鼎译，上海译文出版社 1999 年版，第 8 页。

② 倪梁康：《现象学及其效应——胡塞尔与当代德国哲学》，第 278 页。

③ 郭绍虞：《自序》，《中国文学批评史》，商务印书馆 1934 年版，第 2 页。

第二，就还原者的表达方式看，表达方式与还原者的研究方法是直接关联的，其最基本的形态就是“古为今用”“洋为中用”。“古为今用”有两条途径：一是以古证古，一是以今释古。前者难免胶柱鼓瑟，“在古人的旧说中兜圈子”，“本身并不能实现创造性的目的”①；后者，或是六经注我，或是我注六经，都易生搬硬套。郭绍虞主张“用现代人熟悉的术语来说明古代的学术思想”②，“用现代语言对它们作出科学阐释”③；对于昔人学术，“要看出他真精神，真命脉的所在”④。“洋为中用”，在中国现代文艺思想史上，基本就是“以西释中”，包括运用马克思主义的立场、观点和方法。比如，郭绍虞用自日本转来的“纯文学”观念去梳理中国文学批评史上文学观念的演化，这在当时是比较普遍的学术模式。正如朱自清所说的：“现在学术界的趋势，往往以西方观念（如‘文学批评’）为范围去选择中国的问题，姑无论将来是好是坏，这已经是不可避免的事实。”⑤朱自清“无论将来是好是坏”的谨慎态度暗示了他对“以西释中”的警觉。这也说明，“以西释中”是有局限性的。郭绍虞后来对此也有反思。他说：

> 我们对古代文学理论的研究是随着五四时期新文学的产生而开展的。当时，文艺界在理论上受到影响最大的是普列汉洛夫等人的马克思主义的文艺理论，其次是资产阶级民主主义的理论。但是由于我们对本民族文艺理论遗产的整理还在草创时期，许多文艺理论的珍品没有充分发掘出来，我们建立的理论常常沿用外国的体系，我们论述理论问题常常不能不藉助外国的经验。这就使得新的理论缺乏自己民族的特点，更不了解我们在理论上究竟有哪些独特的贡献。⑥

进入新时期，郭绍虞在提倡用比较方法研究古代文论时，民族性立场开始凸显。他说：“我们的文论是在特殊的历史条件下产生的，它有自己的特点和特殊的发展规律。为了研究这种矛盾的特殊性，我们有必要把它和我国文论相比较，以发现我们独特的经验和独特的贡献。我们这样做，不是为了互相争雄，而是为

---

① 杨文虎：《“释放过去的能量”——古代文学理论的原创性还原和现代文论建设》，《东方丛刊》，2006年第1期。

② 郭绍虞：《关于〈沧浪诗话〉讨论的补充意见》，《照隅室古典文学论集》（下编），第162页。

③ 郭绍虞：《关于古代文学理论研究中的几个问题》，《照隅室古典文学论集》（下编），第454页。

④ 郭绍虞：《论勇与狂狷》，《照隅室杂著》，第329页。

⑤ 朱自清：《评郭绍虞〈中国文学批评史〉上卷》，《朱自清古典文学论文集》（下），第541页。

⑥ 郭绍虞：《关于古代文学理论研究中的几个问题》，《照隅室古典文学论集》（下编），第449页。

了互相补充，把我们的理论成果补充到世界文艺理论的宝库中去，让它们为全中国、全世界人民服务。”[①] 郭绍虞的意思是，通过中外诗学的互参互照，我们更容易发现自己的独特经验，提高我们的理论成果，并向世界输出，为世界共享。但他只强调我们的独特经验，而忽略了外国亦会有独特经验。如果双方因各自独特性的超强而产生无法沟通的差异性，期待中的“互相补充”还有可能吗？补充的深度、广度会有多大？郭绍虞的比较方法似乎是单向度的，可能会达不到期待中的效果。

第三，就还原对象的选择来说，要注意区分层次。从形而上的意义上说，古代文学理论有精华，有糟粕，不必都要还原，也不是都可以还原的。正如有研究者说的：“相对于现代人文社会科学来说，中国古代文论这种研究对象是太奇特了：它是一种理论言说，却时时伴随着感觉与体验；它指向一种普遍性的结论，却从不离开具体的情境；它直接标示的是一种趣味或风格，但其根本处总是关涉到某种人生的境界。古代文论话语的这种复杂性与丰富性就使得任何以西方式的逻辑思维为基点的现代学术话语都难以真正揭示其全部意蕴。”[②] 比如，诗学范畴的创造性还原，我们首先需要辨析哪些是中国诗学的核心范畴，哪些范畴只存在于古人的文学经验中，哪些范畴在当下还有效用。“我们须要确切了解它们的内涵，分辨它们在不同时期不同作品中的区别，总结它们在形成和发展中的规律，才有可能使古代文论为现实服务。”[③] 其次，要具体辨别诗学范畴变化不定的含义，区分其有价值的部分。比如“兴”，是别具中国文化特色的诗学范畴，其含义因人、因时而繁复多变，但其兴发感动与沟通物我的功能性特征永恒未变，并因其深广的诗歌创作论和接受美学内涵而周流于诗歌艺术活动的全部过程中[④]。王一川主张建构一个感兴修辞诗学（简称兴辞诗学），认为“在当今批评理论中重构兴辞诗学应当成为当前我国文学理论的选择方案之一”。兴辞诗学“是由注重个体体验的感兴论与突出特定语境中的语言效果的修辞论两者融汇起来的文论框架”，“是一种在特定语境中阐释文本语言并由此显示其感兴蕴藉的文论方式”[⑤]。这无疑是富有想象力和创造力的，然而理想和现实似乎达到一致，

① 郭绍虞：《关于古代文学理论研究中的几个问题》，《照隅室古典文学论集》（下编），第453—454页。
② 李春青：《20世纪中国古代文论研究的意义与方法反思》，《东岳论丛》，2006年第1期。
③ 郭绍虞：《关于古代文学理论研究中的几个问题》，《照隅室古典文学论集》（下编），第454页。
④ 何旺生：《兴：现代心理美学的古典表达》，《江淮论坛》，1997年第6期。
⑤ 王一川：《理论的批评化——在走向批评理论中重构兴辞诗学》，《文艺争鸣》，2005年第2期。

重构兴辞诗学成了一个人的战斗。再次，对于那些无法有效还原的，或者不再具有理论生命力的诗学思想、概念、命题，就无须再下功夫。因为诗学还原的最终目的是应用，创造性还原就是生产出富有活力的诗学思想、理论命题、艺术观念或范畴，能解释现实的文学现象，或对解决当下的理论问题有帮助。而在人类思想和文明发展的长河中，有些东西只属于古人，只具有文物价值，只能作为文化遗产、古文明遗迹而加以保护，予以纪念、赏玩。这或许就是“国粹”与“国渣”的不同境遇吧。

（三）中国文论建设的一种可能性：以批评建理论

如本章开篇所言，郭绍虞以一个文学理论批评家的身份著述一生，理想却是要做一个“文学原理的建设者”。这表征在郭绍虞的中国诗学批评研究中，就是文学批评史与文学理论纠结为一体。因为有对“保存古人的面目”的原则的坚守，他自己的见解和观点十分隐蔽地潜伏在对文学批评史的描述中，以致不细绎是无法显影的。不过，这依然启示我们，通过文学批评来进行文学理论的建设，推进中国文学理论与文学批评的一体化发展，也许是一条值得尝试的路。

一个常识性的问题是，文艺学包含文学理论、文学批评和文学史。但就理论和批评之间的关系而言，它们之间很难说存在过严格的不可逾越的界限，过分强调它们之间的疆界可能会导致理论活力的匮乏。

现在所说的文学理论和文学批评的区别在古人那里是相当模糊的。中国古代文论的大多数篇章不是纯粹的理论分析，而是针对具体的文学作品和文学现象进行批评，纯粹的理论分析不符合中国的诗性思维的要求。因此，即使像《文心雕龙》这样的理论巨著，内在的逻辑思辨也包裹在外在诗性的语言之中，理论的脉络由于骈文的华美多少显得有点模糊。此外，在中国，还出现了诗歌形式的文学批评，文学理论就包含在文学批评之中，并没有特别被指出来是什么样的文学理论，如元好问《论诗绝句三十首》阐发了他的诗歌理论，但这种理论是不清晰的，它给人更多的是一种诗性的感悟、一种具体的对诗人和诗的批评；同样，对小说理论的总结，中国首先是通过相对散漫的“评点”来进行的，“评点”更多的是“评”，按照现在的说法，应该归入文学批评中去，但我们一说到中国的小说理论，又无法绕开小说“评点”，这就说明了中国古代理论和批评是无法截然分开的。

就西方文论而言，20 世纪初，俄国形式主义的崛起才使得文学理论摆脱了过去依附哲学等其他学科的历史，成为一门真正独立的学科。整个 20 世纪，西方的文学理论和文学批评也是紧密结合在一起的。俄国形式主义固然是一种理论流派，但更是一种批评流派，同样，结构主义、新批评、接受美学、女权主义、后殖民主义等也莫不如此。有论者认为，20 世纪西方文学理论的性质和特点是“理论与批评的一体化”，理论是指批评理论，批评指的是理论批评（文学理论包括一般理论和具体理论，批评理论是具体的一种；文学批评包括理论批评和实用批评），因此，理论和批评的一体化实际上是说“批评理论与理论批评的一体化”。具体说来，在 20 世纪西方文学理论和文学批评的过渡区，“有一片‘理论’与‘批评’混沌一体的交叉地带，这就是‘理论’与‘批评’共生一体的地带，即批评理论与理论批评共生一体的地带。这个地带的理论和批评一头远离文学的一般原理，一头脱离实用批评。正是这个‘共生带’，出现了 20 世纪文学研究的奇观：一个又一个标新立异的批评理论轮番登场，形成了 20 世纪文学理论的主潮；一个又一个新理论、新流派的产生，开辟了一个又一个新的研究领域，引发了文学研究的一次又一次的革命”[①]。

以此观之，无论是中国古代文论还是西方当代文论，都没有顽固地坚持文学理论的固有疆界，而是显得比较开放。相对而言，我们目前的文学理论在学习西方文论时也许很容易做到“理论与批评的一体化”，但在构建自己的文学理论时，要么是着眼于文学原理体系的建立，要么在具体的实用批评中纠缠太多，产生了一种理论是理论、批评是批评的两不相干的局面。例如，20 世纪 90 年代以来，诸多的文学理论教材都用心于建立自己的理论体系，而忽视理论是否能满足批评的要求，因而，它们在各行其是的同时又几乎丝毫影响不了批评界的活动。就理论指导批评的功能而言，这样体系性的理论显然没能实现这一功能，至少是没有很好地实现这一功能。声势浩大的“古代文论的现代转换”基本上局限于对古代文论话语的探讨，而且主要是一种理论层面的探讨，相对忽视了这些话语在实际运用中的具体情况，这使得“古代文论的现代转换”基本上仅仅是一个命题，对现实的文学批评活动没有多大触动，从而导致这一命题目前的无奈处境。试想，如果我们的理论体系能跨越固有的疆界，延伸到批评领域，或者在建立理论体系时考虑到批评的要求，我们的理论对批评的指导作用肯定会比现有的情况好得多；如果我们在从事古代文论现代转换的工作过程中，能将文学理论的问题和文

---

① 王达敏：《理论与批评的一体化——论 20 世纪西方文学理论的性质和特点》，《文艺理论研究》，1998 年第 1 期。

学批评紧密结合起来，古代文论话语在当前的文学批评中究竟是否可用，就不会是一个纯粹的理论问题，而是一个鲜活的现实问题。

就理论看，文学理论如果对文学批评没有指导作用，这种理论的价值就值得怀疑；反过来，文学批评之中如果不能反映某种文学理论，这样的批评可能也禁不起推敲。就实践看，中国古代文论和西方文论都和批评难解难分，现实中的文学理论也基本上处于批评的包围之中。20 世纪 80 年代的理论热并没有形成中国的“万能”的文学理论，理论热点的快速转移决定了这一点，同时，西方的理论也无法“提供理论神话的典范，而只有批评的理论”（王一川语）[①]。90 年代后的情况更是如此：文化研究的热潮基本上已经不再是理论的建设，而是批评的操作；古代文论的现代转换关注的重心不是理论体系的重构，而是具体理论在批评中的运用，纯粹的文学理论基本上淹没在文学批评和文化批评的大潮之中。鉴于此，我们没有必要固守以前的文学理论研究，而应该将文学理论和文学批评结合起来进行研究，或者说，可以通过文学批评来研究文学理论，这符合当前的重视具体问题研究的时代潮流，也可以较好地摆脱二元对立思维的局限。

那么，如何通过文学批评来进行文学理论的建设呢？我认为，首先，要弄清楚文学理论和文学批评之间的关系，尤其是要弄清楚它们之间的联系；其次，对批评的现状进行分析，搞清楚文学批评的内在要求；然后，寻找文学批评和文学理论之间的契合点，从这个契合点切入，可以通过文学批评来进行文学理论的建设。

关于文学理论和文学批评的关系，已经有很多论述，它们当然是两门不同的学科，“前者研究原理、范畴、技巧等等，而后者则讨论具体的文学作品”[②]。我们在此主要强调它们的联系。文学理论和文学批评都是一种理性活动的结果，某种理论的产生离不开对大量的文学作品的提炼，理论体系的建立更离不开对各种概念、范畴的梳理。文学理论中的理智成分似乎是天然的。同样，文学批评表面上看可以各抒己见，多少有一点个人的主观愿望在内，但实际上，文学批评和随心所欲的文学欣赏有着根本的差别，它仍然要符合文学批评的基本要求。文学批评不能只是感性的，它首先必须是理性的，必须能以理服人，以得到某种认识或获得某种教益为目的，正如韦勒克所说：“批评的目的是理智的认识。批评并不

---

① 高建平：《新时期文艺学二十年》，《文艺争鸣》，1998 年第 4 期。

② 雷内·韦勒克：《批评的概念》，中国美术学院出版社 1999 年版，第 33 页。

创造一个同音乐或诗歌的世界一样的虚构世界。批评是概念的知识，或者说它以得到这类知识为目的。”①

文学理论和文学批评都可以宣扬某种理念。不同的文学理论，其出发点和归宿都是不同的，比如说，韦勒克、沃伦的《文学理论》和波斯彼洛夫的《文学原理》，在文学观念、方法论以及由此而建立的理论体系上，二者都有所差异。就文学观念而言，《文学理论》认为文学是“一个符号和意义的多层结构”，《文学原理》认为文学是“认识生活的一种形式”；就方法论而言，《文学理论》采用的是语义学分析法，《文学原理》用的则是历史分析法；就体系而言，《文学理论》先对文学进行定义，区分一些基本概念，然后展开文学的“外部研究”和“内部研究”，其特色在于强调“内部研究”，《文学原理》的“绪论”讲文学理论的历史发展，主体分两部分，分别分析文学的社会历史特征、总结文学发展的规律。文学观念、方法论以及理论体系的差异，反映了两本书不同的文学理念：《文学理论》强调的是文学作品作为存在物的特征，强调作品的形式特征，因而重视用语义学来进行文学的“内部研究”；《文学原理》则注重文学作品何以产生和怎样生产，强调作品的时代性和社会性，强调作品所表现的思想内容。

文学批评同样也是在宣扬某种理念，不同的文学批评有不同的立足点和批评目标。比如说，神话原型批评强调对文学内在结构的理解，强调单个文学作品和文学整体的联系；女性主义批评则重在通过女性角度来解释男权社会中的话语霸权和女性形象。文学理论和文学批评还有一个共同点，就是互为对方，换言之，文学理论是为了文学批评，文学批评是为了文学理论。文学理论对文学批评的指导作用自不待言，而且，某种文学理论如果不能有效地用于文学批评，这种理论的生命力就值得怀疑；同样，文学批评最终也是为了建立某种文学理论，“批评最后必须以得到有关文学的系统知识和建立文学理论为目的”②。文学理论和文学批评互为对方都要通过文学作品的中介作用：“历史上每个批评家都是通过接触……具体艺术作品来发展他的理论的，这些作品是他得去选择、解释、分析并且还要进行评价的。批评家的意见、等级的划分和判断由于他的理论而得到支持、证实和发展，而这些理论也从艺术作品中吸取养分并得到例证的支持，从而变得充实和言之成理。”③

① 雷内·韦勒克：《批评的概念》，第4页。

② 同上书，第4页。

③ 同上书，第5页。

从目前情况看，我们的文学理论研究总体上看没有从根本上突破过去的研究路向。20 世纪 90 年代以来，我们对西方文论的学习和借鉴，对古代文论的整理和转换，基本上局限在文论的范围内，没有形成新的研究路向，而且其思维方式基本上是二元对立的思维方式。这就要求我们要保持豁达的心态，采取一种开放式的研究姿态，开辟文学理论的新的研究路径。我们认为，通过文学批评来建设文学理论，应该是一条值得尝试的路径。这条研究路径可以打破文学理论的固有疆界，将文学理论和文学批评结合起来，从具体的批评中来阐发文学理论。

需要指出的是，以批评建理论是郭绍虞等（如罗根泽、朱自清等）一批文学批评史家的治学理念与学术理想给我们的启发，主要是针对 20 世纪 90 年代以来文学理论建设过程中出现的问题而言的。就本书的认知讲，郭绍虞的学术成就，其贡献最大者，首先当然是中国文学批评史的学科建设，他以现代文化观念和学术思维重新解释中国古代文学理论，其所建构的学科体系、研究范式，折射的文化诗学价值取向，筚路蓝缕，为后来者树立了典范；其次是文学批评史料学的建设和诗话考论，他所系统发掘、整理的中国古代文学理论资料，已成为中国诗学史、中国文化史中的绚丽华章；再次是中国诗学语言批评，而他的语法修辞研究根本上也是要消除文学和语言之间的隔阂，因而彰显出不同于其他语言学家的独特性的、创造性的思想。特别是当代文艺学中一些热点问题，有的，郭绍虞给我们指明了致思方向；有的，我们可以返回到郭绍虞，找寻问题的出路。今天，郭绍虞所追求的“建立具有中国民族特点的马克思主义文艺理论”也已演化为“建立中国特色的马克思主义文艺理论”。由“中国民族特点”到“中国特色”，内涵、外延都发生了深刻的变化，也对中国文艺理论界提出了更高的要求，我们更应该珍视郭绍虞的中国诗学批评！

附　录　郭绍虞学术年表

1893 年

11 月 21 日，生于江苏苏州，名希汾，字绍虞，后以字行[①]。

1910 年

入苏州中等工业学校求学，并与同学创办文学刊物《嘤鸣》[②]。

1912 年

从苏州中等工业学校辍学，到苏州《苏报》馆学当记者。

1913 年

7 月，到上海商务印书馆附属尚公小学教书，借阅“涵芬楼”藏书，开始学术研究与创作[③]。

1914 年

以第一名的优异成绩考进进步书局（原上海文明书局）当编辑。该局停办后，到启秀女中当老师。

参与编辑《历代文评注读本》《历代诗评注读本》。

---

① 郭绍虞故居在今苏州市大新桥巷 13 号。据郭绍虞子女回忆，大门外沿河曾有一高大照墙，两旁是下到河埠的石阶。穿过门房，经由弹石铺就的天井通往轿厅，天井两旁砌有白色矮墙。轿厅后的天井也是弹石铺砌，西侧靠墙有一花坛，种有蔷薇、栀子等花木，也有些太湖石。东侧是走廊，廊的外侧有矮墙。

② 《嘤鸣》，盖取“嘤其鸣矣，以求友声”（《诗经·小雅·鹿鸣之什·伐木》）之意——笔者注。

③ 1904 年 12 月，商务印书馆在上海开辟新藏书楼，以善本收藏为主，后定名为“涵芬楼”。

1916 年

与进入商务印书馆编译所的茅盾志趣相投，结成莫逆之交[1]。

出版专著《战国策详注》，上海文明书局。

出版第一部学术著作《清诗评注读本》。

1917 年

东亚体育学校兼职，6 月。

1918 年

开始写作我国第一部体育史专著——《中国体育史》。

1919 年

任北京《晨报》副刊特约撰稿人，结识郑振铎。

长篇论著《艺术谈》开始连载于《晨报》，7 月。

出版《中国体育史》，上海商务印书馆，11 月[2]。

翻译《马克思年表》，北京《晨报副镌》，12 月 1 日。这是中国较早翻译的马克思生平资料。

发表《劳动起源问题》。

1920 年

从胡适、冯友兰，在北京大学哲学系旁听，并发奋学习英、日、德三种外文。

---

① 后茅盾出任《小说月报》主编，是郭绍虞将其推荐给郑振铎，再由郑振铎与王统照推荐之，故郭的推荐是个重要因素。在后来公布的“文学研究会”的 12 个发起人中，除了郭绍虞、朱希祖、蒋百里外，其他成员当时茅盾也都不认识（朱希祖、蒋百里与茅盾为浙江同乡）。参方全林主编、宋炳辉著《茅盾：都市子夜的呼号》“第二章”，上海教育出版社 2000 年 5 月。

② 《中国体育史》后由胡适推荐作为大学教材，曾多次再版，收入商务印书馆的“万有文库”。书前收朱亮（1918 年冬）、范祥善（1919 年 1 月）、叶圣陶（1919 年 4 月 24 日）所作《〈中国体育史〉序》三篇。

加入新潮社，被推为新潮社干部部的干事之一①。

《中国体育史》再版。

《记录杜威讲演稿》，北京《晨报》副刊，1月②。

《俄国美论及其文艺》，《小说月报》第十二卷，2月8日③。

翻译《近世美学》（日本高山林次郎编撰），《学灯》（上海《时事新报》副刊），3月2日至4月29日；《晨报》副刊，1920年2月26日至6月29日。

《从艺术上企图社会的改造》，《新潮》第二卷第四号，5月1日。

《艺术谈》连载结束，《晨报》，6月20日。

发表新诗《世界》，《晨报》副刊，7月5日。

发表新诗《流星》，《晨报》副刊，10月29日④。

《小学生文法》出版。

与茅盾、郑振铎、叶圣陶、王统照等人发起成立了“文学研究会”，11月⑤。

---

① 新潮社1918年11月15日正式成立，是北京大学文学院学生傅斯年、罗家伦、徐彦之等效法《新青年》而组织的社团，聘胡适为顾问，1921年后自行解体。社刊《新潮》月刊，1919年1月1日创刊，由北京大学出版部出版。先后由傅斯年、罗家伦、周作人等主编，曾得到李大钊、陈独秀、蔡元培的支持，至1922年3月第二卷二期停刊，共出12期。思想倾向与《新青年》同调，但更侧重于发表新文学作品和译介西方文学名著。郭绍虞记：“新潮社办的《新潮》是得到北大校长和教授们的支持而出版的。然而到后来，几位骨干主将都先后出国，维持者缺乏当时发起者的一股魄力，群龙无主，也就逐渐销沉而归于消灭。”（《关于文学研究会的成立》，见《照隅室杂著》第544页）

② 杜威1919年4月30日到上海，胡适、陶行知、蒋梦麟等在沪迎接。杜氏在华共居住2年2月，足迹遍及11个省及各大城市，全面系统地鼓吹其实验主义哲学。胡适朝夕相从，为其翻译。11月，杜威在北京大学作《思想之派别》的讲演，即由胡适口译、郭绍虞笔录整理发表。

③ 此处据《照隅室杂著》录。《小说月报》第十二卷系“俄国文学研究”专号（号外），1921年9月出版。

④ 1920年10月，瞿秋白以《晨报》驻莫斯科记者的身份派赴苏联，郭绍虞专门作《流星》一诗赠别。

⑤ “文学研究会”的成立时间，据《郭绍虞自传》（见《中国当代社会科学家（传记丛书）》第10辑，书目文献出版社1987年12月版）说，是1921年元旦。此处采茅盾《〈中国新文学大系·小说一集〉导言》说。《中国新文学大系·小说一集》，上海良友图书印刷公司1935年5月。

1921 年

《文学研究会宣言》发表，《小说月报》第十二卷第一号，1 月 10 日[①]。

《社会改造家刊传》，《解放与改造》杂志[②]。

到济南第一师范学校任教。

翻译日本汉学家盐谷温《支那文学概论讲话》第六章，编译为《中国小说史略》，上海中国书局。

经胡适、顾颉刚推荐，到福建协和大学任教[③]。

仍与文学研究会保持紧密的联系，并积极为文学研究会的《文学旬刊》撰稿。

《谚语的研究》，《小说月报》第十二卷。

1922 年

发表新诗《江边》《雨后》《矛盾》等，《诗》月刊第一卷第四号。

《邵雍的自由诗》，《文学旬刊》第三十八期，5 月 21 日。

发表《期待》等新诗 16 首，辑入《雪朝》，上海商务印书馆，6 月[④]。

翻译《阿那托尔》(戏剧，奥地利显尼志劳著)，上海商务印书馆[⑤]。

---

① 1920 年 12 月 4 日，郑振铎在耿济之家开会，讨论由郑起草的《文学研究会简章》。郑还自告奋勇地去信约请鲁迅参加文学研究会。参陈鸣树主编《20 世纪中国文学大典（1897—1929）》，上海教育出版社 1994 年 12 月，第 493 页。鲁迅之所以不做文学研究会发起人甚至也不算是会员，据说是当时北洋政府有所谓文官法，禁止各部官员参加社会上的各种社团，鲁迅此时还在北洋政府教育部任佥事，因此不便参加。参《茅盾自传》，江苏文艺出版社 1996 年 7 月，第 101－102 页。又，据茅盾回忆，文学研究会的宣言、简章、发起人名单在 1920 年 12 月中旬由郑振铎寄来时，正赶上《小说月报》12 卷第 1 期最后一批发稿，遂以“附录”形式全部刊出。《文学研究会宣言》由周作人起草而经鲁迅看过，发表时有 12 人署名，即郭绍虞、郑振铎、王统照、茅盾、朱希祖、蒋百里、周作人、耿济之、瞿世英、叶绍钧、孙伏园、许地山。郭绍虞会员编号为 6。1921 年初，郭绍虞接受济南第一师范学校的聘请，离京南下，未能参加成立大会。

② 《解放与改造》系北京“新学会”会刊，半月刊，1919 年 9 月 16 日创刊。

③ 福建协和大学 1915 年 5 月 25 日于福州创办，初为福建协和学院，1918 年改为大学。

④ 《雪朝》，新诗合集，“文学研究会”丛书，共八集，各分集作者依次为朱自清、周作人、俞平伯、徐玉诺、郭绍虞、叶绍钧、刘延陵、郑振铎。书前有郑振铎写于 1922 年 1 月 13 日的“短序”，谓八个人的诗“可以说是各个人的人格或个性的反映”，并提出了“真率”“质朴”的诗歌创作主张。

⑤ 该书系文学研究会丛书，书前有郑振铎写于 1922 年 3 月 25 日的“序”。1924 年再版，1933 年国难后一版。

1923 年

应聘到河南开封中州大学任教。

1925 年

《牛训理解》，河南开封中州大学《文艺》第一卷第一号。

《晚周古籀申王静安先生说》，河南开封中州大学《文艺》第一卷第一号。

《中国文学演化概述》，河南开封中州大学《文艺》第一卷第二期[①]。

《谚语的研究》，“小说月报社丛刊”，单行本，上海商务印书馆。

1926 年

《中国文学演进之趋势》，《小说月报》第十七卷号外：《中国文学研究》（上）。

《试从文体的演变说明中国文学之演变趋势》，河南开封中州大学《文艺》第一卷第二号。

《赋在中国文学史上的位置》[②]。

1927 年

年初，经茅盾介绍，由河南中州大学到武汉第四中山大学任国文系教授兼主任。与当时在武汉的茅盾、吴文棋、樊仲云、傅东华、孙伏园等人一起组织“上游学社”，创办刊物《上游》。

---

① 《郭绍虞自传》（见《中国当代社会科学家（传记丛书）》第10辑，书目文献出版社1987年版）、《照隅室古典文学论集》（上编）皆称此文1926年发表于《文艺》一卷二号，恐有误。《文艺》1926年一卷二号已刊载《试从文体的演变说明中国文学之演变趋势》（系《中国文学演化概述》和《中国文学演进之趋势》二文的合写），一期杂志不大可能刊载两篇内容重复的文章。《照隅室语言文字论集》（上海古籍出版社1985年版）标明此文发表于1925年，应如是。此处采之。

② 1927年，《小说月报》第17卷之号外《中国文学研究》刊发此文。1963年6月，郭绍虞有附记说：“此文是一九二六年所作，本于论文不拘形貌，于是认为不妨有语赋之目。”见《照隅室古典文学论集》（上编），第87页。

被聘为北京燕京大学国文系教授，7月[①]。

《梨洲文论》，《燕大月刊》第四卷第三期。

《中国文学批评史上之"神""气"说》，《小说月报》第十九卷第一期。

《文学观念与其含义之变迁》，《东方》第二十五卷第一期。

着手《宋诗话辑佚》工作。

1928年

《介绍〈歧路灯〉》，《文学周报》第五卷。

《文气的辨析》，《小说月报》第二十卷第一号。

《诗话丛话》，《小说月报》第二十卷。（期号未详）

《所谓传统的文学观》，《东方杂志》第二十五卷第二十四期。

《儒道二家论"神"与文学批评之关系》，《燕京学报》第四期，12月[②]。

秋，燕京大学开始招收研究生，为国文系研究生讲授"文史研究"（研究中国文学批评之书籍）、"陶集之研究"（研究陶渊明之个性、文辞与其渊源影响）[③]。

1929年

《先秦儒家之文学观》，《睿湖》第一期，6月[④]。

《文品汇钞》，北平朴社，10月。

《〈文章流别论〉与〈翰林论〉》，《燕大月刊》第五卷第三期，12月。

1930年

《文笔与诗笔》，《睿湖》第二期。

---

① 燕京大学是所有名的教会私立大学，1915年由英、美基督教会于北京成立，司徒雷登于1919年任校长。1952年，部分并入北京大学。燕园之内名师云集，国文系有顾随、容庚、郭绍虞、俞平伯、郑振铎等人，历史系则有陈垣、邓文如、顾颉刚等人，哲学系则有张东荪等名宿。郭绍虞任教14年（至1941年太平洋战争爆发），并曾任系主任及研究院导师。

② 《燕京学报》是当时与北京大学的《国学季刊》《清华学报》鼎足而三的著名刊物，1917年编印出第一期，容庚任编委会主任，以后，郭绍虞、陈垣、顾颉刚等都曾列名编委会。

③ 参陶飞亚、吴梓明：《燕京大学的国学教育与研究》，《学人》第十三辑，江苏文艺出版社1998年3月版。

④ 《睿湖》月刊，燕大国文学会创办，专载小说、戏剧、诗歌等创作，文学论著不多。出两期以后辍刊，改为《文学年报》，至1941年6月第七期后停刊。《文学年报》旨在发表研究中国文学、文字学之论文。

《中国文学批评史上文与道的问题》，《武汉大学文哲季刊》第一卷第一期。

1931 年

在燕京大学，为研究生开设“文史研究”“陶集之研究”课程①。

1932 年

春，推荐罗根泽至清华大学代讲授“中国文学批评史”课程。罗后来编成《中国文学批评史》。

《〈杜甫戏为六绝句集解〉序》，6 月 1 日。

有学生为忧国忧事自杀，作挽联一副：“原来如此世界，如此人生，活着有何意义；不过这样年华，这样学识，死了未免可惜。”②

1933 年

新版译作《阿那托尔》（戏剧，奥地利显尼志劳著），上海商务印书馆。

1934 年

《中国诗歌中之双声叠韵》，《文学》第二卷第六号，6 月。

《中国文学批评史》上卷，上海商务印书馆，5 月③。

《谈复古》，《大公报》10 月 24 日④。

1935 年

为《文学论文索引三编》作序。

《中国文学批评史上之永明声病说》，天津《益世报·文学副刊》，3 月

---

① 燕京大学 1928 年开始招收研究生。郭绍虞开设的“文史研究”系研究中国文学批评之书籍，“陶集之研究”研究陶渊明之个性、文辞与其渊源影响，两门课程均为 2 学分。参陶飞亚、吴梓明：《燕京大学的国学教育与研究》，《学人》第十三辑，江苏文艺出版社 1998 年版。

② 引自盛巽昌、朱守芬：《学林散叶》，上海人民出版社 1997 年 9 月版，第 133 页。

③ 1934 年 2 月 17 日胡适应郭绍虞之请，为该书作序，但未收入书中。郭著经胡适审定为教育部颁的大学用书。

④ 1934 年 10 月 17 日，钱锺书在《大公报·文艺副刊》上撰文《论复古》，批评郭绍虞《中国文学批评史》，且笔锋尖刻。郭遂套用钱锺书的原题，予以回应，但这并未影响论辩双方的感情。郭绍虞后来在《沧浪诗话校释》中频繁称引钱著，又请钱先生做顾问。这种前辈学者的大家风范令人景仰。

13 日。

《郭伯恭〈饥饿诗集〉序》，10 月 14 日。

《〈沧浪诗话〉以前之诗禅说》，《文艺月报》。

1936 年

《元好问文选》（选注），上海北新书局。

《〈新著修辞学〉序》[1]。

《元遗山论诗绝句》，《文学年报》第二期。

《陶集考》，燕京大学国文系印。

《论赋序陶秋英女士赋史》，7 月 28 日[2]。

《语言的改造》，《燕大周刊》第七卷第一期。

《重刊菜根谭序》，12 月 4 日。后载于《语文通论》。

《近代文编》，燕京大学国文系印，12 月。

《陶集考辨》，《燕京学报》第二十期，12 月。

1937 年

《宋代残佚的诗话》，《文学杂志》第一卷第二期。

《文笔再辨》，《文学年报》第三期，4 月。

《从永明体到律体》，天津《大公报·文艺》，161、169 期。

《北宋诗话考》，《燕京学报》第二十一期，6 月。

《神韵与格调》，《燕京学报》第二十二期，12 月。

《宋诗话辑佚》（上、下），燕京大学哈佛燕京学社印。

1938 年

《论歌小记》，《燕京新闻》文艺副刊第三期。

《朱子之文学批评》，《文学年报》第四期。

《性灵说》，《燕京学报》第二十三期，6 月。

《中国语词之弹性作用》，《燕京学报》第二十四期，12 月。

---

① 陈介白：《新著修辞学》，世界书局 1936 年版。

② 此文发表在郭著《语文通论》上，后《赋史》未见出版，因改题为《论赋兼及赋史》。参《照隅室杂著》，第 204 页。

为燕京大学编《国故概要》教材①。

1939年

《大一国文教材之编纂经过与其旨趣》,《文学年报》第五期，4月。

《新文艺运动应走的新途径》,《文学年报》第五期，4月。

《论宋以前诗话》,《覆瓿月刊》，北平，12月。

《〈四库〉著录南宋诗话提要评述》,《燕京学报》第二十六期，12月。

1940年

《新诗的途径》,《燕园集》，5月15日。

《南宋诗话残佚本考》,《文学年报》第六期。

《续资治通鉴》目录序，8月。

1941年

太平洋战争爆发后，燕京大学被迫停办，坚持民族气节，甘于清平生活，断然拒绝接受日伪接管的北京大学的聘书，在私立中国大学任教。

《学文示例》，上海开明书店②。

《语文通论：正、续编》，上海开明书店，并作《自序》。

《〈夸父集〉序》，3月17日。

《秦佩珩〈椰子集〉序》，3月20日。

《作文摘谬实例序——一个国文教学法中的新问题》，《文学年报》第七期，6月。

《〈语文通论〉自序》，7月1日。

《袁简斋与章实斋之思想与其文论》,《学林》第八期。

《中国语言与文字之分歧在文学史上的演变现象》,《学林》第九辑。

1942年

返回上海，在开明书店任编辑。(至1949年)

① 《国故概要》分《国故概要甲辑·文学理论部》与《国故概要乙辑·国学工具之部》，出版年不详。

② 该书写于1941—1944年9月，1944年赣县内一版，1946年再版，1947年三版。

先后任教上海多所大学（大夏大学、之江大学、光华大学、同济大学）任教[①]。

《杜甫戏为六绝句集解》，《文学年报》，第1期。

1943年

举家南迁，回到苏州老家。

为《娜拉的出路》作《后序》[②]。

《〈中诗外形律详说〉序》，《国文月刊》第四十一期[③]。

《中国文字可能构成音节的因素》，《国文月刊》第四十二期。

1945年

《人类的隔阂》，《正言报》，1月14日。

《民主与狂狷精神》，《民主周刊》创刊号。

《有为与有守》，《民主周刊》第二期。

《论狂狷人生》，《民主周刊》，10月。

《论八股》，《大晚报》，12月3日。

1946年

离开开明书店，应聘到同济大学任教[④]。

《论乡愿所凭藉的儒家思想》，《教育与文化》第一期，1月。

《论勇与狂狷》，《教育与文化》第二期，1月。

《从文人的性情思想论到狷性的文人》，《文艺复兴》第一卷第一期，创刊号。

《关于扫除文盲》，《文汇报·星期评论》，3月17日。

《真理的力量》，《人民世纪》第二期，3月。

《中国语言所受到文字的牵制》，《新闻报》，4月22日。

---

① 新中国成立后任同济大学文学院院长。

② 《后序》收入《照隅室杂著》。《娜拉的出路》，小说集，林培志作，1939年9月燕京印刷所初版。

③ 《中诗外形律详说》即刘大白《中诗外形声律说》。郭序自注云："这一篇序写于三十二年十月八日，当时因刘先生此书出版的地方有些问题，所以临时抽去。"

④ 时同济大学自四川迁回上海。郭绍虞离开开明书店后，举家从苏州迁往上海，但仍主编《国文月刊》杂志。1946年10月，与叶圣陶、朱自清等编辑了《国文月刊》第四十八期："中学国文教学研究专号·纪念夏丏尊先生"。

与叶圣陶合编《开明新编国文读本（甲种）》，7月，上海开明书店。
《儒家思想的新检讨》，《中国建设》第五期。
《语言中方名之虚意》，《国文月刊》第四十五期。
《语言中数目字虚义联缀例》，《国文月刊》第四十六期。
《〈新诗集卞和〉序》[①]。

1947年

参加中共地下党领导的大学教授联谊会，任同济大学教授联谊会分会主席[②]。
《语文通论》，上海开明书店[③]。
《中国文学批评史》下卷出版，上海商务印书馆，2月[④]。
《明代文人结社年表》，《东南日报·文史》第五十五、五十六期。
《语文小记》，《国文月刊》第五十六期。
《中国语词的声音美》，《国文月刊》第五十七期。
《譬喻与修辞》，《国文月刊》第六十六期。
《论中国文学中的音节问题》，《1947年开明书店二十周年纪念文集》。

1948年

《〈水流云自在楼诗钞〉序》，3月1日。
出任同济大学文法学院院长，8月。
《论诗诗之话》，《文讯》。
《明代文学批评的特征》。
《明代的文人集团》，《文艺复兴·中国文学研究号》，上册。
《谈方言文学》，《观察》第五卷第五期，9月25日。
《语文通论续编》，上海开明书店。
《数位词的分析与其词例》，上海开明书店。

---

① 《新诗集卞和》，汪玉岑著，新力出版社1946年11月出版。郭序收入《照隅室杂著》，但不标写作年份，此处姑依《新诗集卞和》出版年而列入。

② 郭绍虞有文章：《回忆大教联》，记录甚详。参《照隅室杂著》。

③ 该书于1991年12月由上海书店收入“民国丛书”（第三编：语言、文字类）影印出版。

④ 12月，阎简弼作《郭绍虞著〈中国文学批评史（下册）〉》，首评该书。见《燕京学报》第33期。1999年3月，天津百花出版社将下卷与上卷合并再版。

《忆佩弦》，《文讯》第九卷第三期[①]。

1949 年

9月，同济大学文法学院奉命并入复旦大学后，出任复旦大学中文系教授兼系主任[②]。后任复旦大学文学研究室主任、复旦大学文学研究所名誉所长。

《语文通论续编》，上海开明书店，再版。

《〈不字字典〉序》。

《中国文字型和语言型文学之演变》，《学林》第九辑。

1950 年

任华东军政委员会监察委员。

《文艺教育的方向》，《文汇报》，5月5日。

《照隅室诗谈》，《文汇报》，8月3日。

1951 年

《数位词的分析与其词例》，商务印书馆，再版。

《关于卍字》，《文汇报》，5月23日。

《语文漫谈》，《大公报》，8月8日起连载。

《语言型文学之创造能力》，《大公报》，8月29日。

《"被"字的用法》，《文汇报》，8月19日。

《关于"被"和"可"》，《大公报》，9月26日。

《关于高中语文课本上的语文问题》，《文汇报》，10月18日。

1952 年

《从〈高调歌〉谈起》。

1954

《从批判〈红楼梦研究〉问题谈到古典文学教学问题》，《光明日报》，12月

① 该文为回忆朱自清而作。朱自清，字佩弦，1948年逝世。

② 此前，郭绍虞有两位老乡和师友：叶圣陶（1894—1988，江苏苏州人）1930年3月到复旦，任教文学院；顾颉刚（1893—1980，江苏苏州人）1944年到复旦，文学院教授。

30日。

1955年

修订本《中国文学批评史》出版，上海新文艺出版社。

1956年

加入中国共产党。

被评为一级教授[①]。

《“五四”杂忆》，《解放日报》，5月4日。

9月，上海语文学会成立，任副会长[②]。

《词语、诵读》，《语文教学》八月号。

《关于〈文心雕龙〉的评价问题及其他》，《光明日报》，9月9日。

《怎样读书和怎样在读书中培养独立思考能力》，《青年报》，9月11日。

《怎样自学——我的学习道路》，《青年报》，11月16日。

先后担任上海文联副主席、中国作协上海分会副主席兼书记处书记、上海文学研究所所长、《辞海》副主编、《上海文学》编委等职[③]。

1957年

《中国文学批评理论中的“道”的问题》，《文学研究》第一期。

《从“文”和“文学”的含义说明现实主义和反现实主义的斗争》，《跃进文学丛刊》第一期。

《关于文风》，《语文知识》，6月。

《答毛任秋“关于刘勰的文学批评理论与实践”》，《光明日报》，8月18日。

《试论〈文心雕龙〉》，《语文学习》9月号。

---

① 1956年10月，全国各高校根据高教部《全国高等学校教职工工资评定和调整的通知》精神，实行工资改革。复旦大学由31名教授和行政人员组成工资改革委员会，依据《全国高等学校教学人员工资标准表》，评定了本校教授、副教授、讲师、助教等人员的级别。其时教授、副教授定为一至六级，一级为最高级别，占比例极少，由校长审定后报高教部审批。之后除个别因定级不甚合理者作调整外，未再定过级别。此据复旦大学校史资料。

② 会长为陈望道，副会长另有罗竹风。

③ 此类社会职务并不在同一年，现并列一处，是为统计的方便。

1958 年

兼任复旦大学图书馆馆长（“文化大革命”期间，被迫中止馆长工作）。

《试论“古文运动”》，《跃进文学丛刊》第二期。

《“文学研究会”成立时的点滴回忆——悼念振铎先生》，《文艺月报》，12 月。

1959 年

与罗根泽合作，修订《中国文学批评史》，并易名为《中国古典文学理论批评史》（上卷），人民文学出版社出版①。

与罗根泽合作，整理、主编《中国古典文学理论批评专著选辑》，人民文学出版社。（至 1990 年代，陆续出版 20 余册）

《白雨斋词话》（合作），人民文学出版社。

《民歌与诗》，《上海文学》。

《萌芽》，《上海文学》，5 月。

《从〈马氏文通〉所想起的一些问题》，《复旦学报》第三期。

《五四与文学语言》，《语文知识》第五期。

《“五四”与文学》，《复旦校刊》，5 月。

《“五四”谈新诗》，《新民晚报》5 月 3 日。

《试论汉语助词和一般虚词的关系》，《复旦学报》第十、十一、十二期连载。

1961 年

《中国文学批评史》一卷本重印，中华书局。

《沧浪诗话校释》，人民文学出版社出版。

《从〈诚斋诗话〉的时代谈到杨万里的诗论》，《光明日报》，2 月 26 日。

4 月，上海书法家协会（初名上海中国书法篆刻研究会）成立，任第一次会员大会副主任委员②。

《试测〈沧浪诗话〉的本来面貌》，《文汇报》，6 月 10 日。

---

① 该书自 1958 年改写，只完成上册，到唐代为止。

② 沈尹默任主任委员。第二次会员大会时，郭绍虞任名誉主席。

《对〈文赋〉所谓“意”》，《文汇报》，8月12日。

《陆机〈文赋〉中之所谓“意”》，《文学评论》第四期。

《从书法中窥测字体的演变》，《学术月刊》第九期。

《罗根泽著〈中国文学批评史〉序》，11月1日。

《〈文选〉的选录标准和它与〈文心雕龙〉的关系》，《光明日报》，11月5日。

《正确理解，作好准备》，《文艺报》第十一期。

《草体在字体演变上的关系》，《学术月刊》第十一、十二期。

《释“兮”》，《江海学报》第十二期。

1962年

入住旧居上海奉贤路148弄4号，直至逝世。

开始主编《中国历代文论选》。

《关于〈沧浪诗话〉讨论的补充意见》，《光明日报》，9月16日。

《〈杜诗镜铨〉前言》，11月7日①。

1963年

《语文通论》，香港太平书局，2月。

《语文通论：正、续编合订本》，香港太平书局，3月。

《〈潘由笙庐蕊遗集〉序》，3月。

《关于〈文赋〉的评价》，《文学评论》第四期。

《再论永明体声病说》，《中华文史论丛》第四期。

《古典文学的普及》，《文汇报》，5月23日。

《关于〈文赋〉评价的通信》，《文学评论》，第6期。

《清诗话·前言》，9月②。

《诗品集解·续诗品注》，人民文学出版社，10月。

---

① 《杜诗镜铨》，上海古籍出版社1962年12月第1版，1980年7月新1版。

② 《清诗话》，王夫之撰，中华书局上海编辑所编辑，中华书局1963年9月版。

1964 年

出版《中国历代文论选》(四卷本),中华书局[1]。

《论"戏为六绝句"与"论诗三十首"》,《学术月刊》,第7期。

1969 年

《学文示例》,台湾开明书店,9月。

1973 年

《题费在山同志藏沈尹默墨迹》,4月3日。

《题五世祖〈诗品〉墨迹》,5月5日。

1974 年

《〈文镜秘府论〉前言》,4月3日。

1975 年

《声律说考辨》,《文艺评论丛刊》第一辑、第二辑。

1976 年

《题张镜人先生藏〈水浒〉人物图》,6月。

《题赵朴初同志藏沈尹默论书墨迹》,6月。

1977 年

《为刘火子同志题来楚生先生所书毛主席词》,4月。

1978 年

《语文通论:正续编合订本》,香港太平书店重印。

《汉语词组对汉语语法研究的重要性》,《复旦学报》第一期。

《我国古代文艺理论中的形象思维问题》(与王文生合作),《上海文艺》,第2期。

---

① 1979年,上海古籍出版社再版。

《文笔说考辨》，《文艺论丛》第三辑。

《“六义”说考辨》，《中华文史论丛》第七辑。

《题方行同志藏振铎书定盦“狂胪文献耗中年”句墨迹》，3月。

《论比兴》（与王文生合作），《文学评论》，第4期。

重新被任命为复旦大学图书馆馆长，6月。

《题于伶同志藏拙书毛主席诗词墨迹》，8月1日。

《由“狷者”变为斗士——怀念朱自清先生》，《文汇报》，8月13日。

《兴观群怨剖析》，《香港大公报复刊三十周年纪念文集》，10月。

《文心雕龙再议》（与王文生合作），《光明日报》，10月31日。

《杜甫戏为六绝句集解·元好问论诗绝句三十首小笺》，人民文学出版社，12月。

1979年

3月，中国古代文学理论学会在昆明成立，致《开幕词》，被推为第一任会长。

《皎然〈诗式校注〉序》，5月1日。

《中国文学批评史的分期问题》，《百科知识》第二辑，6月15日。

《蜂腰鹤膝解》，《社会科学战线》第三期。

《悼念沈尹默先生》，《书法》第三期。

《重视古代文论的研究》，《云南日报》，4月10日。

《关于古代文学理论研究中的几个问题》，《学术月刊》第四期。

《“五四”运动述感》，《中国语文》第四期。

《汉语语法修辞新探》（上、下），商务印书馆，7月。

《宋诗话考》，北京中华书局，8月。

9月15日，上海市图书馆学会成立，任名誉会长。

《〈沈尹默先生学书年表〉序》，10月。

《中国历代文论选》一卷本，上海古籍出版社，11月。

《中国文学批评史》一卷本（原中华上编版），上海古籍出版社，12月。

《回忆大教联》，《文史资料选辑》“上海解放三十周年专辑”。

1980年

《我怎样研究中国文学批评史》，《书林》第一期。

《浅谈清代诗话的学术性》，《文艺理论研究》第一期。

《关于文学研究会的成立》，《新文学史料》第三期。

任复旦图书馆名誉馆长，3月。

《为洪炯题手卷》，6月。

出版《宋诗话辑佚》（上、下）新版，北京中华书局，9月。

《为建立中国民族化的马克思主义文艺理论而努力》，9月。

《关于七言律诗的音节问题兼论杜甫的拗体》，《古代文学理论研究》第二集，上海古籍出版社。

《论吴体》，《古典文学论丛》，《复旦学报》增刊。

《关于中国古典文学理论批评研究的问题》，《社会科学战线》第四期。

《建立具有中国民族特点的马克思主义文艺理论》，《人民日报》，11月5日。

《文论札记三则》，《武汉大学学报》哲学社会科学版第五期。

1981年

经国务院学位委员会聘为全国首批博士研究生导师之一。

《对整理古籍的一些建议》。

《〈金瓯缺〉序》，《人民日报》，1月10日①。

《提倡一些文体分类学》，《复旦学报》第一期。

《语义学与文学》，《学术月刊》第二期。

《〈萝轩变古笺谱〉序》，《上海文学》，9月。

茅盾逝世，发表《忆茅公》，《文艺报》第八期②。

---

① 该文写作于1980年5月5日。

② 《忆茅公》一文后来收入文化艺术出版社编辑的文集《忆茅公》，文化艺术出版社1982年12月出版。丁尔纲著《茅盾：翰墨人生八十秋》（武汉：长江文艺出版社，2000）“卷首语”引用了该文的部分内容：“作为茅盾人生之旅的目击者……第二位是茅盾的同辈，共同发起文学研究会的‘五四’宿将郭绍虞教授。这位毕生从事中国批评史研究的权威，以其遍觅学者治学成就的深湛目光，总结茅盾成功的奥秘道：‘茅公所以取得这样巨大的成就，还有很重要的一点，即他的知识是活的，是活泼地存在着的生活，而我的知识大都是历史上古人流传下来的，是死的知识，学死的知识易，所以他写《夜读偶记》，同样有讲到中国文学批评史的地方，但匠心独运，别有创见。求活的知识难，因为必须要有丰富的活的知识为基础，这就使我自惭不如，而对他的成就也就特别钦佩；而尊之为茅公了。’郭绍虞先生以简洁透彻的文字，道出了茅盾学用一致、知行统使学识上升为见识，把时识升华为史识，升华为创见的读书生涯那卓然不群的特征，和茅盾读书治学阅人处世的鲜明的文化个性特征。”

1982 年

上海市图书馆学会主办的《图书馆杂志》创刊，作《祝贺〈图书馆杂志〉创刊——调寄浣溪沙》："又见新芽茁壮枝，百花园里露英姿，奇葩更觉系人思。学术离书难以立，图书无学岂云宜，因因果果两相随。"1月。

《从文法语法之争谈到文法语法之分》，《学术月刊》第一期。

《我对文字改革问题的某些看法》，《文字改革》第一期。

《再论文言白话问题》，《复旦学报》第四期。

《中国诗的神韵格调及性灵说》，古典新刊丛书，庄严出版社，3月。

《〈秋明长短句〉序》，4月。

《〈诗问四种〉序》，6月。

《骈文文法初探》，6月。

《〈清诗话续编〉前言》，《古代文学理论研究丛刊》第六辑。

主编《中国近代文论选》（与罗根泽合作），台北木铎出版社，7月。

中国《文心雕龙》学会成立，周扬为名誉会长，郭绍虞、朱东润为顾问，8月。

《我是怎样学习中国文学批评史的》，收入《怎样学好大学文科：专家学者治学经验谈》（与周谷城等著），复旦大学出版社，10月。

《悼念颉刚》，《读书》，10月。

《〈清诗话续编〉序》，《文汇报》，11月10日。

1983 年

《〈黄仲则研究资料〉序》，《光明日报》，1月11日。

《照隅室古典文学论集》（上、下），上海古籍出版社，9月[①]。

《清诗话续编》（富寿荪校点），上海古籍出版社，12月。

1984 年

《〈中国修辞学史〉序》，《修辞学习》第四期[②]。

---

① 1985年，《照隅室古典文学论文集》又由台北丹青图书有限公司出版。2009年，上海古籍出版社将其与《照隅室杂著》等重新整理出版。

② 《中国修辞学史》，郑子瑜著，上海教育出版社1984年出版。郭序写作于1979年9月。

《宿愿五十载》，6 月 10 日[①]。

6 月 23 日病逝于上海，终年 91 岁。

【附记】除上所录论著外，郭绍虞还有：(1) 年代不详者：《试论文体分类学与修辞学的关系》(《照隅室杂著》收录)。(2) 身后结集出版者：①《照隅室语言文字论集》，上海古籍出版社 1985 年；②《照隅室杂著》，上海古籍出版社 1986 年；③《郭绍虞论语文教育》，蒋凡、郭信和编，河南教育出版社 1989 年；④《万首论诗绝句》(与钱仲联、王蘧常合作)，人民文学出版社 1991 年；⑤《郭绍虞手书毛泽东诗词》，上海古籍出版社 1993 年；⑥《郭绍虞说文论》，上海古籍出版社 2000 年。

① 郭绍虞逝后第三天，即 1984 年 6 月 26 日，《文汇报》刊载此文，以寄寓追悼之思。

参考文献

一、论著

[1] 谢无量．中国大文学史［M］．上海：中华书局，1918.

[2] 郑振铎．雪朝［M］．上海：商务印书馆，1922.

[3] 陈钟凡．中国文学批评史［M］．上海：中华书局，1927.

[4] 谭正璧．中国文学进化史［M］．上海：光明书局，1929.

[5] 刘麟生．中国文学史［M］．上海：世界书局，1932.

[6] 朱星元．中国文学史外论［M］．上海：东方学术社，1935.

[7] 傅庚生．中国文学批评通论［M］．北京：商务印书馆，1946.

[8] 丁福保．清诗话［M］．上海：中华书局，1963.

[9] 范文澜．文心雕龙注［M］．北京：人民文学出版社，1978.

[10] 朱自清．朱自清古典文学论文集［M］．上海：古籍出版社，1981.

[11] 鲁迅．鲁迅全集（第 4 卷）［M］．北京：人民文学出版社，1981.

[12] 朱自清．朱自清古典文学论集［M］．上海：古籍出版社，1981.

[13] 何文焕．历代诗话［M］．北京：中华书局，1981.

[14] 宗白华．美学散步［M］．上海：人民出版社，1981.

[15] 敏泽．中国文学理论批评史［M］．北京：人民文学出版社，1982.

[16] 丁福保．历代诗话续编［M］．北京：中华书局，1983.

[17] 王元化．文学沉思录［M］．上海：文艺出版社，1983.

[18] 以群主编．文学的基本原理［M］．上海：文艺出版社，1983.

[19]［美］鲁道夫·阿恩海姆．艺术与视知觉［M］．腾守尧，朱疆源译．北京：中国社会科学出版社，1984.

[20] 叶朗．中国美学史大纲［M］．上海：人民出版社，1985.

[21]［英］特雷·伊格尔顿．二十世纪西方文学理论［M］．西安：陕西师

范大学出版社，1986.

[22] 中共中央编译局．马克思恩格斯全集（第1卷）[M]．北京：人民出版社，1986.

[23] 陈玉堂．中国文学史书目提要 [M]．合肥：黄山书社，1986.

[24] [德] 埃德蒙德·胡塞尔．现象学的观念 [M]．倪梁康译．上海：上海译文出版社，1986.

[25] 徐复观．中国艺术精神 [M]．辽阳：春风文艺出版社，1987.

[26] 宗白华．艺境 [M]．北京：北京大学出版社，1987.

[27] [法] 保罗·利科．解释学与人文科学 [M]．石家庄：河北人民出版社，1987.

[28] 蔡钟翔，黄保真，成复旺．中国文学理论史 [M]．北京：北京出版社，1987.

[29] 杰弗里·巴勒克拉夫．当代史学主要趋势 [M]．杨豫译．上海：上海译文出版社，1987.

[30] 英加登．对文学的艺术作品的认识 [M]．陈燕谷，晓未译．北京：中国文联出版公司，1988.

[31] 林毓生．中国传统的创造性转化 [M]．北京：三联书店出版社，1988.

[32] 朱乔森编．朱自清全集（第三卷） [M]．南京：江苏教育出版社，1988.

[33] 恩斯特·卡西尔．符号·神话·文化 [M]．上海：东方出版社，1988.

[34] 张广智．克丽奥之路——历史长河中的西方史学 [M]．上海：复旦大学出版社，1989.

[35] [美] E. D. 赫施．解释的有效性 [M]．王才勇译．北京：生活·读书·新知三联书店，1991.

[36] 马克·布洛赫．历史学家的技艺 [M]．上海：上海社会科学出版社，1992.

[37] 王元化．文心雕龙讲疏 [M]．上海：上海古籍出版社，1992.

[38] 陈良运．中国诗学体系论 [M]．北京：中国社会科学出版社，1992.

[39] 童庆炳．中国古代诗学心理透视 [M]．天津：百花文艺出版社，1993.

[40] 拉尔夫·科恩．文学理论的未来［M］．程锡麟等译．北京：中国社会科学出版社，1993.

[41] 姜义华．胡适学术文集·新文学运动［M］．北京：中华书局，1993.

[42] 王纪人．文艺学教程［M］．上海：上海文艺出版社，1993.

[43] 张京媛．新历史主义与文学批评［M］．北京：北京大学出版社，1993.

[44] 张京媛．新殖民理论与文学批评［M］．北京：北京大学出版社，1993.

[45] 周勋初．当代学术研究思辨［M］．南京：南京大学出版社，1993.

[46] 胡塞尔．现象学的方法［M］．倪梁康译．上海：上海译文出版社，1994.

[47] 倪梁康．现象学及其效应——胡塞尔与当代德国哲学［M］．北京：生活·读书·新知三联书店，1994.

[48]［瑞士］H. 奥特．不可言说的言说［M］．林克，赵勇译．北京：生活·读书·新知三联书店，1994.

[49] 袁行霈，孟二冬，丁放．中国诗学通论［M］．合肥：安徽教育出版社，1994.

[50] 陶东风．文体演变及其文化意味［M］．昆明：云南人民出版社，1994.

[51] 张毅．宋代文学思想史［M］．北京：中华书局，1995.

[52] 张少康，刘三富．中国文学理论批评发展史［M］．北京：北京大学出版社，1995.

[53] 朱良志．中国艺术的生命精神［M］．合肥：安徽教育出版社，1995.

[54] 郭英德等．中国古典文学研究史［M］．北京：中华书局，1995.

[55] 王瑶．中国文学研究现代化进程［M］．北京：北京大学出版社，1996.

[56] 顾易生，蒋凡，王运熙．中国文学批评通史（七卷本）［M］．上海：上海古籍出版社，1996.

[57]［荷兰］D. 佛克马，E. 蚁布思．文学研究与文化参与［M］．俞国强译．北京：北京大学出版社，1996.

[58] 李幼蒸．结构与意义［M］．北京：中国社会科学出版社，1996.

[59] 张广智，张广勇．现代西方史学［M］．上海：复旦大学出版

社，1996.

[60] 胡适．胡适文存［M］．合肥：黄山书社，1996.

[61] 毛正天．中国古代诗学本体论阐释［M］．台北：五南图书出版公司，1997.

[62] 艾柯．诠释与过度诠释［M］．北京：生活·读书·新知三联书店，1997.

[63] 赵敏俐．20世纪中国古典文学研究史［M］．西安：陕西人民教育出版社，1997.

[64] 董乃斌等．中国古典文学学术史研究［M］．乌鲁木齐：新疆人民出版社，1997.

[65] 张海明．回顾与反思——古代文论研究七十年［M］．北京：北京师范大学出版社，1997.

[66] 郑振铎．郑振铎全集（第3集）［M］．石家庄：花山文艺出版社，1998.

[67] 韦勒克．批评的诸种概念［M］．成都：四川文艺出版社，1998.

[68] 弗雷德里克·詹姆逊．快感：文化与政治［M］．王逢振等译．北京：中国社会科学出版社，1998.

[69]［美］厄尔·迈纳．比较诗学［M］．王宇根，宋伟杰译．北京：中央编译出版社，1998.

[70] 曹明纲．赋学概论［M］．上海：上海古籍出版社，1998.

[71] 陆海明．古代文论的现代思考［M］．太原：北岳文艺出版社，1998.

[72] 杨文虎．艺术思维与创作的发生［M］．上海：学林出版社，1998.

[73]《文学遗产》编辑部．百年学科沉思录——20世纪古代文学研究回顾与前瞻［M］．北京：人民文学出版社，1998.

[74] 陈平原．中国现代学术之建立——以章太炎、胡适之为中心［M］．北京：北京大学出版社，1998.

[75] 加达默尔．真理与方法［M］．洪汉鼎译．上海：上海译文出版社，1999.

[76] 雷内·韦勒克．批评的概念［M］．北京：中国美术学院出版社，1999.

[77] 汪涌豪．范畴论［M］．上海：复旦大学出版社，1999.

[78] 陈传才．文艺学百年［M］．北京：北京出版社，1999.

[79] 李明山，左玉河．当代中国学术思想史［M］．开封：河南大学出版社，1999.

[80] 陈伟，王捷．东方美学对西方的影响［M］．上海：学林出版社，1999.

[81] 马克·昂热诺等．问题与观点：20 世纪文学理论综论［M］．天津：百花文艺出版社，2000.

[82] 汝信，王德胜．美学的历史——20 世纪中国美学学术进程［M］．合肥：安徽教育出版社，2000.

[83] 蒋寅．学术的年轮［M］．北京：中国文联出版社，2000.

[84] 杨春时．百年文心——二十世纪中国文学思想史［M］．哈尔滨：黑龙江人民出版社，2000.

[85] 倪梁康．面向实事本身——现象学经典文选［M］．上海：东方出版社，2000.

[86] 蒋凡，郭信和．郭绍虞说文论［M］．上海：上海古籍出版社，2000.

[87] 罗钢，刘象愚．文化研究读本［M］．北京：中国社会科学出版社，2000.

[88] 王运熙，顾易生．中国文学批评史新编（上下）［M］．上海：复旦大学出版社，2001.

[89] 李承贵．20 世纪中国人文社会科学方法问题［M］．长沙：湖南教育出版社，2001.

[90] 赵毅衡．“新批评”文集［M］．天津：百花文艺出版社，2001.

[91] 王一川．汉语形象与现代性情结［M］．北京：首都师范大学出版社，2001.

[92] 杜书瀛．中国 20 世纪文艺学学术史［M］．上海：上海文艺出版社，2001.

[93] 胡晓明．中国诗学之精神［M］．南昌：江西人民出版社，2001.

[94] 陈寅恪．中国哲学史［M］．上海：华东师范大学出版社，2001.

[95] 钱锺书．写在人生边上·人生边上的边上·石语［M］．北京：北京三联书店，2002.

[96] 弗朗西斯·马尔赫恩．当代马克思主义文学批评［M］．刘象愚等译．北京：北京大学出版社，2002.

[97] 陈平原．中国文学研究现代化进程二编［M］．北京：北京大学出版

社，2002.

[98] 方朝晖．“中学”与“西学”——重新解读现代中国学术史［M］．保定：河北大学出版社，2002.

[99] 郑家建．中国文学现代性的起源语境［M］．上海：上海三联书店，2002.

[100] 余英时．中国思想传统的现代诠释［M］．南京：江苏人民出版社，2003.

[101] 童庆炳．中国古代文论的现代意义［M］．北京：北京师范大学出版社，2003.

[102] 罗宗强．隋唐五代文学思想史［M］．北京：中华书局，2003.

[103] 季羡林．胡适全集（第 12 卷）［M］．严云绶整理．合肥：安徽教育出版社，2003.

[104] 托马斯·库恩．科学革命的结构［M］．金吾伦，胡新和译．北京：北京大学出版社，2003.

[105] 董乃斌，陈伯海，刘扬忠．文学史学史（第三卷）［M］．石家庄：河北人民出版社，2003.

[106] 卜松山．与中国作跨文化的对话（增订本）［M］．北京：中华书局，2003.

[107] 蒋寅．古典诗学的现代诠释［M］．北京：中华书局，2003.

[108] 罗根泽．中国文学批评史［M］．上海：上海书店出版社，2003.

[109] 李咏吟．诗学解释学［M］．上海：上海人民出版社，2003.

[110] 张世保．西化思潮的源流与评价［M］．上海：华东师范大学出版社，2004.

[111] 李咏吟．多维视野中的百部经典·文艺学卷［M］．杭州：浙江古籍出版社，2004.

[112] 汉斯-格奥尔格·加达默尔．哲学解释学［M］．夏镇平，宋建平译．上海：上海译文出版社，2004.

[113] 海登·怀特．元历史：十九世纪欧洲的历史想象［M］．陈新译．南京：译林出版社，2004.

[114] 袁伟时．告别中世纪：五四文献选粹与解读［M］．广州：广东人民出版社，2004.

[115] 董乃斌．近世名家与古典文学研究［M］．上海：上海大学出版

社，2005.

[116] [美] 勒内·韦勒克，奥斯汀·沃伦．文学理论 [M]．刘象愚等译．南京：江苏教育出版社，2005.

[117] [美] 哈罗德·布鲁姆．影响的焦虑 [M]．徐文博译．南京：江苏教育出版社，2005.

[118] 袁济喜．中国古代文论精神 [M]．太原：山西教育出版社，2005.

[119] 陶东风．文学理论基本问题（第二版） [M]．北京：北京大学出版社，2005.

[120] 吴中杰．海上学人 [M]．桂林：广西师范大学出版社，2005.

[121] 罗兰·斯特龙伯格．西方现代思想史 [M]．北京：中央编译出版社，2005.

[122] 朱东润．中国文学批评史大纲 [M]．上海：上海古籍出版社，2005.

[123] 蒋述卓，刘绍谨．二十世纪中国古代文论学术研究史 [M]．北京：北京大学出版社，2005.

[124] 陈思和，周斌．名师名流（上） [M]．桂林：广西师范大学出版社，2005.

[125] 王铁仙，王文英．二十世纪中国社会科学·文学学卷 [M]．上海：上海人民出版社，2005.

[126] 杜松柏．国学治学方法 [M]．北京：中国人民大学出版社，2005.

[127] 姜飞．跨文化传播的后殖民语境 [M]．北京：中国人民大学出版社，2005.

[128] 姜文振．中国文学理论现代性问题研究 [M]．北京：人民文学出版社，2005.

[129] 韩经太．中国文学批评史研究 [M]．福州：福建人民出版社，2006.

[130] 周兴陆．20 世纪中国古代文学研究史·总论卷 [M]．上海：中国出版集团东方出版中心，2006.

[131] 黄念然．20 世纪中国古代文学研究史·文论卷 [M]．上海：中国出版集团东方出版中心，2006.

[132] 黄念然．中国古代文论研究的现代转型 [M]．北京：中国社会科学出版社，2006.

[133] 袁济喜．新编中国文学批评发展史 [M]．北京：中国人民大学出版社，2006.

［134］叶维廉．中国诗学［M］．北京：人民文学出版社，2006.

［135］朱光潜．诗论［M］．合肥：安徽教育出版社，2006.

［136］陈良运．中国诗学批评史［M］．南昌：江西人民出版社，2007.

［137］陆侃如，冯沅君．中国诗史［M］．天津：百花文艺出版社，2008.

［138］李建中．中国文学批评史［M］．北京：北京大学出版社，2009.

二、论文

［1］兢耕．“中国文学批评史”［J］．文学研究，1957（3）．

［2］乐齐．学海扬帆七十春——记郭绍虞教授［J］．读书，1981（6）．

［3］学海扬帆七十春——郭绍虞教授和中国文学批评史、汉语语法研究［J］．复旦学报（社会科学版），1983（3）．

［4］楼鉴明．郭绍虞和文学研究会［J］．复旦学报（社会科学版），1983（4）．

［5］顾廷龙．悼念郭绍虞先生［N］．解放日报，1984-07-01.

［6］悼郭绍虞名誉会长［J］．图书馆杂志，1985（1）．

［7］蒋凡．古代文论研究与现代意识［J］．人文杂志，1991（1）．

［8］蒋凡．中国古代文论研究与现代意义［J］．人文杂志，1991（1）．

［9］傅伟勋．从德法之争谈到儒学现代诠释学课题［J］．二十一世纪，1993（4）．

［10］申小龙．中国语文精神之文化反思——郭绍虞语法哲学研究［J］．北方论丛，1994（1）．

［11］王晓明．沼泽里的奔跑——关于十年来的文学批评［J］．文艺理论研究，1994（5）．

［12］凌燕．关于文学批评学研究的对话与整合——全国文学批评学讨论会综述［N］．作家报，1994-06-18.

［13］李子文．“整理国故”与传统文化改造［J］．史学集刊，1995（1）．

［14］汪春泓．肇端既邃密　后来加深沉——中国文学批评史学科70年回顾与展望［J］．北京大学学报，1996（5）．

［15］屈雅君．变则通，通则久——“中国古代文论的现代转换”研讨会综述［J］．文学评论，1997（1）．

［16］党圣元．中国古代文论的范畴和体系［J］．文学评论，1997（1）．

［17］罗宗强、邓国光．近百年中国古代文论之研究［J］．文学评论，1997

(2).

[18] 张海明．古代文论研究学科性质的思考 [J]．文学遗产，1997 (5)．

[19] 彭玉平，吴承学．中国文学批评史研究的回顾与展望 [J]．中国社会科学，1997 (5)．

[20] 陈晓明．第三种批评：出路还是误区？[J]．文论报，1997-08-01.

[21] 彭玉平，吴承学．中国文学批评史研究的回顾与展望 [J]．中国社会科学，1997 (5)．

[22] 张海明．古代文论和现代文论——关于建设有中国特色的马克思主义文艺学的思考 [J]．文学评论，1998 (1)．

[23] 王达敏．理论与批评的一体化——论 20 世纪西方文学理论的性质和特点 [J]．文艺理论研究，1998 (1)．

[24] 刘保忠，古风．是谁在“转换”——再谈中国古代文论的现代转换 [J]．延安大学学报，1998 (3)．

[25] 陈伯海，黄霖，曹旭．中国古代文论研究的民族性与现代转换问题 [J]．文学遗产，1998 (3)．

[26] 陈剑晖．回归古典——对九十年代批评的反思及对新世纪批评的展望 [J]．新东方，1998 (3)．

[27] 高建平．新时期文艺学二十年 [J]．文艺争鸣，1998 (4)．

[28] 蒋原伦．主义批评的式微——关于 90 年代批评的一种描述 [J]．天津社会科学，1999 (5)．

[29] 毛宣国．中国当代文艺理论建构的重要选择——谈马克思主义文艺学与古代文论的沟通融合 [J]．文艺研究，1998 (6)．

[30] 罗宗强．古文论研究杂识 [J]．文艺研究，1999 (3)．

[31] 陈昌恒．古代文论的百年研究与世纪前瞻 [J]．华中师范大学学报（人文社会科学版），1999 (4)．

[32] 陈伯海．“变则通，通则久”——论中国古代文论的现代转换 [J]．文学遗产，2000 (1)．

[33] 陈良运．当代文论建设中的古代文论 [J]．文学评论，2000 (2)．

[34] 杜志国．文学观念的变革与“纯”文学史的兴起 [J]．齐鲁学刊，2002 (2)．

[35] 吴炫．原创的涵义与方法 [J]．学术月刊，2000 (3)．

[36] 高清海，贺来．我们如何走近马克思 [J]．求是学刊，2000 (3)．

[37] 旷新年．现代文学观的发生与形成［J］．文学评论，2000（4）．

[38] 王先霈．中国文学批评史研究中的创新和继承——郭绍虞等人治学经验及其现实启示意义［J］．华中师范大学学报（人文社会科学版），2000（6）．

[39] 徐岱．论当代中国诗学的话语空间［J］．文学评论，2000（6）．

[40] 彭玉平．中国文学批评史的逻辑基点和形态特征［J］．中山大学学报（社会科学版），2000（6）．

[41] 赖力行．文论的学科特点、研究思路与历史分期［J］．中国文学研究，2001（1）．

[42] 李平．20世纪中国文学批评史研究综述［J］．文艺理论研究，2001（2）．

[43] 陶东风．大学文艺学的学科反思［J］．文学评论，2001（5）．

[44] 陈太胜．走向文化诗学的中国现代诗学［J］．文学评论，2001（6）．

[45] 刘绍瑾．"整理国故"与中国古代文论研究的兴盛［J］．学术研究，2001（8）．

[46] 赵宪章．也谈思想史与文学史［J］．中华读书报，2001-11-28．

[47] 金元浦．别了，蛋糕上的酥皮——寻找当下审美性、文学性变革问题的答案［J］．文艺争鸣，2003（6）．

[48] 朱国华．中国人也在诗意地栖居吗？——略论日常生活审美化的语境条件［J］．文艺争鸣，2003（6）．

[49] 陆承曜．学海苦舟——漫谈郭绍虞先生的治学精神［J］．苏州杂志，2005（1）．

[50] 王一川．理论的批评化——在走向批评理论中重构兴辞诗学［J］．文艺争鸣，2005（2）．

[51] 曹顺庆．文学理论的"他国化"与西方文论的中国化［J］．湘潭大学学报（哲学社会科学版），2005（5）．

[52] 蒲震元．历史还原、现代阐释与理论创新——中国古代文论及美学研究方法浅议［J］．现代传播，2005（5）．

[53] 徐庆全．叶圣陶、郭绍虞关于培养中文专业人才的信［J］．博览群书，2005（11）．

[54] 朱晓进．二十世纪中国文学史观的反思［J］．中国社会科学，2006（1）．

[55] 陈伯海．从古代文论到中国文论——21世纪古文论研究的断想［J］．

文学遗产，2006（1）.

[56] 杨文虎．“释放过去的能量”——古代文学理论的原创性还原和现代文论建设［J］．东方丛刊，2006（1）.

[57] 蒋述卓．多维视野中古代文论的现代转换［J］．浙江大学学报（人文社会科学版），2006（1）.

[58] 陈伯海．从古代文论到中国文论——21世纪古文论研究的断想［J］．文学遗产，2006（1）.

[59] 李春青．20世纪中国古代文论研究的意义与方法反思［J］．东岳论丛，2006（1）.

[60] 沈慧瑛．珍贵的档案，真挚的情感——郭绍虞与聋哑人吴树德的书信往来［J］．档案与建设月刊，2006（1）.

[61] 李春青．文学理论与言说者的身份认同［J］．文学评论，2006（2）.

[62] 叶世祥．中国现代审美主义思想的起源语境［J］．文艺研究，2006（2）.

[63] 刘黎红．“五四”时期两种整理国故活动的比较［J］．东方论坛，2006（3）.

[64] 邹广胜．中西文论对话与古代文论现代转换的研究现状及反思［J］．湖南社会科学，2006（6）.

[65] 党圣元．传统文论诠释中的视界融合问题［J］．中国社会科学院研究生院学报，2006（6）.

[66] 郜元宝．当蝴蝶飞舞时——王蒙创作的几个阶段与方面［J］．当代作家评论，2007（2）.

[67] 王岳川．新历史主义的文化诗学［J］．北京大学学报，2007（3）.

[68] 冯天瑜，余来明．历史文化语义学：从概念史到文化史［N］．中华读书报，2007-03-14.

[69] 余来明．“历史文化语义学”：理论与实践［N］．光明日报，2007-03-30.

[70] 宫敬才．构建历史文化语义学何以可能［J］．学术月刊，2007（4）.

[71] 任先大．当代学术史视域中的严羽研究——以郭绍虞为中心［J］．社会科学辑刊，2007（4）.

[72] 冯天瑜，余来明．历史文化语义学的现状与未来［N］．社会科学报，2007-08-16.

[73] 左东岭．中国古代文学研究转型期的技术化倾向及其缺失［J］．文学遗产，2008（1）．

[74] 周兴陆．古代文论现代化之审思［J］．文艺理论研究，2008（1）．

[75] 曹顺庆，王超．论中国古代文论的中国化道路——对“中国文学批评”学科史的反思［J］．中州学刊，2008（2）．

[76] 刘畅．论郭绍虞的《诗话丛话》［J］．湖南文理学院学报（社会科学版），2008（2）．

[77] 赖爱清．略析郭绍虞《中国文学批评史》［J］．现代语文，2008（3）．

[78] 孟宪浦．古代文论研究中生存论视域对古今之争的超越［J］．天府新论，2008（3）．

[79] 陈亦桥．论郭绍虞的中国文学批评史研究［J］．贵州教育学院学报（社会科学），2008（5）．

[80] 张庆熊．“朝向事物本身”与“实事求是”——对现象学和唯物论的基本原则的反思［J］．哲学研究，2008（10）．

[81] 高文强．古代文论三十年：建设有中国特色文艺理论语境下的转型与新变［C］//中国特色社会主义文化建设研究．武汉：武汉大学出版社，2008.

[82] 党圣元．新世纪文论转型及其问题域［J］．北方论丛，2009（3）．

[83] 闫月珍．郭绍虞与西方文学思潮——《中国文学批评史》研究范例论析［J］．文学评论，2010（1）．

[84] 贺根民．论郭绍虞的旧学系统化思想［J］．江苏师范大学学报（哲学社会科学版），2013（4）．

[85] 薛雯，刘锋杰．“文以载道”的三种研究范式——以周作人、郭绍虞、钱钟书的相关研究为对象［J］．河北学刊，2014（6）．

[86] 刘锋杰，赵学存．“把中国还给中国”——朱自清等人阐释“文以载道”的方法论意义［J］．文艺争鸣，2015（1）．

[87] 李涛，何旺生．郭绍虞的“六义”研究［J］．合肥师范学院学报，2016（5）．

[88] 刘锋杰．调和的尴尬——郭绍虞的“文以载道”论［J］．浙江工商大学学报，2017（3）．

后　记

郭绍虞先生作为中国文学批评史学科的奠基者与一代宗师，对其学科成就、思想价值和学术意义等的研究，学界已经积淀了丰厚的成果。本书选择郭绍虞作为讨论对象，面对的文本是多重的，“影响的焦虑”时时缠绕在心头，其要者有三：

郭绍虞说：“学有二：有个人专攻之学，有社会通力之学。”此两种学问，在郭绍虞，是包容的，他的学术探索，不唯中国文学批评史之一途，其文化身份就包括文学批评史家、现代的文学理论批评家、语言学家、教育家、诗人乃至翻译家。郭绍虞文本既然是如此丰富多样，我该选择什么样的文本去言说，此一种选择是否会遮蔽彼一种选择的丰富性？是否会因此出现“非法的”偏见？这虽说是做其他研究都可能会碰到的问题，但对郭绍虞却是绕不开的问题。此其一。

其二，郭绍虞的学术理想是渐进的，最初只想以批评史印证文学史，以解决文学史上的许多问题，后来演进为“建立具有中国民族特点的马克思主义文艺理论”。此一理想之最终未能实现，本书把它归结为“不断变化的时代语境与主体个性及其学术选择之间一时无法弥合的间隔造成的”，它不是郭绍虞个人的矛盾与遗憾，而是郭绍虞一代人的集体困境与遗憾，必须客观、公正、历史、辩证地分析其原因，既不能无原则拔高，也不过度贬抑，方能求得令人可信的、有价值的言说。恰在这一点上，我心中是忐忑的，唯恐堕入过度阐释和阐释不足的双重陷阱。

其三，本书是郭绍虞的中国诗学批评研究之研究，是在前贤的基础上“接着说”。前贤们都说了些什么？我对他们的言说该如何说？我是否会将他们鲜活的话语削足适履，甚或变成“坚硬的稀粥”？我可能会有哪些“误读”？虽然说“误读”是创造性思维的一种方式，但如果把创造性寄寓于“误读”中，那就变成了谬误。

尘事鞅掌，卒卒鲜暇。本书原为我的博士学位论文，当初的论文写作本就耽搁了很长时间，现在仓促付梓，就更增加了我另一种“焦虑”，深愧自己辜负了老师、朋友、家人的期望与期待。幸运的是，这些焦虑，在授业恩师上海师范大学杨文虎教授的悉心指导下，得到了深度的化解。衷心感谢杨老师的谆谆教诲！

我还要特别感谢我的硕士生授业恩师严云绶教授及苏州大学刘锋杰教授、华东师范大学朱志荣教授、安徽大学吴家荣教授、上海理工大学薛雯教授、江南大学杨晖教授、台州学院李涛教授、安徽师范大学江守义教授，他们为本书的写作给予了重要指导和建议！

我在上海师范大学读博期间，上海师范大学戴建国教授，《苏州传统文化研究》主编陆承曜先生，苏州市档案馆沈慧瑛女士为我提供了重要的资料支持，在此并致谢忱！

感谢曾与我共事多年、为本书出版给予无私帮助的合肥师范学院科研处诸位领导和同事！感谢合肥工业大学出版社朱移山编审、责任编辑张慧女士为本书的出版付出的辛勤劳动！

感谢我的家人！

必须承认，尽管有老师们的细心指正、朋友的帮助，本书仍然存在不少偏颇和缺陷。我不想说这是时间不济，确是在于本人资质愚钝，学识尚浅，未能投入足够多的精力，最终仓促成书。假以时日和努力，我期望，在研究郭绍虞的诸多资料中，本书亦能成为可以品味的一段文字。若此，则本书幸甚，本人幸甚！

著 者

2018 年 6 月于合肥

图书在版编目（CIP）数据

郭绍虞中国诗学批评思想研究/何旺生著．—合肥：合肥工业大学出版社，2018.7

ISBN 978-7-5650-4068-9

Ⅰ．①郭…　Ⅱ．①何…　Ⅲ．①郭绍虞（1893—1984）—诗学观—研究
Ⅳ．①I207.22

中国版本图书馆 CIP 数据核字（2018）第 159021 号

郭绍虞中国诗学批评思想研究

何旺生　著　　　　责任编辑　张　慧

出　版	合肥工业大学出版社	版　次	2018 年 7 月第 1 版
地　址	合肥市屯溪路 193 号	印　次	2018 年 7 月第 1 次印刷
邮　编	230009	开　本	710 毫米×1010 毫米　1/16
电　话	人文编辑部：0551-62903205	印　张	12.5
	市场营销部：0551-62903198	字　数	220 千字
网　址	www.hfutpress.com.cn	印　刷	安徽昶颉包装印务有限责任公司
E-mail	hfutpress@163.com	发　行	全国新华书店

ISBN 978-7-5650-4068-9　　　　定价：36.00 元